告白 下

應橙 著

阿歾Amo 繪

目錄
CONTENTS

第二十四章 Heliotrope & ZJZ 005
第二十五章 暴雪過後，天晴 040
第二十六章 我的一整個青春都是你 072
第二十七章 無處藏 091
第二十八章 這個世界仍是好的 119
第二十九章 希望你一生被愛 139
第三十章 不分手 168
第三十一章 西西，永住太陽裡 195
第三十二章 蟬鳴聲永不停歇 206

番外一 Waiting For 239
番外二 找到你 254
番外三 膽小鬼 267
番外四 情人節 275
番外五 比夏天更漫長 281
番外六 高中：答案 290
番外七 婚後：一生 303
番外八 周京澤視角：遇見妳之後 312
後　記 我的少女時代 319

第二十四章 Heliotrope & ZJZ

而許隨肋骨處的刺青是 Heliotrope & ZJZ，它在希臘語的意思是永遠朝著烈陽，向著周京澤而生。

十一月底，降雪，氣溫再度驟降。

天氣一冷，醫院的病患急劇增多，醫生的工作量也隨之加大。原因一是下雪，道路結冰，造成交通事故增多；二是氣溫一冷，許多高齡多病的老人就熬不過冬天了。

許隨已經連續加了一個星期的班，忙的時候匆匆吃了兩口飯又被護士叫走了。

雖然工作很忙，每天拖著疲憊的身軀回到家倒頭就睡，但許隨覺得挺好的，日子充實且平靜。

次日中午，醫院休息室，許隨站在飲水機前，拿了一包即溶咖啡粉，撕開包裝，正往馬克杯裡倒粉末泡咖啡，身後的同事坐在長桌旁邊，一邊聊天一邊喝咖啡。

「哎，你們看新聞了沒？淮寧路那一帶發生了強姦案，也太可怕了。那個女生才二十六歲，據說凶手是專盯晚下班的年輕女性，那個受害人也太慘了，耳朵都被咬爛了，是清晨的時候被發現的，好好的小女生渾身血淋淋地躺在草叢裡，人渣。」成醫生說道。

「這種人真的是畜生，鞭屍都不為過。」

何護士眼皮一跳：「淮寧路？上週我和朋友去萬眾影城看完《神力女超人》，回家的時候我還特別開心地買了一束黃色泡泡玫瑰，下了地鐵，走了不到十分鐘，在等紅綠燈時，我總感覺有個人一直盯著我。一回頭，我發現有個留長髮的男人一直對我笑，長得很猥瑣，還對我做了一個親嘴的動作。」

「媽呀！然後呢？」韓梅神色吃驚。

「然後綠燈一亮，我就鑽進人群跑了呀，好可怕，我到現在都心有餘悸。」何護士拍了拍自己的胸脯。

「下次別走那條路了，我聽說那段路最近變態有點多，晚上回家注意安全。」有人安慰道。

「欸，許醫生，妳家不就在淮寧路嗎？妳最近天天加班，晚上要小心啊。」韓梅說道。

許隨正用長柄湯匙慢慢攪著咖啡，輕啜了一口，半張臉被杯口擋住：「應該沒事。我不會那麼倒楣吧。」

「以防萬一啊，而且淮寧路就是妳家社區那條路，避都避不了，怎麼辦？」何護士擔心地說。

醫院的男同事把咖啡一放，抱著手臂說道：「許醫生，妳是我們普仁的一枝花啊，可不能出事。不然讓我們這些男同事送妳回家？」

「對啊，一三五我們，二四小高和老顧。」有同事笑著接話。

許隨舌尖被咖啡燙了一下，她笑著說：「那院長不得扒了我的皮？各位請放心，我會帶好防狼警報器和防身筆。」

「那就好。」

晚上下地鐵回家時，不知道是不是白天同事說了這則新聞的原因，許隨總感覺身後有人跟蹤她。

隱隱感覺對方是特意跟著她的步調，她停對方也停，她快對方也快，像個鬼魅，悄無聲息地跟在身後。但許隨停下來，發現背後什麼也沒有，空蕩蕩的，只有匆匆而過的路人。許隨還是感覺有人跟著她，於是加快了回家的步伐。鑰匙插孔轉動，人走進去以後，許隨背抵在門上，後背沁了一層薄汗，重重地喘了一口氣。

一連好幾天，許隨感覺每晚回家都有人在背後跟蹤她，可她每次都抓不到，只有一次，她看見一個人影一晃而過，但什麼也沒看清。以至於每次一踏上淮寧路，她就提心吊膽的，心口簡直像懸著一塊大石。

一直到第五天，許隨安全順利地回到家，長舒了一口氣，坐在沙發上發了一則動態：『最近好像被變態跟了好幾天，有點想搬家了。』

她這則動態一發，出現了許多留言。胡茜西評：『隨寶，好想派我養的犀牛來保護妳。』

梁爽：『不是吧，妳來我家住。』

大劉：『妹妹，妳得多加小心啊。』

許隨一一認真回覆，讓他們放心。

紅鶴會所，一幫人正在一起玩骰子，玩遊戲喝酒。

盛南洲正在玩手機，看見許隨動態底下胡茜西的留言，故作不經意地問：『什麼時候回來？我還挺想看看妳養的犀牛。』

然而等了十分鐘，盛南洲也沒能等到胡茜西的回覆。

坐在一旁的周京澤正漫不經心地玩著骰盅，臉上掛著放蕩不羈的笑容，把這幫人虐得體無完膚。

「哎，你有沒有看許隨動態？她說她這段時間遇見了變態。」大劉還不知道兩人發生的事情，主動提道。

然而「許隨」二字一出，周圍氣氛明顯僵了一下，周京澤臉上的笑容明顯淡了下去，他轉了一下手裡的骰子，語氣好似不怎麼在意：「是嗎？」

「對啊。居然有變態，現在的男人確實禽獸，對長得好看的女生只會用下半身思考。」盛南洲接話。

大劉瘋狂點頭：「許隨真慘，沾上這種社會垃圾。」

周京澤穿著一條黑色的鎖釦褲子，膝蓋抵在茶几上，「啪」的一聲，骰盅放在桌上，他抬起眼皮看了兩人一眼：「呵。」

周京澤哼笑一聲，大劉沒反應過來，盛南洲腦子轉得飛快，發出驚天大咆哮：「你就是那個垃圾？禽獸！」

大劉順著他的話明白過來，一臉震驚：「不是吧，周爺，你什麼時候這麼深情了？」

「深情個屁！」周京澤窩回沙發上，語氣慢悠悠的，「我就是剛好在那段路遛狗。」

遛個屁，你家跟她家離那麼遠，那你的狗跟著你挺辛苦的啊，要走那麼多冤枉路。盛南洲心裡想了一長串臺詞，正要開口吐槽時，周京澤一記眼刀掃了過來，指了指骰盅底座上的點數，語氣傲慢：「付錢。」

盛南洲看了一眼，語氣痛苦：「又輸了，你老是贏不會覺得沒意思，人生很無聊嗎？」

周京澤接過他手裡的籌碼，抬了抬眉尾：「不會。」

「很爽。」周京澤補了一句。

週五晚上十點，許隨做了一檯八小時的手術，出來時整個人累得不行，簡單收拾了一下就出了醫院。

冷風一吹，許隨整個人精神恍惚了一下，差點沒站穩，她以為是肚子餓加過於勞累導致的，沒太在意就上地鐵了。

出了地鐵站後，凜風掠過樹上的枯枝，從四面八方朝人吹來。許隨打了一個冷顫，把臉埋進圍巾裡。

眼看就要走到社區樓下，許隨感覺腦袋越來越暈，似有千斤壓在那，路也看不清，腳步一軟，朝一旁的長椅直直倒去。

周京澤今天沒帶狗出來，原因是今天天氣太冷了，攝氏零度，奎大人這幾天被他當成藉口拉出來，走這麼遠的路遛煩了，今天乾脆發脾氣不肯出來了。周京澤只好一個人在背後默默跟著許隨，看著她安全到家再折回去。

他在想：柏郁實這個男朋友怎麼當的？明知道這條路最近不安全，事故多發，還讓許隨一個人回家。可轉念一想，他還真不知道如果親眼看見兩人在一起能不能受得了。周京澤自嘲地扯了扯嘴角。

眼看許隨走在前面，步子發飄，他就有點不太放心，從褲子口袋裡摸出一根菸的工夫，不經意地掀起眼皮一看，許隨就已經倒在長椅上了。

手指捏著的菸被掰成兩段，周京澤神色一凜，立刻衝過去，半蹲下來，手臂穿過她的臂窩，另一隻手搭在腰上，一把將人橫抱在懷裡。

寒風凜凜，夜色濃稠，疏星點點，周京澤抱著許隨走在風中。

周京澤穿著一件黑色的羽絨外套，肩寬腿長，單眼皮，側臉線條乾脆凌厲，他懷裡抱著一個女人，神色匆匆地經過一個又一個路人。

「哇，你看那男的好帥。」

「是欸，大冷天穿這麼厚的衣服抱著一個人，我看著都覺得辛苦，不過也太有男友力了。」

周京澤把許隨抱上樓，來到她家門口時，站在那裡猶豫了一下，最後拿出手機撥打了梁爽的電話。他這身分，照顧許隨也不合適。可電話一直打不通，周京澤沒辦法，從許隨包裡翻出鑰匙，擰開了門，把人抱進房間。

周京澤小心翼翼地把許隨放在床上，結果不小心被地上的毛拖鞋絆了一下，不經意地朝床頭撞去。

他整個人伏在許隨身上，她的手還搭在他脖頸上，他聞到了她身上獨有的奶香味，特別是……甘甜，像果凍一樣的嘴唇擦過他的臉頰。

周京澤瞬間僵住，下腹一陣熱，他有些難耐地閉了閉眼，再重新睜眼，將她兩條手臂塞進棉被裡，又轉過身幫她脫鞋，蓋好被子。

周京澤摸了一下她的額頭，很燙，許隨好像很難受，轉了個身，把他的手打掉了。

周京澤跑出去找體溫計，許隨一向愛乾淨，東西也收拾得條理分明，他一眼就在客廳電視櫃下面找到了醫藥箱。

他走過去，半蹲在地上，找出額溫槍和退燒藥，又急忙跑進房間。

周京澤幫她量了一下溫度，攝氏三十八點五度，高燒，他倒了一杯水，從鋁片包裝裡摳出三顆藥，兩顆綠色的，一顆紅色的，餵她吃了。

興許是藥效還沒發揮，許隨還是很難受，一直在床上翻來覆去，不停地囈語。

周京澤靠在牆壁上，一條長腿抵在那裡，聞言放下腿，走過去，又摸了一下她的額頭，還是非常燙。

周京澤想起小時候外婆幫他煮過薑湯，拿著手機走出去，叫了食材外送。外送員很快將食材送到，周京澤拿著食材進了廚房，動手煮了一份薑湯。

他用手機卡著時間煮好，端到許隨面前，單手扶著她的肩頭坐在床上。

周京澤手裡端著碗，兩人靠得很近，手指習慣性地將她額前的碎髮勾到耳後，做完之後他想起什麼，動作頓了一下，右手盛了一湯匙薑湯遞到許隨嘴唇邊。

許隨下意識地喝了兩口，周京澤心想生病了還這麼乖，於是繼續餵。

誰能想到，有這想法的下一秒，許隨就將喝下去的薑湯悉數吐在了他身上。

灰色的毛衣立刻沾上了黃色的水漬，髒得不像話。

「……」周京澤扶著她的後脖頸把人放回床上。

他從床頭紙巾盒抽了幾張紙巾，瞥了躺在床上睡得安然無恙的許隨一眼，漆黑的眉眼溢出一點無奈：「我真是……服了妳。」

一夜，許隨一直高燒不退，反反覆覆，周京澤沒睡，守在她床前，隔半個小時便用毛巾冷敷她的額頭，擦拭一遍手心，以此來物理降溫。

直到下半夜，周京澤都沒怎麼睡，眼皮半掀不掀的，透著倦意，眼底一片黛青，一直守到許隨退燒。

凌晨四點，許隨終於退燒。

周京澤鬆了一口氣，他喉嚨發癢，忽然想抽一根菸，又想起許隨還生著病，於是剛從菸盒裡抖出一根菸又塞了回去。周京澤改從口袋裡摸出一顆糖，慢條斯理地剝了包裝紙丟進嘴裡，抬眼看著正在熟睡的許隨。

許隨正在熟睡中，長髮如瀑，散亂地落在床上，白皙的臉頰殘餘一點高燒的潮紅，嘴唇有些乾，黑漆漆的睫毛垂下來，漂亮又動人。

周京澤看了她一眼，勾唇笑，開始自顧自地說話。

他頓了頓，想到什麼似的說道：「柏郁實這個人確實挺優秀的，履歷和為人都無可挑剔，不然我會把妳搶過來。」

「梁爽那天說得對，我現在……什麼都沒有，拿什麼跟他爭？」周京澤舌尖抵著糖，聲音有點嘶啞。

「而且，妳不喜歡我了，我沒辦法。」周京澤看著她說。

周京澤走過去，把許隨的被子蓋好。「啪」的一聲，他把床頭燈關了，周圍陷入一片黑暗。他的臉半陷在陰影裡，看不清表情。只覺得他的背影像一尊高大沉默的石膏像，帶著一股孤絕和落寞，透著無能為力。

周京澤走之前深深地看了許隨一眼，垂下眼睫，語氣帶著一貫的散漫，自嘲地笑了笑：「原來……喜歡一個人會自卑啊。」

次日上午，許隨從床上睜眼醒來，感覺整個人像被扔進洗衣機裡，全身水分被抽乾，虛脫又無力。

她掙扎起來坐在床頭，喉嚨一陣乾渴，正想找水喝，瞥見床頭有退燒藥，還有一杯餘溫早已盡失的水。

許隨的視線怔住，昨晚她高燒昏倒，意識不清楚，迷迷糊糊記得有個人一直認真照顧她。

許隨想了一下，昨天梁爽說晚上要來她家拿東西，會不會是她？還是社區樓下哪個好心人？想到這，許隨拿起手機傳了語音訊息給她：『爽爽，昨晚我生病是不是妳照顧我？還是別人？如果是妳，辛苦妳，改天請妳吃飯哦。』

過了很久，梁爽才回了一則語音訊息。

她的語氣有些含糊，說話斷斷續續：『啊……對，沒事，週末妳好好休息。』

許隨同時也慶幸今天是週末，她可以好好休息。

高燒就是這樣，來得快去得也快。週一，許隨就神采奕奕地去上班了。

上午，許隨背著一個米色的托特包，穿著駝色羊毛大衣，踩著通勤鞋走進醫院辦公室，可意外發現，同事們沒有坐在辦公室做自己的事，而是紛紛湊在前臺，看著何護士值班的那臺電腦監視器畫面，不知道在討論什麼。

「欸，你們幹嘛呢？」許隨走過去，笑著問道。

「有生之年啊，我大普仁居然來了個大明星。」一個醫生接話道。

「嗯？」

「葉賽寧啊，那個國際超模，來我們醫院做手術，把頂樓那一層的ＶＩＰ套房全包了。」

「嘖嘖，明星好有錢。」趙書兒語氣羨慕。

「聽說她要做乳腺瘤手術，不知道掛了誰的號，」何護士想了一下，說道：「不會是許醫生吧？」

被點名的許隨心口一跳，她笑笑地一帶而過：「我最近半個月的手術都排滿了，而且我資歷還不夠，她掛的應該是專家號，比如方教授、副院長的號。」

韓梅說道：「哎，妳還真別說，她掛了方教授的號。」

許隨嘴角提了一下，收回搭在桌子上的手正打算走。

同事喊住她：「許醫生，不好奇大明星長什麼樣嗎？」

許隨回頭瞥了監視器畫面一眼，一輛房車靠在路邊，葉賽寧穿著一件黑色的長款羽絨外套，口罩將她巴掌大的臉遮住，只露出一雙上挑的琥珀色眼眸，即使穿得嚴實，也遮不住她曼妙的身材。

她將視線收回，笑道：「不太好奇，因為我再不過去，二十四床的病人該著急了。」

因為葉賽寧來普仁做手術，一整個上午，許隨都有些恍惚，以至於倒開水時險些被燙到，病人的病歷報告最後一行的醫生簽名也簽錯。

許隨把筆放在桌上，背靠在椅子上，仰頭看著天花板，心裡既苦又澀，但許隨提醒自己，這沒什麼，葉賽寧已經傷害不到她了。

週三，天氣放晴，氣溫開始回暖。

許隨辦公桌上養的虎皮蘭，這幾天捲著的葉子又慢慢舒展開來。

午休時分，陽光從百葉窗縫隙中射進來，落在桌子的一角。

許隨拿著小型的噴水壺正在澆花，護理長忽然敲了敲門，手上拿著資料夾，說道：「許醫生，ＶＩＰ七〇三病房的病人說想見您一面。」

「七〇三？」許隨放下噴水壺，她對這個數字很敏感，前幾天剛在護士前臺的值班表上看到過這個病房號，正是葉賽寧的房間，看一眼就在腦子裡形成印象了。

許隨對門口的護理長溫軟一笑：「好，我知道了。」

護理長走後，許隨抽出花瓶裡水養的一枝鬱金香，走出辦公室。

許隨乘坐電梯來到ＶＩＰ病房七〇三，插在衣服口袋裡的手伸了出來，屈起手指叩了叩門。

「進。」裡面傳來了一道女聲。

許隨走進去，一眼看到了病床上的葉賽寧，她的助理正坐在一旁幫她削水果。

「雲朵，妳先出去。」葉賽寧跟那個女孩說道。

「好，寧寧姐，有什麼事叫我。」助理放下蘋果，在經過許隨時對她友好地笑了一下，出去時還順便關上了門。

葉賽寧躺在病床上，因為剛做完手術，元氣大傷，整個人肉眼可見的憔悴，臉色蒼白，一點血色都沒有。

許隨看著她，問：「好點沒有？」

葉賽寧看著她忽然笑出聲，多年不見，許隨還是那麼溫柔好脾氣。換作是她，受到傷害再見面，指不定會指著對方的臉並抓住頭髮，大罵妳這個臭賤人，搶了我男朋友，祝妳不得好死。可許隨沒有。

也許這就是她和許隨的差別，所以周京澤願意護著許隨。

葉賽寧睜著琥珀色的眼眸看著眼前的人。

許隨穿著醫師袍，人瘦，兩根鎖骨像月牙，很細，皮膚白膩，綁著低馬尾，嘴唇淺紅，一雙眼眸依然澄澈，但多了一絲堅定和從容。

她右胸口處別著兩支黑色中性筆、一支紅色水性筆，手裡拿著一枝橘黃色的鬱金香，正彎腰把花插到一旁的花瓶中。

許隨從一個安靜話少的少女變成了一個優秀、漂亮、從容自信的女人。

「妳變漂亮很多啊。」葉賽寧誇道。

「謝謝。」許隨低著頭，正認真幫花找一個好看的位置。

倏地，葉賽寧咳嗽了一聲，這一咳牽引了胸腔陣痛，她痛苦地皺了一下眉。

「其實我今天找妳來，是因為欠妳一句隔了很多年的道歉，」葉賽寧聲音有點沙啞，她的語氣鄭重，一字一句道：「對不起。」

許隨擺花的動作一頓，恰好碰到旁邊花籃裡一枝玫瑰的刺，指尖一陣刺痛，有血珠湧出來。她沒想到葉賽寧會道歉。

「已經過去了，而且周京澤也不在我這。」許隨抬了抬眼，重新擺弄花。

葉賽寧搖頭，頓了頓：「其實當年有些事我應該跟妳說清楚，但我一直在國外，事業太忙了，所以這次回國第一件事就是找到妳，來道歉。」

「其實當初你們分手，周大受打擊，很長一段時間都處在痛苦失意的狀態中，尤其是他知道這件事是我搞的之後，」葉賽寧低頭勾唇自嘲，語氣有些痛苦，「他立刻把我送回了英國。他說再也不要見到我。」

「他說如果沒有妳，這輩子會隨便找一個人結婚，也不會跟我。」

葉賽寧知道周京澤這話不是氣話，所以真正聽到時整個人十分崩潰，她想求得他的原諒，但周京澤鐵了心要讓她吃到教訓。

葉賽寧到現在還記得周京澤的溫柔與絕情。

他漆黑的眉眼壓滿了濃重的戾氣和壓抑，像一隻困獸，差點動手把她掐死。

那一刻，葉賽寧才知道周京澤以前對她的好感，可能就是比普通女孩多了一點欣賞和惺惺相惜。

許隨是他的底線。葉賽寧以為能碰，碰了之後才發現她錯了，錯得徹底。

葉賽寧被送回英國後，以為他是一時置氣，堅持經常寄禮物、寫信給他，可每次都被退回。直到一年後，耶誕節，葉賽寧鼓起勇氣打電話給周京澤，結果電話提示那邊是空號。

葉賽寧如夢初醒，才知道他再也不會原諒她了。

後來葉賽寧事業發展不順心，在異國十分孤獨，沒有親人，沒有朋友，患上了憂鬱症。

葉賽寧那時是真的很想念周京澤，她半夜失眠，爬起來吃了一粒安眠藥，再閉眼，依然睡不著，看到窗外的月亮竟然是模糊的。

她忽然整個人情緒崩潰，從床上爬起來，一邊哭一邊寫郵件給周京澤，向他認錯，說願意跟許隨道歉，還說了她最近過得很不好，得了憂鬱症，經常情緒崩潰。她甚至低到了塵埃裡，葉賽寧還在郵件裡寫道：只要你來看我，讓我做什麼都可以。

郵件寄出去後，石沉大海。

葉賽寧在起伏的焦慮情緒中，每天盼著周京澤回她郵件。

她每天從醫院治療回來第一件事就是查看郵件有沒有收到回覆，直到第十天，她親眼看見郵件狀態從未讀變成已讀。

周京澤沒有回覆，更沒來看她。這是對她的懲罰。

「我認識周的時候，他年紀比較小，剛好他媽媽又去世沒多久，我比他大一歲，還比他早入社會，那個時候發生了點事，我只是湊巧拉了他一把，所以他覺得虧欠我，才會對我事事都縱容。」葉賽寧臉色蒼白，回憶起這段往事表情仍是痛苦的、不堪的。因為在愛情裡，誰也不願意承認自己的失敗。

葉賽寧抬眼捕捉到許隨疑惑的表情，問道：「不會吧，他還沒有跟妳說是什麼事？」

許隨搖搖頭，她不知道周京澤當初發生了什麼事，她隱約記得那時傳錯訊息，她被認成葉賽寧，兩人產生了誤會。周京澤跟她道歉，說他也有陰暗的一面，害怕讓她知道。

葉賽寧點了點頭，忽然有點酸，雖然不想承認，但她還是嘆道：「那他真是……愛慘了妳。」

許隨瞳孔緊縮，心顫了一下。

有人告訴她，這麼多年，他還愛著她，從一而終。

她忽然有點適應不來。

像是妳努力想要得到一朵花，一朵屬於妳自己的花，有人卻願意穿越沙漠，跋山涉水，把一束花捧到妳面前。

因為喜歡妳，所以不遠萬里。

從葉賽寧病房出來後，許隨的情緒一直處於低落當中。

忽然，這個時候，梁爽打來了電話，許隨點了接聽，調整一下語氣：「喂，怎麼了？」

梁爽的語氣有些不好意思，吞吞吐吐的，嘆了一口氣：『隨隨，其實……妳生病那天照顧妳的不是我，應該是周京澤。他還打電話給我，應該是想讓我照顧妳，但那天晚上我喝多了，說好去妳家也沒去……然後我最近不是看他不爽嗎？第二天妳傳訊息感謝我的時候，我就認領了這份心意。但想來想去，覺得這樣不太好。唉，我也不知道他到底什麼想法了，嗚嗚嗚嗚，總之，姐妹對不起。』

「好，我知道了，沒事呀。」許隨輕聲說道。

掛電話後，許隨想，原來那天照顧她的竟然是他。

這樣順著邏輯一想，這段時間，怕她有危險每天晚上在後面跟著的也是周京澤了。

一時間，她的心緒複雜。知道這些事後，她不知道該哭還是該笑。

晚上，剛好是部門聚餐，一幫人吃完龍蝦大餐以後，轉戰去了紅鶴會所。

路上，許隨坐在後排，身邊坐著同事趙書兒。

趙書兒見許隨狀態有點不對勁，推了推她的手臂，問道：「妳失戀啦？臉色這麼差。」

許隨嘴角牽出一絲笑容：「比失戀更複雜。」

「哦，沒事，等等用喉嚨吼出來呀，K歌的時候我們一起情歌對唱啊，發洩發洩。」

「好。」許隨點了點頭。

一行人到了紅鶴會所，進了包廂以後，同事們解放天性，玩遊戲的玩遊戲，唱歌的唱歌，鬧成一團。

出來唱歌還挺開心的，再加上周圍鬧哄哄的氣氛，許隨低落的情緒多少好了一點。

許隨唱完了一首歌，趙書兒點的歌切了上來。

她瞥了一眼，伍佰和徐佳瑩經典對唱的情歌——〈被動〉。

許隨把麥克風遞給她，跳下高腳凳，剛喝了一口水就有人拍她的背，趙書兒把麥克風遞了過來，語氣焦急：「妳先幫我唱，我的Darling來電話了。」

「可——」麥克風塞到許隨手裡，她話還沒說完，趙書兒就急匆匆地跑了出去。許隨只好重新坐上高腳凳，看著螢幕。

在這場盛大的演唱會上，節奏一出來，徐佳瑩立刻發出爽朗灑脫的笑聲。

許隨跟著節奏慢慢地唱起來，她其實對這首歌不是很熟，聽過，有印象，但記不住歌詞。不知怎麼的，許隨越唱到後面，聲音越小，後來乾脆盯著螢幕，不唱了。整個KTV都迴盪著原唱的聲音。

紅色的燈光昏暗，周圍吵得不行，有的人因為贏了遊戲而尖叫，有的人因為輸了而在賣慘賴帳。周圍十分喧鬧，每個人都沉浸在自己眼前的世界中，投入巨大的熱情和專注力，沒人注意到許隨的不對勁。

她坐在高腳凳上，背對大家，聽著歌，眼淚猝不及防地掉了下來，一滴接一滴，眼角、鼻尖都是紅的。

徐佳瑩在《是日救星演唱會》上，在歌曲的開頭發出一陣爽朗灑脫的笑聲，以一種看透一切仍滿懷少女心事的腔調唱道——

「我可以很久不和你聯絡，任日子一天天這麼過。讓自己忙碌可以當作藉口，逃避想念你的種種軟弱。我可以學會對你很冷漠，為何學不會將愛沒收。面對你是對我最大的折磨，這些年始終沒有對你說。愛你越久我越被動，只因你的愛居無定所。是你讓我的心慢慢退縮，退到你看不見的角落……」

許隨再也承受不住，把麥克風往旁邊一放，急匆匆地跑了出去。

許隨屬於一哭就很容易停不下來的人，她不想在同事面前哭，跑出去只是想在洗手間哭完後洗把臉，讓自己冷靜一下，她也不知道自己怎麼了。可能想起了很多事，想起了分手後這麼多年，她看似過得很好，從來沒有聯絡他，也很少想他。

她把自己變成了被繭裹著的蛹，可這麼多年，有時深夜看到一張照片，一本高中的習題集，她會忽然掉眼淚。沒有人知道。

有些人，在心裡某個角落，根本不敢碰。

許隨一直低著頭，朝洗手間的方向走去，不料不小心撞向一個溫熱的胸膛。

「對不——」許隨滿臉淚痕地抬頭。

周京澤嘴裡咬著一根菸，漆黑凌厲的眼睛正動也不動地盯著她。

見許隨哭得眼睛通紅，他的心忽地疼了一下，蹙起眉頭，聲音低低沉沉：「怎麼哭了？誰欺負妳了？」

「沒。」許隨吸了一下鼻子。

她低下頭，晶瑩剔透的淚珠還沾在眼睫毛上：「我去洗個臉。」說完，許隨就從他身邊逃開了。

周京澤看著她的背影，自嘲地笑了笑。

數了一下，剛才她一共只跟他講了三句話。

周京澤重新走向包廂，人走到門口，又猶豫了一下，走到走廊的盡頭點燃菸。

包廂裡面正在打麻將，三缺一，盛南洲怎麼等也等不到人，於是出來遛了一圈。

盛南洲在走廊窗邊找到周京澤，拍了拍他的肩膀，說道：「還在這抽菸？我剛出來好像看見許隨也在這呢，和同事聚餐，不去找她？」

周京澤想說我們剛才已經見過面了，但這和沒見面沒差，於是他什麼也沒說，拿下嘴裡的菸，扯了扯嘴角，語氣緩緩：「算了，人家已經不喜歡我了。」

成年人大概就是上一秒還心事重重，下一秒就要擦掉眼淚投入工作當中。許隨在洗手間接到醫院電話，說她的病人忽然病症發作。許隨關掉水龍頭，抽出一張紙巾擦了一下臉匆匆趕回醫院。

她走出來，冬景一片肅殺，只有冰晶結在葉子上，目光所及之處，都是單一的色調，衰草枯楊。

一直到凌晨，許隨才回到家，倒頭就睡。

氣溫並沒有像天氣預報所說回暖一週，暖意持續沒兩天，冷空氣急轉而來，大肆侵襲，第三天，京北下起了暴雪，十二月正式到來，預示著二〇二〇年即將結束。

許隨最近都值夜班，因為暴雪，半夜城棧路發生了一起巴士側翻事故。

凌晨五點三十二分，外面大雪紛飛，偶爾有松枝被壓彎，積雪掉在地上發出「啪」一聲。

手術室內靜謐無聲，只有儀器發出機械且緩慢的嘀嘀聲。

手術室內，許隨穿著藍色無菌服，接到車禍導致腹主動脈破裂的病人。即使熬了一整夜，一雙眼睛仍保持著清醒、沉靜。

「縫合腹壁切口。」許隨戴著口罩說道。

經過手術後，許隨看了一眼，病患雙足血運正常，終於舒了一口氣，溫聲說：「轉入ICU進行監護治療。」

「各位辛苦。」許隨鬆了一口氣，緊繃了一夜的臉終於出現了點笑意。

「許醫生，妳也辛苦了。」

許隨走下手術臺，脫下拋棄式醫用口罩和防護手套扔進垃圾桶裡，抬腳踩手術室的感應開關，左轉進入洗手間洗手，換上醫師袍，再走出來。

人的神經一旦放鬆下來，身體四處後知後覺傳來痠痛感。許隨感覺自己累得手臂都抬不起來了，肩頸也痛得不行。

許隨抬手揉著脖子，又捶了捶後背，正心不在焉地往前走，忽然，正前方竄出一個穿著陳舊，袖子磨捲邊的壯實男人，鬍子雜亂，光頭，用一雙布滿紅血絲的眼睛惡狠狠地盯著許隨：「外科室的沈林清醫師在不在？」

許隨抬眸打量眼前的男人，他手裡舉著一塊紙牌，上面用紅色油漆大大寫著——魔鬼醫生，殺人償命。像是泣血的絕叫。

他臉上的表情有哀傷，但更多的是失去親人的憤怒，渾身散發著偏執的陰森感。

醫病關係，是醫院最常見，也最難調解的關係。

「還沒到上班時間。」許隨回答。

說完後，許隨插著口袋正打算與這個中年男人擦肩而過，不料對方抓住許隨的手臂，明顯是被她冷淡的態度激怒：「妳什麼意思？就是兩天前，在你們醫院，我老娘一個活生生的人說沒就沒了！我白天蹲晚上蹲，都沒見到人，那姓沈的不會藏起來了吧？你們今天必須給我一個說法。」

中年男人拉扯著她向前，許隨一個踉蹌撞到牆壁，痛得直皺眉，他攥得越來越用力，語氣激動：「你們都要給老子償命！醫生不就是救人的嗎？你們這叫失職懂嗎？一群廢物！」

「以沈林清為首，他就是殺人狂魔！」

「我沒媽了！」

經過的護士被嚇得尖叫一聲，立刻叫來保全和同事，將兩人分開。許隨被中年男人晃了十分鐘左右，一陣反胃，人都快被晃吐了。

許隨被拉到保全身後，在中年男人大肆辱罵醫務人員、問候他們祖宗全家、激動得面紅耳赤時，她終於開口：「你母親半個月前入住普仁醫院，家屬隱瞞患者病史，導致醫生診斷錯誤。在造成錯誤後，醫生重新制訂方案並盡力救治，但患者病情過重，兩天前病發搶救無效去世。」

許隨的聲音始終不冷不熱，似在闡述一件事：「醫生有盡全力救人的責任和義務，但沒有賠命這一項。」

「節哀。」許隨從他身上收回視線，插著口袋離開了醫院走廊。

許隨滿身疲憊，直接回了辦公室，趴在辦公桌上睡著了，還做了一個夢，夢裡那個病患家屬的臉與封存記憶裡的幾張臉重合。

那一家人高高在上地看著她和許母，語氣譴責又充滿怨恨：「妳爸這叫失職，懂嗎？」

許隨一下子從夢中驚醒，後背出了一層冷汗。直到聽到周圍同事細碎的聊天聲，她的思緒才漸漸回籠，原來現在是早上八點，新的一天已經來臨。

許隨匆忙吃了個早餐後出去填值班表，卻沒想到在走廊碰見了一直帶著自己的老師，張主任。

「小許，剛值完夜班啊？」對方問她。

「對。」許隨點頭，看著主任好像有什麼話要說，便主動問，「老師，您有什麼事嗎？」

「妳今天早上的言論啊，都傳到我這了，怎麼還直接跟病患家屬槓起來了呢？」主任猶豫了一下，換了個語氣，「不要刺激到他，尤其是現在醫病關係這麼緊張。」

「好，我知道了，謝謝老師。」許隨說道。

主任走後，許隨雙手插在衣服口袋裡，邊朝前走邊想，老師大概還有後半句話沒說出來，是想再提她作為醫生沒有悲憫之心的事吧，可許隨不後悔早上跟病患家屬講出事實，也不害怕對方蓄意報復。因為他們沒失職，作為醫生已經盡了全力。

次日下午，許隨坐診外科門診部，她坐在電腦前，用滑鼠滾動頁面查看病人預約名單和時間，她一目十行，眼睛掠過網頁，在看到某個名字時，視線怔住。

周京澤，二十八周歲，預約時間是下午四點半到五點。

他怎麼來了？

許隨正思忖著，門口傳來一陣聲響，何護士抱著一疊病歷本，收回敲門的手，說道：「許醫生，要開始啦。」

「好。」許隨聲音溫軟。

許隨坐在辦公桌前，耐心又負責地接待一個又一個病人。她低著頭，碎髮掉到額前，伸手勾了一下，這時，門外響起一陣有節奏的敲門聲。

「進。」許隨開口。

說完她抬頭，看見周京澤出現在眼前，臂彎裡掛著一件鬆垮的外套，眼瞼微垂著，還是那雙漆黑狹長的眼眸，好像少了一點光，但他還是對許隨挑了一下唇角。

許隨心口縮了一下，她移開視線，問道：「哪裡不舒服？」

「前幾天在基地修飛機，後背被零件砸了一下。」周京澤語氣輕描淡寫。

許隨點了點頭，表示知曉，她為周京澤檢查了傷勢，萬幸是皮外傷，她開了一張藥單給他，遞過去：「去窗口排隊拿藥，再回來，跟你說一下使用注意事項。」

「嗯，謝謝醫生。」周京澤聲音透著客氣和規矩。

人走後，那股侵略性的、凜冽的氣息也隨之消失在空氣裡。許隨呼了一口氣，後腦勺靠在椅背上，只覺得胸口堵了一下，有些呼吸不過來。

許隨低下頭繼續寫著病歷報告，寫錯了一個字正要劃掉時，一道陰影籠罩在桌前，她以為是周京澤回來了，頭也沒抬，問道：「這麼快就回來了？」

無人應答，許隨隱隱覺得不對勁，正要拉開抽屜去拿裡面的手機時，對方迅速劈了她的手掌一下，許隨吃痛皺眉。

人還沒反應過來，對方一把將許隨從椅子上拉起來，整個人鉗制住她，右手拿出一把水果刀抵在她喉嚨處。

「你幹什麼？」許隨語氣冷靜，神色一點也不驚慌。其實只有她自己知道，掌心已經出了一層冷汗。

男人冷哼一聲，一字一句地開口，語氣陰狠：「當然是讓妳給我老娘陪葬。」

男人是個光頭，穿著一件破舊的藍色羽絨外套，身體強壯，許隨被他鉗制住，一點都動彈不得。

「給老子把門反鎖了。」男人把鋒利的刀刃抵在許隨喉嚨上，示威性地往前挪了一寸，白皙的皮膚層立刻滲出血絲。

許隨只好點了點頭，兩人一前一後地朝門口的方向走去，光頭神情嚴肅，眼神警惕地看向門口，生怕下一秒有人來敲門。

許隨趁對方神經過於緊繃，注意力都集中於門口時，手肘往後用力一撞，正中他心口要害部位，光頭悶哼一聲放手。

她立刻蹲下來倉皇逃走，一顆心快要跳到喉嚨口。

「臭婊子！」光頭惡狠狠地朝地上吐了一口唾沫。

眼看許隨的手剛摸到門把，男人一把抓住她的頭髮，狠狠地往後扯，右手拿著刀作勢要砍她。頭皮一陣刺痛，許隨費力掙扎。

兩人在拉扯間，倏地發出「刺」一聲，衣服被割裂，刀刃割中她的腹部，許隨緊蹙眉頭，慢慢蹲下身，感覺腹部有血不斷湧出，痛得說不出一句話。

前兩天半夜她剛幫病人做完一檯腹腔手術，今天就被病患家屬割傷了腹部。

男人紅了一雙眼，再次揪著許隨的衣領把人提了起來。陽光射過來，打在刀刃上，折射出偏激的冷光。

光頭男人正要拿著刀抵向許隨的喉嚨時，一陣猛力襲來，有人在背後踹了他的手一腳，「啪」的一聲，水果刀被踢飛。

許隨捂著腹部，費力地抬眼看過去。周京澤不知道什麼時候出現在眼前，心尖顫了一下，他沉著一張臉正在和光頭男人赤手搏鬥。

周京澤一拳揮了過去，光頭男人嘴角滲出一抹血，正要上前，他又補了一腳。周京澤將光頭制服在地，抬腳踩在他胸腔上，拽著他的衣領，往死裡揍他。

他寒著一張臉，眼底壓著濃稠的陰鬱，像地獄裡的阿修羅，正往死裡揍著凶手，揍得手背紅腫滲出血也渾然不覺。許隨一點也不懷疑他會把那個男人打死。

許隨費力地挪到辦公桌旁，喘著氣艱難地按下緊急按鈕。

光頭男人被揍得鼻青臉腫還在那放聲大笑，眼睛直勾勾地盯著周京澤，詭異得像個變態，忽然，他衣袖裡甩出一把折疊刀，鋒利的刀刃直直地朝周京澤的手劈過去，暗紅的鮮血立刻噴湧出來。

許隨瞳孔劇烈地縮了一下，因為受到刺激，昏了過去。

二十分鐘後，許隨躺在病床上醒來，睜開眼，發現同事們都圍在她身邊，一臉關心，紛紛問道：「許醫生，妳有沒有事？有沒有哪裡不舒服？」

「許醫生，妳腹部的傷口雖然長，但很淺，沒什麼大礙。幸好傷的不是妳做手術的手，但真的寒了我們這些醫生的心。嫌犯已經被抓起來了。」

敏感地捕捉到「手」這個字，許隨眼皮顫動了一下，她掙扎著從病床上起來，牽動了傷口神經，直皺眉。

許隨蒼白著一張臉問道：「他呢？」

同事愣了一下，才反應過來：「是剛才那個見義勇為的大帥哥吧？在隔壁包紮傷口呢。」

「我去看看他。」許隨咳嗽了一聲，掀開被子走下去。

周京澤坐在病床邊，此刻黃昏霞光已經完全消失，他背後一片漆黑，無盡的暗。他正咬著手背上的紗布，想打個結。

周京澤正垂眼盯著紗布上滲出的血跡，倏忽，一雙纖白的手輕輕扯住他牙齒咬著的紗布。他鬆口，掀起薄薄的眼皮看著眼前的許隨。

許隨垂下眼，主動幫他包紮。

「妳去休息，」周京澤開口，在瞥見她沉默異樣的表情時，漫不經心地笑了笑，「我手沒事，就算有事也沒關係，正好以後也開不了飛機了。」

不重要。

「放屁。」許隨說道。

許隨看起來溫柔又乖巧，忽然飆出一句髒話，他還真沒反應過來，隨即低低地笑出聲，後來越笑越大聲，連胸腔的震顫都透著愉悅的氣息。

嘖，怎麼會有人說髒話都這麼可愛，一點殺傷力都沒有。

周京澤還在那笑，許隨眼睛卻漸漸起了濕意，他低下頭，看見一雙杏仁眼泛紅，收住笑聲，看著她：「妳怎麼跟個水龍頭一樣，嗯？」

「我真沒事，我剛才逗妳的。」周京澤撩起上眼瞼，語氣無奈，「我真是……拿妳一點辦法都沒有。」

等許隨下班後，周京澤要送她回家，說不放心她一個人。許隨點了點頭，答應了。

一路上，兩人坐在計程車後排，中間的縫隙彰顯著兩人的距離感，相對無言。車窗外的風景倒退而過，暖黃的路燈，暗紅的霓虹，交錯而過，有好幾次，許隨想張口說話，心事到了喉嚨口，卻又什麼都說不出來。

到了許隨家樓下，她打開車門下車，想起什麼又敲了敲車窗，開口：「我家裡有個藥膏，淡化疤痕的，你上來。」

「行。」周京澤點點頭。

兩人一前一後地來到許隨家門口，許隨開門走進去，按了一下牆壁上的開關，「啪」的一聲，暖色的燈光如漲潮的海水，傾瀉一地。

「你先在這坐著，我去找找。」許隨脫了外套。

周京澤點頭坐在沙發上。許隨穿著一件白色的針織衫，趿拉著綠色的兔子毛拖鞋，在客廳和臥室來回找藥膏。

大約找了十分鐘，許隨有點崩潰，說道：「奇怪，我明明是放在這的啊。」

「妳坐著，」周京澤站起來，雙手插在褲子口袋裡，對她抬了抬下巴，「妳跟我說幾個有可能的地方，我幫妳找。」

許隨說了幾個平常放東西的地方，坐過去，自己倒了一杯水。她喝了兩口，沒過多久，周京澤手指勾著一個醫藥箱，慢悠悠地走到她面前。

「找到啦？」許隨抬起眸。

周京澤沒有說話，單膝半蹲下來，打開醫藥箱，拿出裡面的紗布和藥，語氣緩緩：「包紮一下。」

許隨這才發現她剛才來回折騰，牽動了腹部的傷口，白色的針織衫已經隱隱滲出血跡。原來他是要幫她拿紗布。

許隨點了點頭，手指捏著針織衫的一角往上捲，一截白膩的腰腹露出來，白色的紗布纏著纖腰，再往上，隱約看見黑色的類似刺青的東西。

許隨如夢初醒，反應過來立刻扯著衣衫往下，可是已經來不及了。

一股更強的蠻力攥住了她，一隻骨骼分明、手背青色血管清晰凸起的手掌覆在許隨的手背上，阻止她把衣服往下拉。

許隨垂著眼，執著要往下拉。

周京澤偏不讓。

一拉一扯，像是無聲的對峙。

窗外的風很大，夜晚靜悄悄的，靜到好像世界末日要來臨，他們坐在一條無法分割的船上。明明坐在對面，只是望一望，內心深處掩蓋的眷戀和癡纏，像一張網，被勾了出來，一觸即燃。

周京澤沉著一張臉，攥緊她的手，用力往上一扯。她「嘶」一聲，衣服被完全掀開，他的手恰好抵在她胸口。

白皙的皮膚暴露，立刻起了細細的疙瘩。她的胸部下側，肋骨那裡刺了一個刺青。一串希臘語加了字母，外圈由一串蛇纏蓮花的圖案組成。

這是周京澤年少輕狂刺在手背上的刺青，帶有個人張揚囂張的鮮明標誌。許隨竟然將它複製到了自己身上。

她明明是一個怕疼的女生。

周京澤想起大學兩人剛在一起，在雪山玩坦白局的那晚。

「換我了。」許隨伸出五指在他眼前晃了晃，試圖讓周京澤回神，「你覺得比較可惜的一件事是什麼？」

「把手背上的刺青洗掉了。」周京澤語氣漫不經心。

她默默把周京澤這句話記了下來，最後什麼也沒說，點了點頭。

當初在男孩手背上遺憾消失的刺青，而今再度出現在他眼前。

Z & Heliotrope，是明亮、向陽而生的意思，他希望自己活得敞亮，堂堂正正。

而許隨肋骨處的刺青是Heliotrope & ZJZ，它在希臘語的意思是永遠朝著烈陽，向著周京澤而生。

希望愛的少年永遠熱烈。

還是永遠熱烈地愛著少年。

把一個人的名字刺在最痛的肋骨處，是少女虔誠的心經。

周京澤分不清，他足足盯了一分鐘，看了又看，紅了一雙眼睛，啞聲道：「什麼時候刺的？」

「在我們分手的三天前。」許隨想了想道。

周京澤想了一下，分手三天前，不就是他生日的時候嗎？原來這就是她說要送給他的生日禮物。

像是失而復得般，欣喜、懊悔、愧疚一併襲來。

他們到底錯過了多少年？

而許隨，又是懷著怎樣的心情和期待刺上這個刺青，最後卻全部落空？所以重逢後，她把自己的心事藏了起來，退到沒有人看得到的角落。

周京澤看著她，眼神炙熱，烤得她心口一縮，語氣緩緩，在陳述一個事實：「妳喜歡我。」

「那是以前。」許隨低下頭，急忙把衣服拉下來。

周京澤站起來，靠近一寸，將人限制在沙發上，噴出來的氣息拂在她耳邊，癢癢麻麻的，他捏著她的下巴挑了起來，漆黑的眼睛緊鎖著她，問：「是嗎？那妳怎麼不把它洗了？」

那個熟悉的周京澤又回來了。

許隨打掉他的手，起身躲避，道：「我嫌麻煩。」

人剛一起身，又被周京澤伸手拽了回去，許隨撞上一雙漆黑的眼睛。他抬手用拇指按著她的額頭，看著她，四目相對。

粗糙的指腹一遍又一遍地按著她的額頭，許隨呼吸顫了一下。

周京澤眼睛沉沉地盯著她，如猛火一般洶湧炙熱。

許隨被他看得臉頰發熱，臉轉過去，視線移開。男人偏要逼她重新看他，扳回她的臉，咬了一下後槽牙：「老子就不信妳沒感覺。」

他毫不猶豫地偏頭吻了下去，來勢凶猛。

許隨整個人被抵在沙發背上，她脖頸靠著牆壁，一陣冰涼。他人靠了過來，氣息溫熱，額頭抵著額頭，嘴唇輕輕碰了碰她的唇瓣，似有電穿過。

許隨的心忽地縮了一下，想退又不能退，一個親吻將人帶回以前。

有一滴汗，滴到眼角處，淚腺受到刺激，最後，一滴眼淚從眼角滑落。

很熟悉，好像他們從未分開過。

最終，她臣服於自己內心深處想要的。

手指輕輕撫上他的鬢角，是溫柔的觸碰，像是給出了回應。

窗外有樹影搖曳，樹葉落在地上，一輛接一輛的車開過去，輪胎碾過去，最後落於地面，好像要起風了，室內卻溫暖如初。

周京澤動作頓住，黑如鷹隼的眼睛緊鎖著她，粗糲的手掌以及紗布，摩挲著她白皙的臉頰。

許隨心底一陣顫慄。

男人伏在她身上，捆著她的手，以一種絕對掌控的姿態，盯著她。

他什麼也沒做，只是看著她。許隨感覺自己的額頭出了一層薄汗。

屋子裡的暖氣流通，一開始是溫熱，慢慢變為燥熱，很乾。這種天氣，她好像回到了在琥珀巷時兩人一起看球賽的夏天，也很熱，但濃情蜜意的時刻。

那時是蟬鳴聲，現在是樓下對面的馬路一聲聲鳴笛聲，一短兩長。

周京澤看著許隨，眼眸只映著她。

好像他是屬於她的。

許隨抬起眼睫，天花板的暖色吊燈有些刺眼，她抬手擋住自己的眼睛，又被男人拿開。

周京澤俯身用拇指輕輕按了按她肋骨處的刺青。

少女直白的心事就這樣展現在他眼前。

他俯身用嘴唇碰了碰她耳邊紅色的小痣，許隨只覺得耳邊一陣酥麻，推也推不開。

漸漸地，她認輸了。

還是一靠近，就會心動。

周京澤依然不讓許隨開燈，以占有者的姿態審視她的眼睛。

許隨長髮散亂，有一種少女聖潔的美，她的睫毛緊閉，顫動著，臉頰潮紅。無聲的誘惑。

周京澤喉結緩緩滾動，低下頭，惡狠狠地咬了她的嘴唇一口。

「柏郁實和我，選他還是選我？」周京澤盯著她沉聲問。他還是介意和吃醋，那天看到兩個人的親密舉動。

許隨識相地不答，不然吃虧的是她自己。

「妳說我是誰？」周京澤伸手將她額前的碎髮勾到耳後，再次用拇指按住她的額頭。

許隨不答，他繼續逼她看向自己，這可怕的占有欲。她拍開他的手，不太願意地說道：「周京澤。」

她到最後還是只選他。

最後許隨累得筋疲力盡，畢竟白天經歷了高強度的工作，又受了傷，迷迷糊糊地睡著了。周京澤抽完一根菸後抱著她去浴室擦洗。即使墊了墊子，他也很小心，她傷口處的紗布還是需要換。

熱水很熱，許隨瞇著眼，不想動，只覺得舒服。

因為許隨剛受過傷，傷口不能碰到水，周京澤擦洗的動作很小心，難得溫柔，但他也沒閒著，幹這事得拿好處，還跟她講道理。

他就是幫忙處理傷口而已，還要討好處，許隨難以置信地睜大眼，然後一口拒絕了。

周京澤碰了一下她耳朵，懶散地哼笑一句：「我都多久沒開過葷了。」

窗外的風聲很大，呼呼颳過來，高樓黑暗，只有他們這裡亮了一盞小小的燈火。

屬於他們兩個人的世界。

夜晚浮沉，風也惹人沉醉，隱去的月亮出來一半，似撥雲見霧。

周京澤一聲又一聲地喊她，一字一句，似認定又認真，聲音很沙啞：「一一，我的一一。」

第二十五章　暴雪過後，天晴

妳想要的，有人會在暴雪後的早晨，迎著冷風，買來妳喜歡的早餐，送到妳面前。是另一種暴雪天晴。

許隨醒來時，渾身腰痠背痛，骨頭像是被拆卸一般，比她熬夜做手術還辛苦。她試圖掙扎著起身，失敗，乾脆躺了回去。

一轉頭，身邊早已空空如也，枕邊卻留有餘溫。

許隨一轉身，鼻尖充斥著男人殘餘的淡淡的菸草味，引得人思緒紊亂。

她背過身，閉上眼，回想著昨晚發生的一切。她不記得自己怎麼就迷迷糊糊地點頭了。

分隔多年，周京澤依然記得她敏感的地方，一靠近，就有本事讓她一步一步投降，牢牢地掌控她，讓她不自覺地淪陷。

昨晚，他似乎很喜歡那個刺青，吻著它，一遍又一遍，似乎要在肋骨處留下他的印記。

最後淚汗交融，周京澤用鼻尖親暱地蹭了蹭她的額頭，啞聲喊著「一一」時，許隨忽然掉出一滴眼淚。

都說「愛人眼睛裡有星辰大海」，這一次，她好像在他眼睛裡看到了一個小小的身影。

暴雪過後，天晴。

因為之前那件事，副院長特准許隨放兩天假，讓她好好在家休息。許隨賴了一下床，慢吞吞地起來，打算洗漱完下樓去買個早餐。

她很久沒有吃陳記的珍珠腸粉了，還有他家的米漿，必須是剛磨好的，燙舌尖的那種，味道醇香，喝一口，唇舌間是淡淡的甜味。忽然很想吃，但都這個時間了，他家的米漿肯定被一搶而空，哪輪得上她這個懶蟲？能吃到珍珠腸粉就很幸福了。

許隨邊想邊走到客廳，她拿起一個馬克杯，自己倒水喝，喝了一口，視線不經意一瞥。餐桌上有張紙條，許隨拿起來一看，周京澤字跡冷峻，看起來很正經，字裡行間卻透著孟浪氣息：廚房裡熱著早餐，醒來可以吃，去跑步了，不走的話，會忍不住接著弄妳。

許隨臉一熱，將紙條放回餐桌上。她走到廚房，掀開保溫鍋，熱氣拂到臉上，裡面是陳記的珍珠腸粉、燙舌尖的醇香米漿。

一切都剛剛好。

妳想要的，有人會在暴雪後的早晨，迎著冷風，買來妳喜歡的早餐，送到妳面前。是另一種暴雪天晴。

許隨洗漱完，坐在窗臺前，認真吃完了那份早餐。

早上九點，周京澤跑完步回家，拎著一瓶冰水慢悠悠地走到許隨家樓下。他正走著，迎面而來一張有點眼熟的臉龐，視線掠過，頓了頓，繼續往前走。

隱約好像有人喊他，周京澤停下腳步，摘下耳邊AirPods，回頭。

「周機長，真的是你啊？也太巧了。」一個約四十歲的男人神色激動道。

周京澤看著他，愣了一秒，只覺得眼熟，還是沒想起這個人。

「我呀！前年東照國際航空T380那趟航班，你記得嗎？」

對方這麼一說，周京澤想起來了，伸出手，笑了笑：「記起來了，你好，你女兒過得怎麼樣？」

「挺好的，今年還談了戀愛呢，在英國繼續讀研究所。」男人繼續說道。

對方在這個社區住了很久，還是第一次在這碰到周京澤，以為他剛結婚，問道：「你呢？周機長，成家了嗎？」

周京澤扯了扯嘴角：「還沒。」

「像周機長這麼年輕有為、優秀的青年，怎麼還沒成家呢？要不然我幫你介紹個……」

周京澤低下頭笑出聲，他不經意地抬眸，瞥見不遠處的身影。

許隨綁了一個鬆垮的馬尾，瘦瘦弱弱，正下樓倒垃圾。

周京澤眼底起了細微的變化，對他抬了抬下巴：「我老婆在那呢。雖然還沒結婚，但——是她了。」

「這樣啊。」男人轉頭看過去，許隨也發現了他們，倒完垃圾後走了過來。

「是真的巧啊，周機長，今天說什麼也得讓我請你吃頓飯，不然我今晚肯定睡不著，你可是我的恩人。」男人語氣熱切。

周京澤手指抓著冰水，唇角微揚：「您言重了，我只是做了分內的事。」

許隨站在旁邊聽得有點一頭霧水，但猜想周京澤應該是遇到了以前的乘客。

「飛機上要多一些你們這種負責又赤誠的飛行員才好，乘客才能放心把性命交到你們手上，那次飛機遭鳥擊，要不是你負傷堅持單發返航著陸，我──唉，」中年男人說著說著眼角泛紅，再次握住他的手，認真說道：「請你一定要繼續飛，我們這些老百姓一定會支持你。」

周京澤怔住，一時間不知道該說什麼。他其實很想說，我已經被東照永久開除了，以後有可能再也開不了飛機了。可是對上對方殷切、鼓勵的眼神時，他還是不忍心讓對方失望、落空。

周京澤點了點頭，聲音低啞：「好，謝謝，不過飯就不吃了，晚上我還得去機場，要飛一趟。」

說完他看向身旁的人，許隨接到周京澤眼底的訊息後，點了點頭：「對。」

對方和周京澤寒暄了幾句，才離開。

人走後，許隨仍看著對方離去的背影，把心中的疑惑問出來：「以前你開飛機的時候，遇到事故，救過他？」

「聰明。」周京澤抬起右手想揉她的頭髮，發現抓過冰水的手很冰，於是換了隻手，摸了一下她的腦袋。

許隨便別過頭，眼神警告地看著他，聲音仍是軟的：「有事說事，別動手動腳。」

周京澤低低地笑出聲，用食指滑開礦泉水瓶蓋，仰頭喝了一口水，喉結緩緩滾動，語氣漫不經心：「其實飛機上的是他女兒，他是單親爸爸，獨自把小孩養大送她去英國讀書，但兩人的關係一直很緊繃，前年寒假，他女兒回家看他，搭乘的就是我那趟航班。」

周京澤頓了頓：「哪知遇上了事故，那天飛機上的乘客都很緊張和絕望，甚至有人寫好了遺囑給親人。他女兒潸然淚下，到最後一刻才發現她第一個放不下的人是父親。」

「但幸好最後危機解除了。」周京澤語氣輕描淡寫，繼續笑笑，「平安落地後，她第一個打電話說——爸爸我愛你。」

其實在那次鳥擊事故中他還受了挺嚴重的傷，事後，好幾個乘客送來了禮物，甚至有人直接送來了厚厚的紅包。

周京澤一一拒絕，只收下了乘客寫的感謝信。

拒絕名利，但不辜負真心。

他不太喜歡把過往的經歷，誇大為身上的榮耀。周京澤只是認為，他做了該做的事。

「你很厲害。」許隨抬頭看著他。

「運氣好。」周京澤回。

許隨語氣猶豫，還是問道：「你那件事的結果怎麼樣了？」

「停飛了。」周京澤語氣散漫，好像透著一股無所謂。

許隨想再說點什麼，周京澤岔開話題，輕輕拽住她的馬尾，笑道：「上去換套衣服下來，陪我去吃早餐。」

一雙漆黑的眼眸掃向她脖頸處的紅痕，他俯下身，人靠得很近，眼睛捕捉到她領口露出的一片白膩，眼神晦暗不明，許隨心頭一顫。

「那……改吃別的也行。」

許隨立刻捂住自己的領口，跟隻兔子一樣飛也似的逃開了。

周京澤雙手插口袋，盯著她的背影，哼笑了一聲。

兩天休假已過，興許是休假太放鬆的原因，工作日那天，許隨醒來時發現自己起晚了，於是慌亂起床，洗漱完後，隨便抓了一下頭髮就跑下樓。

她的車前兩天拿去保養了，只好跑去路口攔車，卻發現一輛黑色的大G早已穩當地停在面前。

車窗徐徐降下來，露出一張輪廓硬朗的臉，周京澤單手抽著菸，手肘撐在車窗沿上，狹長的眼眸壓著輕佻和戲謔：「上不上？黑車。」

許隨低頭看了一眼，叫車軟體上面的紅色圓圈轉啊轉，遲遲沒有人接單，選擇打開了車門。

車內，周京澤很快發動車子，一踩油門，直直朝前。

一雙骨節分明的手搭在方向盤上，他直視著前方，偏頭瞥了許隨一眼，開口：「吃點早餐。」

許隨順著他的目光看過去，旁邊放著一個裝著早餐的紅色紙袋，還有一杯熱咖啡。

「謝謝。」

一路上，許隨小口地吃著早餐，基本沒怎麼說話，她一直在想兩人之前的關係，特別是關於那天晚上的事。

很快到達普仁醫院，車子急剎將她的思緒帶回。

許隨正要解安全帶，周京澤叫住她，問道：「妳幾點下班？我來接妳。」

「要加班。」許隨說。

周京澤仍看著她，問：「那妳加完班幾點？我來接妳。」

「我不一定有時間。」許隨這是拒絕的意思。

氣氛一下子冷了下來，周京澤睇了睇眼看著她，漆黑的眼睛裡有著濃重不滿的情緒，聲音又低又沉：「什麼意思？嫖了不負責？嗯？」

什麼叫她不負責？明明是他占了便宜，怎麼搞得他吃虧了一樣？論臉皮厚，她只服周京澤。

許隨在這方面一向面薄，不會和人理論這個，她的耳根泛紅，只憋出一句：「那晚是一時衝動。」

她乾脆解安全帶下車，不料，被一隻手擋了回去。人被周京澤按在了座位上。

男人解了安全帶，湊過來，盯著她，以嚴謹的思緒開口：「來，幫妳順順。」

「妳那天晚上喝酒了沒？」周京澤邏輯清晰，幫她順出理來。

許隨搖頭。

「妳那天是不是給我回應了？」周京澤問。

許隨想了一下，她那天晚上摸了他的頭髮、碰了他的鬢角。最後她遲疑了一下，點頭。

「所以——」周京澤的嗓音低低沉沉震在耳邊，人貼了過來，粗糲的指腹碰了碰她的嘴唇。

許隨的心縮了一下。想後退，卻無處可退。

男人用拇指指腹慢條斯理地刮了一下她唇角旁的麵包屑，嗓音裡帶著清透的笑意：「妳這叫本能愛意。」

粗糲的拇指指腹按著她的唇角，許隨感覺那一塊的皮膚都是麻的，許隨從他誘哄的語氣中回神，拍開他的手臂，說道：「我是本能遠離你。」

眼看人又要溜走，周京澤輕輕拽住她的馬尾，瞇了瞇眼，語氣散漫：「你們醫院的紀律檢查委員在哪？」

許隨疑惑地看他。

周京澤指尖勾過她一縷黑髮，手指繞動，哼笑一聲：「說妳不負責，肇、事、逃、逸。」

看周京澤這態度，是鐵了心要許隨給個交代。

「一個月，」許隨認真思考了一下，刻意避開周京澤的眼神，害怕地縮了一下脖子，「到時不行，還能反悔。」

周京澤的臉色頃刻變黑，他盯著許隨低下頭露出一截纖白的脖頸，咬了一下後槽牙，最後臉色恢復，似想通了什麼：「行，試用期內我爭取轉正。」

送許隨去上班後，周京澤開著車，方向盤一打，去往基地。

路上，窗外的天氣並不算很好，天色有點暗，似濃稠的墨水染上白布，一路衰草，冰晶裹住黃色的葉子，掛在樹梢上，像搖搖欲墜的琥珀。

原本不算明朗的天氣，愣是被他看順眼了。

恰好盛南洲來電，周京澤點了接聽，從中控臺拿起 AirPods 塞到耳朵裡，好聽的聲音揚起：「什麼事？」

『呵，周爺，瞧您這話說的，沒事我就不能找你了嗎？』盛南洲立刻就有意見了。

周京澤哼笑了一聲，從菸盒裡摸出一根菸，低下頭咬著。

『你那事有點眉目了，你猜背後是誰搞的鬼？』盛南洲刻意賣了個關子。

周京澤偏不上鉤，「啪」的一聲，打火機彈開，橘紅色的火焰燃起。

『是高陽。』

「猜到了。」周京澤吐了一口灰白色的煙，語氣淡淡的。

「不說這個。」周京澤似乎有事要問他，猶豫了一下，「你知道怎麼追人嗎？」

盛南洲愣了一秒，才反應過來他和許隨的事有進展了，笑嘻嘻地道：『那泡妞的招多了去了，你先叫聲洲哥來聽聽。』

周京澤哼笑一聲，剛好前方塞車，他停了下來，聲音低沉：「行，洲妹，支個招唄。」

『老子這輩子還有機會占到你的便宜嗎？』盛南洲氣得不輕，嘆了一口氣，妥協道：『女生最喜歡的是什麼？浪漫啊，花啊，燭光晚餐啊，看電影……』

「後兩個我和她都做過，」周京澤抬了抬眉尾，轉念一想，「花好像還沒送過。」

「謝了。」說完之後，周京澤乾脆俐落地掛了電話。

『欸……你不是對花粉過敏嗎？』盛南洲只吼了半句，那邊就傳來冰冷的「嘟嘟」聲。真冷酷無情，盛南洲感覺自己好像瞬間被打入冷宮了。

周京澤開車來到基地後，拔了鑰匙慢悠悠地下車，關車門。手指勾著鑰匙，他去訓練場看了一圈學員，他們正在做體能測試。

「嘖，你們這速度，是不是打算去菜市場買菜？」周京澤冷不防地站在他們背後出聲，調侃道。

學員們嚇了一跳，鏗鏘有力地齊聲喊道：「周教官下午好！」

周京澤點了點頭，抬手指了指遠處的測試桿：「再來五套撐竿跳。」

「啊？」

「不要吧？教官，你剛才只是隨便看了一眼，沒有了解我們真正的實力。」

「又來，我這小身板堅持不住了。」

哀號聲四起，學員紛紛感嘆自己不走運，怎麼測試都能遇到魔鬼？

正當一群人哀嘆時，吳凡氣喘吁吁地跑過來，擦了一把額頭上的汗：「老大，你讓我好找，你辦公室有個人等你半天了，說今天一定要見到你。」

「好，知道了。」周京澤應道。

話落，周京澤轉過身盯著面前一群穿著藍色訓練服的年輕人，舌尖頂了一下左臉頰，漫不經心地笑：「你們這幫兔崽子，好好訓練啊。」

說完後，周京澤長腿邁開，慢悠悠地朝辦公室的方向走去。

「好的，教官！」

「Yes, sir!」

一幫學員鬆了一口氣，紛紛振臂歡呼，跟剛才如臨大敵的模樣完全不同。

周京澤以為是哪個老友到訪，雙手插進褲子口袋，一路上唇角帶著細微的笑意，等走進辦公室門，瞥見沙發上坐的人是誰時，臉上的笑斂得乾乾淨淨。

坐在沙發上的人見到周京澤的一剎那，立刻拘謹地站起來，神色躲躲閃閃。對方正是他並肩作戰多年的老搭檔李浩寧，也是指認、陷害他的副機長。

「好久不見。」周京澤聲音平緩。

李浩寧愣了一秒，他以為周京澤至少會衝過來揍他一頓，沒想到人家還能平靜地跟他打招呼。

「老大，我今天是來找你道歉的，對……不起。」李浩寧說著哽咽了，他揉了一下發紅的眼眶，「要不然你罵我一頓，或者打我都行。」

周京澤站在那裡沒有說話，他接受李浩寧的道歉，但不代表他會原諒李浩寧。

辦公室內沒有暖氣，只有一臺老的立式空調，發出嗡嗡聲，一陣死寂的沉默。

李浩寧在一陣死寂中呼吸不過來，說道：「老大，我……是真沒辦法了，我媽進了兩次ICU。」

這麼久，李浩寧一直不敢見他，每天心神不寧，晚上都睡不著覺。是他對不起周京澤。

千錯萬錯，都是他的錯。他想來道歉，讓自己心安點。

周京澤打開冰箱，從裡面拿出一瓶冰水，用食指滑開瓶蓋，「砰」的一聲，瓶蓋正巧掉落在垃圾桶裡。

他仰頭，喉結緩緩滾動，喝了一大口冰水，連著碎冰一起嚥下去，大冬天的，喉嚨裡像含了很涼的薄荷冰塊。

「我已經不飛了，照顧好你媽。」周京澤拍了拍李浩寧的肩膀，語氣緩緩的，轉身走了。

他最後沒責怪，也沒怨恨，還讓李浩寧照顧好家人，但也藉此結束了話題。

李浩寧盯著他離去的背影，心沉得有千斤重。

許隨在醫院上班時，周京澤傳了訊息問她幾點下班，她回的是晚上六點多。

周京澤回：『小騙子。』

許隨臉頰溫度升高，想起早上還騙他說要加班。

晚上六點多，許隨結束工作，和幾位同事一起出來。

遠遠地，她一眼便看見了周京澤。

這人相當招搖，直接把車停在醫院門口。

冬天的天暗得比較快，黃昏的霞光只剩一半，他的肩膀寬闊挺拔，漆黑的眉，薄唇，身後一半藍調，一半暖紅。他好像等了很久。

周京澤懶散地倚靠在車邊，正伸手攏著火，他皮膚冷白，一截眉骨凌厲高挺，緊接著，絲絲縷縷的白霧從指縫中飄上來。

他今天穿著一件黑色的連帽抽繩衝鋒衣，增添了一絲少年氣息。

見許隨出來，他立刻把菸熄滅，走上前。

同事站在旁邊早就瞄到了不遠處氣質出眾的男人，但他的眼睛從頭到尾只鎖著許隨。

同事見狀，八卦地推了推她的手臂，問：「許醫生啊，他是來接妳的吧？太帥了，好有男人味。」

「怎麼辦？我已經快三十了，還是很喜歡這種痞帥類型的。」另一個同事感嘆道。

許隨被問得有點不好意思，隨便搪塞了句：「是我叫的計程車司機。」

「誰信啊？開大G，車牌還是連號的計程車，我怎麼叫不到？」同事見招拆招，笑她。

許隨招架不住同事熊熊燃燒的八卦之火，眼看周京澤就要走到眼前，她走過去拽住他的袖子，立刻朝車子的方向走，回頭笑著說：「我還有事，先走了。」

周京澤垂眼看著許隨抓著他的衣袖，濃黑的布料上，手指蔥白且刺眼。

許隨正凝神朝前走著，忽地感覺一陣溫熱貼了過來，寬大的手貼著她的掌根，溫暖交覆，帶著薄繭的根根手指穿過她的五指，然後十指相扣。她心尖顫了顫，變成他牢牢地牽著她。

明明不是第一次牽手，為什麼還是會心動？

一顆心跳得快要竄出胸腔，許隨沒看他，神色不自然地看著前方，周京澤卻神色自若，也沒有看她。

周京澤的手始終牽著她，沒有放開過。

上了車以後，周京澤點了一下導航，輸入地址，偶爾偏頭和她聊天，問她今天發生了什麼。

車子緩慢向前開，許隨坐在副駕駛座，說了一下今天遇到的病人，還有在醫院餐廳吃的飯。

很無聊的日常，周京澤卻聽得認真。許隨正說著今天一個樂觀的病人在病房裡講相聲時，一抹清新的黃綠色出現在眼前。

「路上順手買的。」周京澤開著車，直視著前方，忽然遞了一束花給她。

遞完之後，他抬手摸了一下脖子，有點癢。

許隨怔住，接過來，印象中，這好像是他第一次送花給她。

以前兩人在一起時約吃飯，會在餐廳送花給女朋友的男生明明很浪漫，周京澤卻評論道：「不著邊際。」

如今，他為了哄她開心，開始學會送花，是一束乒乓菊，三枝綠色的，兩枝黃色的，像雪絨球。

許隨接過來，低頭用鼻尖碰了一下。

她很喜歡綠色。

「謝謝。」

女孩子收到花最開心了，無論送花的是誰，因為花有一種能取悅人的神奇魔力。

周京澤帶許隨吃完飯以後，一路驅車帶她前往獅鹿山。

「去哪裡？」許隨問。

「去看星星，我預約好了。」周京澤手掌搭在方向盤上，說道。

車子一路駛到半山腰處，許隨剛下車，有山風吹來，周京澤闊步走過來，手裡拿著一條毛毯，展開，跟裹小動物一樣，不太熟練地圍在她胸前。

他身上淡淡的菸草味飄來，手指偶爾碰到她的脖頸，帶著輕微摩挲的顫慄感，一抬眼，周京澤正低頭看著她，似有電流竄過。

許隨率先別開臉，移開了視線。

周京澤哼笑一聲，牽著她的手往前走。

眼看他們還有十分鐘就要走到天文臺時，天空突然滾下一道悶雷，轟隆作響。剛才還尚見微光的天空，這時黑得濃稠，像打翻的墨汁。猝不及防，暴雨就砸了下來，來往的行人皆跑起來。

周京澤立刻要脫外套，許隨攔住他，說道：「有小毯子。」

話一說完，雨下得更密了，砸在人身上，又冰又涼。周京澤見狀立刻擁著許隨奔向車子。路上，雨越下越大，身上穿的衣服被澆濕，像吸了水的海綿，漸漸變沉。

等他們回到車裡時，兩人多少都淋濕了一些，周京澤因為擁著她，整件外套都濕了。他乾脆脫了外套，將車裡的暖氣開到最大，俯身從車後座拿出一條乾淨的毛巾遞給許隨。

許隨的肩頭、頭髮都濕了，胸前有一縷頭髮正往下滴著水，貼著鎖骨流下來。

雨下得越來越大，一時片刻他們也走不了，乾脆坐在這等雨停。

周京澤抽出紙巾擦了一下臉上的水，抖了抖頭髮上的水珠，視線一瞥，許隨還握著那束乒乓菊看，他唇角的弧度不自覺上翹。

因為車窗關得緊，暖氣在流動，花粉漸漸飄到周京澤鼻尖，他沒忍住，打了個噴嚏，漆黑的眼睛有點濕意。

許隨正開心地看著自己的花，一隻骨節分明的手伸了過來，將她手裡的花放到一旁。

周京澤拿過她手裡的乾毛巾，湊過來，認真地幫許隨擦著頭髮。

雨越下越大，風拍打著窗戶，雨珠像斷了線的珠子貼著車窗往下掉。

兩個人靠得很近，周京澤聞到了她身上獨有的淡淡奶香味。

許隨頭髮上的水珠滴到他手腕上，水倒流，順著緊實的手臂淌到胸膛。

空氣悶熱，一陣冰涼的刺激感。

許隨一抬頭，發現周京澤眉骨上的水還沒有擦乾淨，臉頰上也是，於是她不由得抬手撫上他的臉頰，到鼻子，再緩慢地到高挺的眉骨上，慢慢將雨珠擦去。

很柔軟的觸碰，帶著溫度，貼了過來。

周京澤擦著擦著頭髮，動作一頓，猛然用力地攥住她的手臂，許隨被動地看著他，心尖不受控制地一顫。

他眼底壓抑的情緒在克制什麼，聲音又低又沉，在暴雨聲中卻顯得格外清晰，詢問道：「接吻嗎？」

周京澤靠了過來，嘴唇貼近，許隨倏地扭頭，耳根發燙，說道：「不接。」

這一句拒絕的話在雨天顯得格外清晰。

男人剛好吻在她頭髮上。

「嘖。」周京澤聲音低啞，伸出寬大的手掌從後面拎住她，虎口卡住白皙的脖頸，許隨被迫仰起頭，一雙安靜的眼眸有些無助地看著他。

偏偏是這雙眼睛，將男人心裡惡劣的、占有欲強的因子勾了出來。他低頭吻了下去。

他先碰了碰嘴唇，緊接著吻了吻她緊閉雙眼後發顫的睫毛、鼻尖，輕輕地吮著她的唇瓣。

許隨被動地承受著，頭仰得很辛苦，先是抗拒，緊接著不受控制地去抓他的衣服。

車內溫度逐漸升高，四周有雨刷搖擺的聲音、雨水撞擊石板聲、衣服摩挲輕微的聲音，還有他們接吻的聲音。周京澤吻著她，騰出一隻手將緊抓著他肩頭的手拿下來，反握住她。

兩人在一場暴雨裡，十指相扣，接了一個漫長的吻。

周京澤足足吻了她三分鐘才肯放開人。

驟雨初歇，周京澤開車送許隨回家。

人送回去後，周京澤在回家的路上接到胡茜西的越洋電話。

周京澤點了接聽，還沒開口，電話那頭傳來胡茜西活潑有力的聲音：『舅舅！』

「在，妳這氣勢，不知道的還以為妳死了舅舅。」周京澤打著方向盤，語氣慢悠悠的。

胡茜西「嘿嘿」了兩聲，問起周京澤的近況，他唇角扯出細微的弧度，應道：「挺好的，妳很快要有舅媽了。」

西西是聰明的人，一聽就知道兩人在復合的路上了，畢竟她作為周京澤的親人，最了解他了。

這麼多年，他認定的，只有許隨。

『哇，恭喜，我就知道最後你們還是會走到一起的，她確實很喜歡你，你都不知道當初……』胡茜西有感而發地說道。

周京澤方向盤倏地打偏，緊急剎車，發出一聲劃破天際的尖銳聲音，神色一凜，又確認了一遍：「妳說什麼？」

電話那頭怔了一下，以為周京澤沒聽清，只好重複了一遍。

一種失而復得、感慨萬千的心緒冒出來，周京澤把車停靠在路邊，抽了一根菸，才穩住情緒。

半晌，他再開口：「妳呢？跟舅舅說說妳最近怎麼樣。」

『那當然是充實快樂呀，就是有點累，我們最近在一場戰火衝突中救下了一隻受傷的鹿，還有我養的非洲小象越來越親我了呢，牠竟然學會了把食物分享給我。』胡茜西語氣興奮，語調上揚，一提起她養的小動物們，如數家珍。

『還有還有……』胡茜西一開始是開心地分享，到後面聲音漸漸地弱了下來，語氣哽咽，『就是有時候它……很疼，有好幾次都這樣，我覺得快熬不下去了。』

周京澤原本還是悠閒的姿態，聽到這話忽地坐直身子，打斷她，正色道：「西西，回家吧。」

盛南洲接到周京澤電話時已經晚上十一點多了，說有事讓他過去一趟。

沒辦法，奴隸盛南洲只好哆哆嗦嗦地從床上爬起來，穿好衣服後，「叮」的一聲，手機螢幕顯示周京澤傳來的訊息：『順便帶盒氯雷他定過來。』

盛南洲冷漠地回了個字：『哦。』

盛南洲冒著風雪拎著一盒藥趕去周京澤家，進門後他瞥見周京澤脖子處的紅痕，還有幾道血紅的抓痕。

「咚」的一聲，盛南洲的手費吃力從袖子裡伸出來，把藥盒往茶几上一扔，瞥了他脖子的慘狀一眼，語氣嘲諷：「真行，為愛過敏，把妹高手。」

周京澤也不生氣，坐下來，從菸盒裡抖出一根菸，放在嘴裡銜著，打火機發出「啪」的一聲，橘紅色的火苗躥起，點燃，再熄滅。

他吐出一口灰白的煙，聲音帶著冰碴，語氣自得：「爺確實比你行，你這個垃圾。」

「呵，我大半夜趕過來送藥給你，怎麼還罵起人了？」盛南洲在他對面坐下。

「西西在那邊情況不太好……」周京澤頓了頓，講了一下她最近的情況。

周京澤說完後，盛南洲意外地沉默下來，眼皮翕動了一下：「我去接她回來。」

話剛說完，盛南洲拿起一旁的手機垂下眼訂了最早的國際航班，邊看手機邊往外走。周京澤抬眼看了他的背影一眼，抬手把兩指指尖夾的菸在菸灰缸裡熄滅，開口：「人接不回來，你也別回來了。」

盛南洲背影頓住，聲音壓低：「我知道。」

周京澤成為許隨的試用期男友後，是真真切切地寵她。

因為知道她怕冷和低血糖，口袋裡永遠有暖暖包和巧克力。

偶爾一起看電影，中途碰上周京澤有急事，許隨催他走，表示自己一個人看完這場電影沒問題，周京澤卻反扣住她的手，語氣慢條斯理：「不急，我還挺想看完結局。」

許隨默然，她知道，周京澤試著把她放在第一順位。

周京澤這個男人最致命的不僅是他吸引人的皮相和性格，還有他這個人永遠嚴密周到，骨子裡始終透著一股穩重。

週末，兩人約好，周京澤帶她去蓉城海邊玩，高鐵票訂在上午十點，當天來回。

次日，許隨因為前一天工作勞累，足足賴了四十分鐘才起床。她原本設七點的鬧鐘，卻在七點四十分起床。

許隨洗漱完，化妝化到一半時，周京澤上了樓，敲門進來。

他們約好九點半出發去高鐵站，而距離兩人約好的時間還有半個小時。許隨語氣有點慌：「我馬上就好。」

周京澤什麼都沒說，坐在一旁等她。

女孩子出門之前比較拖拖拉拉，許隨手忙腳亂地化完妝，又糾結起搭配的髮帶。她想選綠色的，又覺得和耳墜的顏色太相似了，於是拿了一條黑白波點的，配了一下好像還可以。許隨眼睛一瞥，又覺得藍綢帶不錯。最後徹底陷入糾結。

全程，周京澤一聲也沒有催過她，一直耐心地等她。

許隨看了時間一眼，九點四十分，嚇一跳，她推著周京澤的手臂往外走，語氣沮喪：「啊，要遲到了，走吧，不戴了。」

周京澤腳步頓住，回頭，牽著她的手走過梳妝檯，指了指桌上的髮帶：「我覺得黑白波點的比較好看，但妳可以都戴上，試出來才有效果。沒事，不急。」

「還不急啊？要遲到了。」許隨語氣充滿苦惱。

周京澤從梳妝檯上拿起髮帶一條一條地幫她試，眼眸裡溢出漫不經心：「猜到妳今天會賴床或者因為化妝遲到，我已經提前把票改簽到下午兩點了。」

「所以妳可以慢慢選，選完之後帶妳吃頓午飯，再去高鐵站，飯店也訂好了，在那住一晚，這是 Plan B。」周京澤語氣緩緩的。

許隨鬆了一口氣，同時又感嘆他的周到細心，說道：「好，那我慢慢選。」

情侶約會，往往會因為一方拖拖拉拉遲到，導致另一方發脾氣，從而吵架，但在周京澤這，這種情況根本不會發生。

周京澤作為男朋友，確實無可挑剔。

從蓉城回來後，即是工作日，周京澤好像要去鄰市出差一天，恰逢 1017 打疫苗的日子，他把鑰匙給了許隨，讓她幫忙帶貓去打疫苗。

許隨已經很久沒有來琥珀巷了，一腳踏進去，許多封存的記憶被打開。

一進大門，許隨試探性地喊了聲「1017」，一隻老貓立刻從花壇裡竄了出來，跟個橘色的大雪球般滾到她腳邊。許隨蹲下來摸了摸牠的腦袋，心底軟得一塌糊塗。

許隨走進周京澤家，找到寵物包，奎大人發現是她，搖了搖尾巴，還熱情地舔了她的手心。

「你也好久不見。」許隨笑著說。

許隨跟牠玩了一下，抱著貓走了出去，人走出院子剛關上門，迎面碰上了一個留著平頭、個子挺高的年輕人。

許隨覺得他面熟，又想不起對方是誰，便對他點了一下頭，抱著貓就要走。哪知年輕人喊住她，說道：「哎，許隨姐。」

「你怎麼認識我？」許隨腳步頓住，語氣疑惑。

成尤手裡拿著一個牛皮紙資料袋，走過來：「我叫成尤，我們見過的呀，相親、燒烤攤、老大為妳打架，記得嗎？那時我就在旁邊。」

成尤一邊說關鍵字一邊比劃，許隨看著他的臉逐漸對上人，點了點頭：「記得，你找他有什麼事？他出差了，但是明天能回來。」

「這樣啊，公司的公告下來了，」成尤撓了撓頭，語氣猶疑，「要不然妳幫我轉交給他吧，這事……我有點不敢面對他，也想像不出他的表情。」

許隨接過牛皮紙資料袋，本來想拿回去的，聽他這麼一說，手指解開上面的白線，猶豫了一下還是打開來看了。

白色文件從袋內露出一半，加粗的標題顯眼且刺目，是東照國際航空公司對周京澤的終止聘任書。

烏黑的瞳孔劇烈地一縮。她看了上面的日期一眼，是許隨推開他、故意和柏郁實待在一起的那天。周京澤從頭到尾都沒提這件事，和好之後也只是輕描淡寫地說自己停飛了。

她到底……都做了什麼？

許隨吸了一口氣，喉嚨一陣乾澀：「你能告訴我他為什麼會被停飛嗎？」

「這個……我……」成尤說話吞吞吐吐，可一對上她的眼神，還是嘆了一口氣，「我全告訴妳，但是妳千萬別跟老大說是我說的，我還想好好活著。」

成尤說，周京澤在業內成績優秀，飛行技術一流，一直深受領導器重，加上他性格坦蕩，驕傲但不自負，同事也與他相處得很好。在業內，周京澤三個字聲名在外。與此同時，東照國際航空公司還有一名得力猛將，叫高陽，稍微遜色一點。提到東航，人們第一時間想到的是周京澤，而不是高陽，因為沒有人關心第二名。

在一趟從檀香山往返滬市的CA7340國際航班中，周京澤照例與他的老搭檔李浩寧一起飛。機長和副機長能夠一起搭檔，一定是絕對信任的關係。

周京澤這人做事比較穩當，多次飛行中幾乎沒出什麼事，為了乘客的生命安全，飛行過程中，所有重要的事，他事必躬親，其他次要的事則會交由副機長去做。

然而這次飛行前，李浩寧忽然請周京澤喝咖啡。

李浩寧手握著滾燙的咖啡，臉色有點白，說道：「我媽上個月確診腎衰竭，尿毒症。」

周京澤剛喝了一口咖啡，聞言燙了一下舌尖，他拍了拍李浩寧的肩膀：「有什麼需要幫忙的，儘管說。」

李浩寧苦笑道：「本來還想休年假帶我媽去檀香山玩，現在看來不可能了。老大……返的那趟你能不能全程交由我飛，再幫我拍個照？我想傳給我媽。」

滬市返檀香山這趟飛行，主控權交給李浩寧，並不在周京澤的計畫內。按理說，四趟航班，有一趟是可以交付給副機長的，可是滬市返檀香山的時段是半夜飛行員最疲勞的時刻，加上航空管制方面每條航線的要求不同，他怕李浩寧有點應付不過來。

「老大，你放心，我一定不會拖你後腿。」李浩寧強調道，神色祈求。

「我可以讓你飛，」周京澤思考了一下，抬起眼皮看他，眼神銳利，「但不是不拖我後腿，是得記住你肩上擔著乘客的性命。」

「明白。」李浩寧保證道。

「行。」

到了返檀香山那段，李浩寧眼神小心翼翼地看著周京澤。

主駕駛周京澤聲音低沉：「李浩寧，你來操控。」

「收到。」李浩寧立刻咧開嘴笑了。

一切都檢查完畢後，飛機正常起飛，慢慢地，四平八穩地飛在天空。

李浩寧手心出了一層汗，額頭也出了一層薄薄的汗。周京澤以為他是緊張，還笑著遞一張紙巾給他擦額頭上的汗。

後半夜三點，一切都很正常，雷達螢幕忽然失效，半側發白。

一切還沒反應過來時，李浩寧偏了一下航道，往右轉。

致命性的操作失誤。

因為雷達失效，加上天氣不好，飛機開始劇烈搖晃。

緊接著，一個剛走出廁所的乘客因艙內大幅度晃動倒地，癲癇發作。

客艙騷亂起來，小孩子哭鬧的聲音、乘客不安求救的聲音，以及空姐安撫的聲音混雜在一起。

事態變得嚴重並且不可控起來。

周京澤坐在駕駛艙內，飛機劇烈地搖晃，整個人快要被甩出去，他緊緊抓住扶手，一雙鷹眸沉著，事態如果更加嚴重，後果是什麼？

左側忽然響了一道雷聲，打開螢幕查看，他才看清原來是左機翼插進了積雨雲裡。同時他迅速思考，保持冷靜。因為主副機長面前的操控儀器是一樣的，是相互制衡的關係，所以周京澤只能提醒他：「控制飛行速度，操縱桿向右偏。」

話說完，李浩寧人還是愣的，周京澤注意到他的不對勁，一時間也沒思考他當時的眼神是後悔還是慌亂。

周京澤厲聲提醒：「I have!」他要自己操作了。當機長發出這聲指令時，副機長必須讓位，李浩寧如夢初醒，臉色慘白。

周京澤無暇顧及他的情緒，在拚命穩住速度的同時，把操縱桿往右拉。機身還在不停地搖晃，李浩寧的頭磕在擋板上，一片瘀青。

電閃雷鳴中，周京澤仍沉著一張臉，十分鎮定，拉動操縱桿，想離開積雨雲。千鈞一髮時，終於，左機翼擦著積雨雲離開。

機身開始恢復平穩，騷亂聲漸漸變小，周京澤重重地舒了一口氣，後背出了一層密密麻麻的汗。

劫後餘生。

這次飛行事故最終結果是兩名乘客受傷。

事後，周京澤、李浩寧遭到公司的暫時停飛處分，並立刻在公司進行緊急公關。

周京澤畢竟是公司的得力幹將，錯也不在他，就在所有人以為這件事應該不會出大問題時，媒體開始大肆報導周京澤的失誤導致飛行事故，各種延伸新聞在網路上漫天飛。據同事爆料，他性格狂妄，這次把任務交給副駕駛也是習慣性地推卸責任，只想享受成果。爆料人還添油加醋地說他這個人藐視生命，罔顧飛行員守則，私生活混亂等。

雖然網路上爆出的是東航某周姓機長，隱去了名字，但像是有人惡意引導似的，精準針對周京澤一個人。

一時間，東照國際航空公司接到成千上百的投訴信。

不僅如此，行銷號還刻意引導輿論。網路上鋪天蓋地的罵聲如潮水般向周京澤襲來。甚至有人在航空公司蹲點，朝他砸礦泉水瓶，並詛咒他出門被車撞死。

同事曾懷疑過是有人惡意所為，但周京澤當時已無暇顧及其他。

一時間，孤狼墜落神壇。

周京澤忽然明白一件事，網路可以毫不吝嗇地讚美你，也可以用最惡毒的語言把一個人殺死。

讓周京澤最失望的是，他視作生死兄弟的李浩寧在事後第一時間指控他，說是受周京澤指使而操縱這趟航班。因為規定就是這樣，飛行安全的全部責任在於機長，副機長犯錯，機長全部承擔。

周京澤就這樣被下放，成了一名普通的飛行訓練教官，還是那種被學員看輕和嘲諷的教官。

前段時間，李浩寧找他懺悔，是周京澤沒想到的。因為周京澤用自己的薪水積蓄賠償了飛機上受傷的兩名乘客，還剩一份匿名寄給了李浩寧媽媽，這件事發生在李浩寧指控他之前。

李浩寧知道這件事後，良心不安，哭著找周京澤認錯，紅了眼眶說：「我是受高陽指使，他說搞垮你，他會承擔我媽所有的治療費用，並幫她……請最好的醫生。」

周京澤沉默半晌，拎著他的衣領用力揮了一拳，惡狠狠地盯著他：「你親媽的性命是性命，飛機上乘客的性命就不是了嗎？」

周京澤臨走之前，深深地看了他一眼：「別拿生命開玩笑。」

高陽能在這件事上出手，並暗中阻止周京澤復飛，透過一切手段打擊他，是因為身後有一點權勢。他從大學時期就被拿來和周京澤比，萬年老二，一路被碾壓，畢業了兩人還就職於同一家公司，始終被周京澤壓一頭。嫉妒的種子很早便生根發芽，漸漸扭曲，最後瘋長成一株邪惡的藤蔓。

許隨整個人都是愣的，高陽就是當初大學時和周京澤進行籃球比賽以及飛行比賽的那個高瘦的男生嗎？當初他無論是籃球贏了，還是飛行輸了，外界的評價都說高陽始終在周京澤之下。

「謝謝你。」許隨勉強地笑了一下，抱著貓離開了。

她怕自己再不走，會控制不住情緒。

推算了一下周京澤發生的事，那時許隨恰好出差去美國參加一個封閉的醫療培訓。

——許隨不知道。

只有他一個人，在孤軍奮戰。

晚上，許隨在酒吧裡一杯接一杯地喝酒，等梁爽趕到時，她已經喝了一手啤酒。

許隨一邊喝酒一邊跟梁爽講這段時間她和周京澤發生的事，講他身上承受的事情。

原來他遭受了那麼多。

許隨說著說著，忽然有一滴晶瑩剔透的眼淚滴到酒杯裡，眼睛瞬間就紅了，她吸了吸鼻子，嗓音哽咽：「妳當初不是問我為什麼分手了還那麼關心他嗎？」

許隨仰頭喝了一口酒，啤酒泡沫嗆到鼻子裡，喉嚨發酸：「我……就是覺得，像他這種走在路上遇見流浪貓都能撿回家養一輩子，對麵館的阿姨都能說句『您辛苦了』，赤誠又善良，那麼好的人，應該是前途坦蕩、一路順利的。」

「而不是像現在這樣，經常沉默地抽菸，困於那個塵土飛揚的基地，用玩世不恭的笑容來掩飾失意，卻再也做不了他喜歡的事情。

梁爽握住她的手，柔聲安慰：「我懂。」

吧檯正對著一個VIP卡座沙發，舞池裡的人群魔亂舞，電音快要穿透耳膜了。

坐在沙發中間一個穿著休閒衫的男人從許隨進來就一直盯著她看。他抬手叫來服務生，低聲耳語了幾句。

沒多久，一杯野格送到許隨面前，服務生拿著托盤說道：「是那邊那位先生請您喝的。」

許隨扭頭看過去，男人露出溫柔的笑，還對她遙遙舉杯。

她瞇眼看過去，在確認對方是誰之後，跳下高腳凳，拿著野格，穿過重重人群，走向那個男人。

人生不僅處處狹路相逢，而且有的人，骨子裡的劣根性是不會變的。

許隨走到男人面前，一旁的李森一見許隨，出言嘲諷：「喲，老同學，好久不見哪。」

「妳男朋友呢？他現在是一個破基地的教官，應該很閒吧。」李森嘲笑道，還轉頭對一旁的人說：「哎，你們不知道吧，我們業內大神周大機長周京澤現在不能飛了，成了喪家之犬。真是三十年河東，三十年河西，哈哈哈！」

說完，人群爆發一陣哄笑，夾雜著輕蔑、高高在上、鄙視。

許隨始終沒做任何反應。

座位中間的高陽一直沒有說話，緩緩露出得意的笑容。

見狀，許隨毫不猶豫地把一杯酒潑了過去，紅色的酒水從頭澆到尾。

原本還衣冠楚楚的高陽臉上的笑容一僵，身上的白襯衫紅一道，灰一道，頭髮因為酒而變成一縷一縷，濕漉漉地往下淌著酒。

「妳瘋了？」李森立刻站起來，攥住她的手腕。

許隨也不怕，眼神凜凜，透著無畏。

高陽開口：「鬆開她吧。」

李森聞言鬆了手，許隨看著眼前一幫人，只覺得噁心，她盯著高陽罵了一句生平最惡毒的髒話，氣到說話的氣息都不穩：「你這個狗娘養的死太監！」

梁爽衝過來時，這句話剛好說完，她拉著許隨的手，不停地道歉：「不好意思，她喝醉了。」

李森臉色一沉，高陽擺了擺手，心想，算了，周京澤也翻不了身了。

半夜十二點，周京澤剛下高鐵就接到了梁爽的電話，他立刻開車前往她們所在的酒吧。夜晚寂靜，人一說話會哈出一團白霧。

梁爽扶著許隨站在路燈下，沒多久，周京澤出現，他從梁爽手裡接過許隨。

停車場離他們有一段距離，周京澤背著許隨，兩手托住她兩條腿，往上顛了顛。

許隨喝得醉醺醺的，她忽然抬手打了周京澤一巴掌：「你怎麼回來了？」

「想妳了，就提前回來了。」周京澤笑。

許隨打了一個酒嗝，「哦」了一聲，她的眼神迷茫，長睫毛眨啊眨，開始罵起一連串髒話。

周京澤對於她罵人時貧瘠的詞彙量感到好笑，也不知道她在罵誰，從頭到尾只會罵「死太監」、「小人吃泡麵沒有叉子」之類的話。

「喂，我跟你說個祕密。」許隨忽然捏住他的耳朵，熱氣全拂在上面。

周京澤身體瞬間僵硬，他平穩了一下呼吸，問道：「什麼祕密？」

「就是你一定可以再開飛機的。」許隨輕聲說道，又低喃了一遍，「一定可以。」

回答許隨的是一陣長長的沉默。

許隨見沒人應她，竟然膽大地拽起了他的衣領，凶巴巴地問：「你是不是不信我？」

周京澤低低地笑出聲，他暫且不跟一個醉鬼計較了，漫不經心道：「信。」

周京澤繼續背著她往前走，快要到停車場時，恰好一輪月亮出來。

許隨兩條手臂不自覺地攬住他的手臂，認真說道：「我會一直陪著你的。」

與此同時，滾燙的眼淚從她眼角滑落，流到周京澤的脖頸裡，燙了他心口一下。

他整個人一震，僵住不敢動，直到背後傳來均勻綿長的呼吸聲。

周京澤唇角扯出細微的弧度，心想，沒白疼她，他的女孩現在知道心疼他了。

哪知道第二天宿醉醒來的許隨對「會一直陪著你」一概不認帳。無論周京澤怎麼變相求證，都撬不開她的嘴。

許隨佯裝淡定地喝水，用杯子擋住自己的臉，說：「就是醉話。」她一點也不想回憶起昨晚那個失態的自己。

頭頂響起一道磁性的、低低的哂笑聲，周京澤拿開她的杯子，俯身看她，問：「是嗎？那妳跟我解釋一下貓為什麼叫 1017。」

許隨怔住，想起了一些事情。當初在宿舍附近遇見一隻流浪貓，決定取這個名字，是她的祕密，後來只有胡茜西知道。

1017，上了大學再見到周京澤的第一天，二〇一〇年十月十七日。

從此，她的生活明朗似陽光。

第二十六章　我的一整個青春都是你

周京澤，我喜歡你。

你聽見了嗎？

「原來妳上大學時就對我傾心了。」周京澤彎下脖頸看她，狹長的眼眸裡流露出零星笑意。

許隨從他手裡搶過自己的杯子，眼睫顫動了一下，沒有說話。是從大學開始嗎？周京澤應該永遠不知道這個答案。

週五，兩人約好去吃飯，許隨臨時加班，傳了訊息給周京澤，讓他在商場先找一家咖啡廳坐著，她會晚點到。

很快，螢幕再次亮起，周京澤回了訊息，話語簡短：『行。』

周京澤坐在咖啡廳裡，點了一杯冰美式，滑了一下新聞，繼而看了一場球賽。周京澤坐在那裡，姿態慵懶，拿著手機露出一截手腕，手背的青色血管明顯，正低著頭，側臉弧度勾人。

他正看著球賽，面前忽然落下一道陰影，女人的香水味明顯。不是許隨，周京澤頭也沒抬一下。眼前的陰影不但沒走，反而更近了一寸。

周京澤以為對方沒位子，要過來併桌，抬手把桌上的宣傳單撤走了，眼睛仍看著螢幕上的球賽。

對方「噗哧」笑出聲，一道好聽的女聲響起：「周京澤，這麼多年過去了，你還是老樣子。」一副跩酷的模樣，只關心自己關注的東西。就算別人用盡渾身解數，也入不了他的眼。

周京澤這才抬眼，在看清對方長相的那一刻，很輕地挑了一下唇角，磁性的聲音響起：「好久不見，柏瑜月。」

柏瑜月挑了一下眉，拉開椅子在他對面坐下，開玩笑道：「採訪一下，見到眾多前女友中的一員，有什麼感覺？」

周京澤關上手機螢幕，抬了抬眉尾，笑道：「感覺啊……嘖，好像沒什麼感覺。」

柏瑜月拿著手機點了一杯咖啡，聽到周京澤這個答案，她並不意外。會回頭的話就不是周京澤了。

兩人的狀態放鬆，柏瑜月對他晃了一下手指上的戒指，說自己最近訂婚了，也談起她的工作，還說道：「哦，開研討會的時候，我還碰見了許隨，你不知道，她現在完全不是讀書時怯懦安靜的樣子，漂亮很多，也很有能力……」

她一提起許隨，發現周京澤原本倦淡的臉色忽地精神了許多，垂眼認真聽著。柏瑜月心情不爽了，問道：「不會吧？你對許隨還念念不忘？她有什麼特別的？」長相既不是濃顏系驚豔人那一類的，性格也不符合周京澤的偏好。

「她啊……」周京澤聲音壓低，瞇了瞇眼，想到什麼，說：「哪裡都特別。」

柏瑜月豎了個大拇指，這答案，她無話可說。她岔開話題，又聊了一下大學同學們的現狀。

剛好有服務生經過，柏瑜月轉頭叫了一下對方，表示要加甜點，結果一眼就看到了剛進門的許隨，許隨也明顯看到了他們。

周京澤作勢要起身，柏瑜月用眼神示意他坐下，開口：「你先坐下。」柏瑜月的本意是許隨肯定會吃醋。

周京澤重新和柏瑜月聊天，她一下扯自己現在的未婚夫多好多專一，一下托腮看著眼前的男人感嘆：「這個年紀的男同學不是發福，就是油膩到死，可你越老越有魅力，身上的少年感竟然還在。」

周京澤抬起眼眸漫不經心地笑了一下，明顯沒怎麼聽柏瑜月說話。從許隨進入這家咖啡廳開始，他的眼神就只能捕捉到她。

他們都想錯了。許隨看到周京澤和柏瑜月在一起，並沒有催他，也沒有什麼反應，她挑了一個座位坐下，服務生過來點餐時，她還朝對方笑了一下。

周京澤發現，她一點也不在乎他和誰在一起。她不吃醋。

得出這個結論後，周京澤心底一陣鬱結，說不上來的沉悶。

許隨剛好下班時帶了筆記型電腦，坐下來後，順手打開了筆記型電腦，整理起工作相關的郵件。她整理沒多久，對面響起一道男聲，語氣躊躇：「妳好，能留個電話嗎？」

許隨抬頭剛要開口拒絕，一道冷淡的聲音插了過來，周京澤不知道什麼時候走了過來，他抬起眼皮看過來，舌尖頂了一下左臉頰，語氣狂妄：「你覺得她看上你的機率更大，還是看上我的機率更大？」

男人悻悻地收回視線，對他們說了一句抱歉就走了。

他再不過來，老婆就要被拐跑了。

周京澤帶許隨離開，兩人一起去吃了新加坡菜，他幫許隨倒茶時，主動提起話題道：「妳不好奇，我和柏瑜月說了什麼嗎？」

許隨喝了一口茶，抬起眼睫，好像是周京澤主動提了這事，她才勉強接話：「說了什麼？」

「說某人現在沒有我喜歡她那麼多。」周京澤語氣散漫，眼睛卻直視她。

許隨眨了一下眼，並沒有正面回答這個問題，而是開玩笑地回應：「是嗎？那她挺不識好歹的。」

週末，許隨窩在家裡休息，十點，門鈴聲響起，打開門，是快遞員送貨上門。

前段時間許隨在網路上買了書桌和落地書架，還有別的快遞也到了，她一一簽收了。

許隨打算上午把書桌和落地書架組裝好，下午收拾一下出門看展然後吃飯。然而她高估了自己的動手能力，組裝了不到十分鐘，許隨看著桌腳釘在桌上，另一塊木板怎麼樣也拼不上的慘狀，徹底崩潰。

許隨的手還被木刺劃傷了，她找來OK繃貼上，決定先把書桌放一邊，試試落地書架。結果這個更難組裝，她毫無頭緒，甚至認為這比背醫學上的專有名詞還難。

她喪氣地坐在地板上，對著一堆木板拍了一張照片，發了一則動態吐槽：『太難了，早知道直接去IKEA買現成的。』許隨還配了一個可達鴨崩潰的貼圖，發完之後，她隨手把手機放在地板上，沒多久，螢幕亮起。

她撈起手機一看，周京澤傳了一則訊息過來，隔著螢幕都能感覺出他的不爽，一字一頓道：『妳是不是忘了妳還有個試用期男友？』

許隨有些不好意思，她確實是忘記了，主要是這麼多年，一個人遇到的很多事情，她只能獨自處理。

半個小時後，周京澤登門拜訪。大少爺嘴裡叼著說明書，黑長的睫毛垂下來，沒多久，不費吹灰之力就把書架組裝好了，書桌更組裝得相當輕鬆。

許隨倒了一杯水給他表示感謝。男人挑了挑眉，沒有接，而是就著她的手喝了兩口水。一切都弄好之後，周京澤窩在沙發裡，剛打開手機就收到了盛南洲的訊息。

盛南洲傳了一個苦笑的貼圖，說道：『她不肯見我。』

周京澤拇指按著手機螢幕，在對話欄裡打字傳送：『那你想不想她回來？』換作是他，早把人綁回來了。

把手機放在一旁，周京澤想起什麼，問道：「下週有高中同學聚會，妳應該收到邀請函了，去嗎？」

「什麼邀請函？」許隨神色疑惑。

許隨想起還有一堆沒拆封的快遞，走過去，拿裁紙刀拆了一個快遞，一張邀請函，還有一塊名牌掉落出來。

邀請函上面寫著「天華中學十二週年同學聚會，誠邀許隨同學參加。我們在天中等妳」，上面附了一個聚會地址，還讓大家必須帶著天中的校服和名牌到場，據說是因為有查看時光機信箱的活動。

許隨拾起桌上的名牌，上面一筆一畫地刻著：高一（三）班許隨。

一時間，腦海中刻意封存的記憶城牆倒塌，她垂下眼睫，指尖摩挲著名牌，不知道在想什麼。最後許隨對著周京澤說道：「應該會去，但是別說我們在一起了。」

周京澤剛開了一罐碳酸飲料，「啪嗒」一聲，拉環落地聲與她的聲音一併出現，他下意識地瞇了瞇眼，不太爽地問道：「我怎麼發現妳沒以前那麼喜歡我了？」不然為什麼連這種同學聚會都要躲著藏著？

高中同學聚會定在週五，當天下班後許隨回到家後補了個妝，她對著鏡子細細地描畫嘴唇時，看著鏡子裡一張細眉紅唇的臉有些出神。

誰能想到她過去最討厭的就是照鏡子，她頂著一張黯淡無光、長著青春痘的臉，時常把臉埋進寬大的校服裡，低著頭匆匆經過在走廊上那個談笑風生的男生，餘光裡全是球場上那個全場為之歡呼的身影。

常常希望沒有人能注意到她，又希望他能注意到她。

許隨回神，發現口紅塗偏了一點，她抽出一張紙巾湊到鏡子前把多餘的口紅擦掉。

晚上八點一刻，許隨出現在等秋來飯店。當她推門進去時，裡面已經到了十幾個人。

許隨進去時，其實有一點小小的緊張，高中時她性格安靜內斂，且奉行「苦讀書」的原則，大部分的時間用來與試卷打交道了，所以沒什麼朋友。

她進去時，場內的人愣了一瞬，班長最先反應過來，說道：「許隨，妳變化太大了，很漂亮，我差點沒認出來。」

「聽說妳現在在普仁上班，以後看病是不是可以找妳了？」有人笑道。

許隨笑了一下，正要應答，一個腦袋湊上來，臉上洋溢著笑容：「漂亮妹妹還記得我嗎？體育股長王健，當初運動會三千公尺沒人報，還好妳善良，報了這個項目，拯救了我，快進來坐。」

「記得，畢竟當時我的腿廢了一個星期。」許隨開玩笑道。

許隨走了進去，一隻手從女生堆裡伸了出來，說道：「隔壁桌，快過來這裡，我幫妳留了個位子。」

她眼睛掃過去，是她原來的高中隔壁桌，許隨坐過去沒多久，人陸續進來。

高中三年，再加上近十年過去，大家都變了模樣。

話題從學生時期男女生的曖昧，誰穿的裙子又改短了，變成了老闆就是一個大傻子，誰誰結婚了。

周京澤、從語絨等幾個人姍姍來遲。他們一進來，場子就熱起來了，有人打趣道：「周爺和班花一起來的啊？」

從語絨笑吟吟地正要接話，一道冷淡的聲音插了進來，周京澤踹了最近的男生一腳：「去你的，門口遇到的。」說完，他抬起眼，看向不遠處的許隨，視線霸道且直白，許隨亦回看他。兩人視線纏了一下，她先移開了視線。

許隨坐在那裡和她的隔壁桌聊天，倏地，有個皮膚很白，穿著米色大衣，戴著細框眼鏡，踩著淺色系靴子的女人走進來，是鐘靈。

鐘靈走到許隨跟前打了個招呼，問道：「妳旁邊有人嗎？」

許隨愣了一下，搖了搖頭，說道：「沒有。」

鐘靈在旁邊坐下，許隨聞到了她身上淡淡的香水味。她沒想到鐘靈會來，升學考結束後她們就失去聯絡了，準確地說，是鐘靈單方面封鎖了她的QQ，連帶校園網的帳號一併註銷了。

許隨和鐘靈成為朋友是巧合。

高三，藝術生進修完回來念書，全班座位大調換，並實行了一幫一助的制度，鐘靈作為一名音樂生，學科需要惡補，因此許隨成了她的隔壁桌。

一番接觸下來，許隨發現鐘靈和她的性格很像，都是溫吞、敏感慢熱型的，唯一不同的是，鐘靈的性格陰鬱一些，想法充滿負面想法，戴著一副厚厚的眼鏡，經常睡覺和神遊，不知道在想什麼。

直到有一次他們這棟大樓停電。燈一滅，整棟大樓的學生雀躍歡呼，地板都快要被他們踩破，有人趁機跑到窗戶邊吼了一嗓子，還有人趁機把試卷扔到地上，發洩地踩了幾腳。

坐班的英語老師在一片發瘋的歡呼聲中用戒尺敲了敲桌面，宣布：「自習二十分鐘，電還沒來的話就放學。」

話音剛落，歡呼聲和尖叫聲更甚，分貝大得快要掀翻屋頂。

英語老師上個廁所的工夫，班上後排的男生躁動不安，亂作一團，以周京澤為首的那幫男生撈起腳下的足球，一腳踹開後面那道搖搖欲墜的門，闊步走了出去。

許隨藉著月光的亮度清理雜亂的書桌，後桌同學用筆戳了戳她的後背，要借支水性筆。許隨從筆袋裡拿出一支黑色的筆轉過身去，餘光卻瞥向那個肩膀寬闊，身材高瘦，走路漫不經心，穿著黑色T恤的少年。

他正有一搭沒一搭地嚼著口香糖，右手握著一個銀色打火機，它時不時躥出橘紅色的火焰，照亮手背上的刺青——Z & Heliotrope。

張揚狂妄又分外吸引人。

隔壁四班是班導師坐鎮，乖得不行，自發地大合唱周杰倫的〈七里香〉，剛好唱到「雨下整夜，我的愛溢出就像雨水」時，周京澤插著口袋慢悠悠地來到四班後門，敲了敲玻璃窗，散漫不羈地笑道：「別唱了，去踢球。」

那個黑色的身影最後消失在轉角處，許隨垂下眼皮兀自收回視線，須臾，鐘靈湊過來問道：「蹺課去操場嗎？」

鬼使神差地，好學生如許隨，竟然點了點頭。

兩人手牽著手偷偷溜到學校操場，找了一塊乾淨的綠草地坐下來，看著對面的男生在球場上踢球。

夏天的夜晚有點悶熱，周遭還有不知名的蟲鳴聲，許隨用試卷搧了搧發燙的臉頰。

鐘靈忽然怔怔地開口：「妳知道我為什麼半路改去學音樂嗎？」

「為什麼？」許隨接話。

「因為某個人。」鐘靈看過去。

許隨坐在綠草地上，抱著膝蓋順著她的視線看過去，周京澤不知道什麼時候換了衣服，他穿著火紅的球衣，黑色褲子，白色運動長襪，小腿肌肉緊實，線條流暢又漂亮。

周京澤腳下帶著球，不停地向前奔跑，像一隻矯健的獵豹，額頭的汗滴下來，他直接掀起衣服的一角隨意地擦汗，透著灑脫又不拘小節的氣息。

許隨下巴放在膝蓋上，心一緊，試探性地問了一句：「周京澤？」

鐘靈點了點頭，說道：「是。」

許隨笑了一下，也是，沒什麼好奇怪的，人人都愛周京澤。

後來鐘靈不知道是出於信任還是因為缺少傾訴對象，她向許隨講起了自己隱祕的少女心事。鐘靈說她很早就暗戀周京澤了，她知道那張玩世不恭、永遠以笑示人的臉，其實是一副面具，裡面藏著善良和赤誠。

高中半路改去學音樂，鐘靈和她爸大吵了一架。因為這是一件很冒險的事，她比其他藝術生學得晚，天分也不夠。別人已經走到中間了，她才剛來到起點，但是她一點都不後悔。

上藝術課時，鐘靈可以正大光明地聽他拉大提琴，用手機偷偷錄下他拉的〈小夜曲〉，晚上回到家偷偷地反覆聽。

周京澤上課時，偶爾會叫她，「哎，上課了」，雖然他連她名字都不記得，可鐘靈仍心跳加速，慌亂地把試卷塞進抽屜裡，跟著他走出教室。

「可他應該永遠看不到我。」鐘靈目光追逐著球場上那個奔跑的身影，苦笑道。

許隨握住她的手，垂下眼輕聲說：「我懂。」

鐘靈神情古怪地看了她一眼。

直到升學考結束後，鐘靈也沒跟周京澤表白。沒多久，她就把許隨的聯絡方式刪了。許隨猜想，鐘靈不只刪了她一個人，應該是想跟過去撇乾淨。果然，後來鐘靈把校園網的社交帳號註銷了，主頁一片空白。

倏忽，一道聲音將許隨的思緒拉回，她握著一杯氣泡酒，眼睛微睜：「什麼？」

鐘靈問她，說：「我問妳現在在哪工作。」

「普仁。」許隨抬手喝了一口氣泡酒，感覺唇齒間全是碳酸的味道，「妳呢？」

鐘靈難得笑了一下，她說：「我在彩虹合唱團，擔任小提琴手。」

「挺好的。」許隨應道。除此之外，她也不知道該說什麼了。

人陸續到齊，吃飯的間隙，自然免不了推杯換盞、暗自比拼的環節。落座時，許隨特地與周京澤離得遠遠的，剛好她右手邊是鐘靈，左手邊是體育股長王健。

周京澤作為學校的風雲人物，大家的話題一開始也是圍著他。有人問他：「周爺，聽說你年紀輕輕，肩上早已四條槓，當上機長了。」

「年輕有為啊，佩服，佩服。」班長對他抱拳。

周京澤握著方口酒杯，晃了一下裡面的酒，兀自扯了扯嘴角：「現在失業了。」

場內所有人除了許隨都哈哈一笑，與他碰杯，眼神豔羨：「那有什麼？回去繼承家產了是吧？」

「對啊，周老闆，你家集團缺不缺保全？我去。」

這些奉承，或多或少地夾著羨慕。當初網路上爆出周姓機長這事，鬧得這麼大，他們有所耳聞，卻沒一個人向周京澤求證或表示關心。

因為他們的認知是：像周京澤這樣的天之驕子，出生在羅馬，一路順利慣了的人，只怕老天都會為他開天闢地。風頭一過，事情壓下去，他還是有大好前途的周京澤。

這世上大部分人，關心的不是別人，不關注過程，只在意結果，以滿足自己內心的好奇。

周京澤依舊神色散漫，他沒打算解釋，也沒必要，唇角扯出細微的弧度把這個話題帶過。

坐在許隨左手邊的體育股長王健，十分熱情，一下問她要不要喝水，一下又主動夾菜到她碗裡，熱情得讓許隨有些不知所措。

這一幕恰好讓班長看到了，大著嗓門開始起鬨：「賤賤，我口好渴哦，幫我倒杯水吧。」

「賤賤，你偏心，你為什麼只照顧許同學一個人？」有個男同學捏著嗓子喊道。

王健服了這一幫起鬨的人，笑罵道：「滾滾，你們自己沒手沒腳嗎？」

氣氛喧鬧，忽然插進來一道偏冷較低的、帶著冰碴的聲音，喊道：「王健。」

「到！」王健正與旁人說著話，聞言反射性回答。

王健這話一出，哄笑聲更大了，甚至有人笑得直拿筷子敲碗。班長啐道：「你是不是以為還在周爺球隊，受他指揮？」

「可不是嗎！」王健不好意思地摸了摸腦袋。

周京澤拎著一瓶啤酒，往桌角一磕，瓶蓋「哐噹」一聲掉在地上，他遞給王健，銳利漆黑的眼睛盯著他，嘴角仍是笑的：「來，敬那些年在球場的日子。」

王健接過來，一頭霧水地又喝了半瓶啤酒，接下來的時間，周京澤好像只針對他一人，變著法地灌他。以至於王健去了好幾趟廁所，接連吐了三次。

許隨正跟王健說話，放在一旁的手機螢幕亮起，她拿起來一看，是周京澤傳的訊息：『妳再跟他說一句話試試。』

許隨心一顫，抬眼看過去，隔著不遠的距離，撞上一雙深邃漆黑的眼睛。

周京澤的眼神肆無忌憚，帶著侵占性，視線筆直地看過來。直到旁邊有人喊他，周京澤才暫時放過她。

飯後上甜品，選擇權自然是交到女生手裡。從語絨恰好坐在周京澤旁邊，她低頭看菜單時，隨手撥了撥自己的秀髮，眼看頭髮就要拂到周京澤的手臂上，男人不動聲色地側身。

撲了個空。從語絨漂亮眼眸裡的失望一閃而過。

從語絨把視線移到菜單上，蔻丹色的指甲指了指上面大份的水果拼盤，說道：「要不然點大份的芒果撈吧，我最喜歡這個口味了。」

班花發話，大家都表示沒意見，誰不喜歡遷就美女？從語絨正要叫服務生點這個時，周京澤背抵在椅子上，忽然開口，聲音沉沉：「我對芒果過敏。」

許隨的眼皮顫了一下。

從語絨驚呼，紅唇一張一合：「呀，你過敏啊，那我點別的囉。」

一段小小的插曲就此過去，一行人打算轉戰頂樓的包廂。班長站起來，用筷子敲了敲杯子，說道：「男同學們、女同學們，現在可以去換上我們天中的校服，戴上三班的名牌了，等等開完時光機信箱，我們還要大合影呢。」

「哎，別說了，我特地翻出我家壓箱底的校服，你們猜怎麼樣？拉鍊拉不上了。」

「歲月是把殺豬刀，專往我臉上禍害。」

「今天我們也算懷念青春了，主題就叫十七吧。」

十七，多麼美好又轉瞬即逝的兩個字，是S.H.E的歌裡唱的「既期待又害怕」的年紀。

許隨和鐘靈速度比較慢，等她們出來時，更衣室裡已經沒有人了。鐘靈一把擰開水龍頭，水流嘩嘩地傾瀉而下。

天中的校服，是很傳統典型的校服，既不是偶像劇裡的藍白色，也不是日劇裡的制服裙裝，他們的校服寬大古板，甚至透著俗氣。可現在穿上去，又覺得很好看。

許隨一邊綁頭髮一邊看向鏡子裡的自己，一雙盈盈黑眼珠，皮膚白皙，嘴唇淺紅，額頭有細小的絨毛，高馬尾，紺色的校服，袖子中間是一道橙色，像是點睛的一筆。

鐘靈看向鏡子裡的許隨，忽然問道：「妳是不是和周京澤在一起了？」

許隨握住頭髮的手一頓，放下來，輕聲說：「算吧，不過妳怎麼知道？」

「眼神，他看妳的眼神。」鐘靈笑了一下，轉而一針見血地說道：「而且，我記得對芒果過敏的是妳吧。」

許隨點了點頭，鐘靈心底被針刺了一下，看到自己暗戀很久的男生記住別的女生過敏，她心裡有一種說不上來的滋味。

「妳能不能幫我保密？在同學面前……主要是我和他現在關係有點複雜。」許隨說道。

「妳很幸運。」鐘靈點了點頭，關了水龍頭，抽了一張紙巾一邊擦手一邊往外走。她似想起什麼，看向許隨說道：「不是所有的暗戀都能窺見天光。」說完，鐘靈轉身走了。

許隨默然，原來她一直都知道。

許隨洗完手後，也離開了更衣室。

沒多久，更衣室的隔間發出「砰」的一聲，門被踢開，從語絨走出來，她一手抓著白色內衣的釦子，衣服還沒穿好，鏡子反射出她臉上怨恨憤怒的表情。

「思思，妳猜時光機裡『給十年後的自己』，她會寫什麼？」從語絨問旁邊的女生。

「寫什麼？」

「學生時代打扮寒酸，又窮又不好看的自卑女生，當然是希望自己擺脫這一切，」從語絨眼珠轉動，說道：「等等當眾念她的信。」她想讓許隨出醜。

換好校服後，推開那扇門，許隨有些恍惚，好像真的回到了穿著校服不停地寫試卷，下課偶爾做白日夢的學生時代。

周京澤穿著鬆垮的校服，衣襟敞開，手裡握著一罐啤酒，腕骨清晰突出，旁人不知道說了什麼葷話，他臉上掛著放浪形骸的笑。

他胸膛左側別著一塊名牌，一筆一畫地刻著名字：高一（三）班周京澤。

還是那個輕狂肆意的少年。

好像真的穿越了。

直到班長出聲，她才回神，在沙發上找了個空位坐過去，許隨俯身想拿罐飲料，手剛伸出去，一個冰涼的指尖剛好挨到她的手背。

許隨看向他，周京澤也看著她。

「老規矩啊，玩遊戲，輸了的真心話大冒險，真心話就是念自己十年前寫了什麼中二發言。」

一圈遊戲下來，大家都選擇念自己當初寫的願望，當真正念出來時，大家笑作一團，因為這發言中二又熱血。

「長大以後老子要拯救世界。」

「希望能坐上諾亞方舟環遊宇宙。」

女生的願望則沒有這麼天馬行空，願望都是「有個好工作和愛自己的人」，或是「希望自己變漂亮和身體健康」。

許隨記得這個時光機信箱的活動是班長在高三發起的，她那天生病請假了沒有交，升學考以後她沒和其他人聯絡，也就忘記了這件事。直到大一下學期，他們籌組了一次聚會，班長催許隨交信。許隨那時特別忙，匆匆寫了一封信就寄過去了。

第二輪遊戲，第一局許隨就輸了，她也選了保險的方式，說道：「念信吧。」

她應該寫了一些希望世界和平、生活安穩之類的句子。

學藝股長從一堆信封裡找到許隨的，看到信封上畫了一輪太陽，隨即又被叉掉了，沒隔多遠，旁邊又出現了一個太陽，她神色疑惑。

她拆開信封，有些結巴地念道：「ZJZ，你好，我是許隨，也是你的同班同學。寫信告白這麼老土的事，你可能會笑我吧——」

許隨心裡咯噔一下，她竟然寄錯信了，那封一直沒送出去、反覆塗改的信竟然出現在這裡。

她下意識地想叫學藝股長把信拿回來，可是已經來不及了，周圍談論和八卦的聲音越來越大。從語絨她們甚至湊過去看。

周圍人哈哈大笑，有人說道：「誰放錯了吧，把告白信寄錯了。」

「ZJZ，這誰啊？趙健正，有人暗戀你！」

「哇哦，有一說一，寫信這件事確實挺老土的。」有人嘲笑道。

周圍鬧哄哄的，沒人在意信的內容是什麼，唱歌聲、口哨聲、酒杯碰撞的聲音交織在一起，早已把讀信的聲音淹沒。

倏忽，「啪」的一聲，周京澤直接拎起桌上一個玻璃酒杯狠狠地砸到地上，碎片飛濺，他坐在那裡，手肘撐在大腿上，抬起眼皮看向在場的每一個人，眼底壓著戾氣和低沉的情緒，語氣緩緩的：「很好笑嗎？」

場面霎時安靜下來，他們不知道周京澤為什麼突然發火，都不敢說話。

學藝股長重新念起那封信。周圍還是有細碎的聲音，他們不以為意，可是聽到最後，場內靜得連一根針掉在地上都能聽見，所有人不再說話，一致安靜下來。

學藝股長嗓音本來就好聽，不知道她情緒受到了感染還是什麼，念得認真有感情，語氣很緩，一字一句道──

ZJZ，你好，我是許隨，也是你的同班同學。寫信告白這麼老土的事，你可能會笑我吧。

我喜歡你一身火紅球衣，戴著黑色護腕飛奔進球贏得尖叫的身影，我喜歡你輕狂坦蕩，在臺上發言談理想的模樣，我喜歡你發脾氣後，沉默地憋著勁把撂下的事做完。

甚至喜歡你緊皺的眉，喜歡你吊兒郎當地捉弄人時散漫的笑。

天氣好的時候會想起你，看到日落的時候也會想起你，白試卷是你，藍色T恤是你。

每週一晨會扭頭偷看你而脖子發酸的是我，下暴雨時在頂樓偷聽你拉大提琴的是我。

沒有人知道，我的一整個青春都是你。

我用什麼把你留住？

以前你拉大提琴的時候，想成為你一低頭就能看見尋常又普通的陰影。

想成為你打完球愛喝的碳酸飲料上吸附著的冰霧，容易消散但存在你的記憶裡。

後來你成為飛行員，飛上幾萬英尺的高空，途經沙漠，越過航線，看見浩瀚宇宙。想變成一顆星，一顆你日常飛行無意能瞥見的星。

哪怕黯淡又不起眼。

都說青春裡的暗戀沒有姓名，所以我連你的名字都只敢寫縮寫。

不是Z、J、Z，而是周、京、澤。

我不知道這是第幾次反覆練習叫你的名字，這次我終於勇敢叫出口了。

周京澤，我喜歡你。

你聽見了嗎？

第二十七章　無處藏

她好像太喜歡他了，無處藏。
這麼多年，好像能讓她心動的只有他。

這封信念完之後，場內鴉雀無聲。

沒有人說話，很多人陷入這封信的情緒中，或多或少地想起了自己高中時喜歡的那個人，像夏天的風，桌上成堆的試卷，跑步時追逐的那個身影。

倏忽，許隨手裡緊握的手機發出尖銳的鈴聲，打破了這片沉默。許隨如釋重負，站起來就要往外走。

她勉強擠出一絲笑容，說道：「我還有點事，先走了。」許隨就是這樣，她不想或者不敢面對事情時就會下意識逃避。胡茜西之前還評價過她：「世上無難事，只要肯逃避。」

許隨拿起手包，匆忙拉開拉鍊放東西，發出的聲音在一片寂靜中格外響。

她側著身子往外走，從語絨忽然當著眾人的面，聲音尖銳，質問道：「所以妳一直在倒追周京澤？」

許隨身體一僵，繼而抬腳往前走，沙發是一個大的半弧形，在經過左手邊時，被擋住了。

男人窩在沙發上，外套衣襟敞開，左手還拿著半罐啤酒，中指搭在拉環上，臉上的表情晦暗不明，有紅光遊在他的臉上。

沉默的，黑暗的，眼瞼下有一層陰影，似乎在隱忍什麼，像蟄伏已久的野獸。

他的長腿交疊，恰好擋住了走道。許隨手心出了一點汗，不敢看他，視線落在他褲子處，膝蓋骨凸起。

「讓一下。」她說。

視線裡的那雙腿真的側了一下，許隨走過去，小腿擦著他的膝蓋而過，發出輕微的摩挲聲。

走出來了，許隨鬆了一口氣。

她剛要走，下一秒，男人直接抬手攥住她的手臂，許隨怎麼掙脫都掙脫不了。

周京澤的手直接攀上她的脖頸，用力往下一帶。

許隨一個踉蹌被迫俯身，周京澤吻了上去，當著眾人的面。

潮濕的唇瓣堵上她的唇，薄荷氣息混進來。

許隨臉上的溫度急劇升高，感覺唇齒間都是他的氣息，還混著啤酒的味道。

好在周京澤一吻輒止，鬆開了她，用拇指把貼在她臉頰處的頭髮勾到耳後。

「是我在追她。」周京澤當著眾人的面宣布。

局勢急轉直下。

老同學們一臉驚訝，班長的嘴巴直接成了一個O形，從語絨的表情最難看，跟打翻了調色盤一樣精彩。

「先走一步，她比較容易害羞。」周京澤起身，當著眾人的面牽著許隨離開了。

走出去，周京澤把包廂門關上，將裡面各色的討論聲和驚訝、好奇一併隔絕。

周京澤緊牽著她的手，許隨用力掙扎了一下，不料一陣猛力襲來，一個趔趄，她撞向男人堅硬的胸膛，下巴有點疼，呼吸相對，近得可以看清彼此的睫毛。

「躲哪？」周京澤臉色沉沉。

許隨心口縮了一下，她打著商量：「沒，你先放開我。」

周京澤牽著她，來到電梯門口，慢悠悠地按了一下鍵，語氣篤定：「不放。」

「據我的經驗，妳現在就想逃。」周京澤抬起眼皮上下打量了她一眼，「如果妳不介意我當眾犯渾的話……」

他一向說一不二。許隨立刻不再掙扎，任他牽著，上了車。

周京澤冷著一張臉坐在駕駛座上，單手開著車，仍牽著她的手。

一路上，他不抽菸，電話響破天也不接。

下了車，男人直接一把將許隨扛在肩頭，手搭在她臀上，闊步朝家的方向走去。

鑰匙插了幾次都沒有插進去，最終他抖著手費力一扭，門開了。

「砰」的一聲，天旋地轉間，許隨整個人被抵在門上。

胸口劇烈起伏著，分不清是誰的喘息聲。

周京澤漆黑的眼睛緊盯著她，眼神掠過她身上每一寸地方。

許隨被看得身上起了一陣躁意。

周京澤拇指按著她的額頭，偏頭吻了下去。準確地說，是咬。

許隨仰起頭，發出「嘶」的一聲，他埋在她肩窩處，叼著脖頸那塊白嫩的軟肉嘬。

脖頸處傳來癢癢麻麻的痛感，沒多久便見了紅。

屋裡沒有開燈，很暗，對面的光投過來，許隨看見他的眼睛很亮，裡面隱隱跳起來一簇火。

窗簾晃動，他摟著她繼續親，火愈來愈烈，情難自已。

許隨的腰被撞向桌角，舊傷口牽動神經，她吃痛皺眉，眼眶裡蓄著淚，手搭在他頭上，隱忍地說道：「疼。」

周京澤的動作停了下來。

啪的一聲，牆上開關打開，室內傾瀉一地的暖黃色。

周京澤拎著一個醫藥箱，半蹲在許隨面前。

他低著頭，嘴裡叼著一把棉花棒，擰開碘酒瓶蓋，一隻手捲著她穿著的綠色針織衫往上掀。

周京澤低著頭，眼睫黑長，側臉線條鋒利，他用棉花棒蘸了碘酒，輕輕地塗在傷口上。

「為什麼大學時不跟我說，從一開始妳就喜歡我？」周京澤忽然開口問。

許隨垂下眼，說：「因為我覺得那是我一個人的事。」

暗戀一直是她一個人的事，喜怒哀樂，風雨天晴，都藏在心裡。

「那重逢之後呢？為什麼這麼……反覆猶豫？」周京澤看著她。

每次他進一步，她就退一步。

周京澤明明是詢問的語氣，可話一說出來好像一直都是許隨的問題，是他在控訴。

許隨的眼眶立刻紅了。

「我怕了，我真的怕了，」許隨發出輕微的啜泣聲，緊接著，像再也忍不住，大滴眼淚吧嗒吧嗒地掉下來，紅著眼，「要是還有下一個葉賽寧怎麼辦？」

從十六歲起，許隨就喜歡他了，花了三年時間，大學努力靠近他，再到兩人在一起，分手，再糾纏。她好像逃不開周京澤這三個字。

「分手後，我試著向前走，」許隨伸手胡亂抹掉淚，輕聲說：「可是僅有的兩段都失敗了。」

周京澤半蹲著，垂眼聽她說，心揪了一下。

第一段只在一起一週，對方覺得許隨不主動、不熱情，兩人交往像同事，所以她被甩了。

第二段戀愛持續了兩個月，許隨試著讓自己發生變化，主動一點，主動聯絡和關心對方，所以一切都很順利。直到那年冬天，林家峰摘下圍巾幫她戴，最後擁抱她時，說她渾身很僵硬，很抵觸情侶間的親密觸碰，而且這不是第一次了。

「妳心裡有忘不掉的人，我還挺羨慕他，」林家峰苦笑道：「但我沒辦法讓妳忘掉他，拖歉。」

「我也沒有……非要和你在一起不可，」許隨眼眶紅紅的，「所以我去談戀愛。」

可每個瞬間都忘不了他。

周京澤三個字就像心經，從十六歲開始，便是她無法與別人訴說的少女心事。

兩人再糾纏時，許隨刻意表現得不在乎，不吃醋，沒那麼喜歡他，比之前灑脫，只有她自己知道，愛一個人，反覆又怯懦。她這樣，是因為太喜歡了。

因為太喜歡，所以害怕失去，即使到最後答應他在一起，許隨也在心裡希望他能多喜歡自己一點。

周京澤這樣的人，時而像熱烈的太陽，時而像捉摸不定的風。

他愛人的本事變得越來越好，可許隨還是怕，怕他的愛會消失，下一秒說不喜歡就不喜歡了。

周京澤半蹲在她面前，知道她的想法後，只覺得心疼。

他這個人浪蕩慣了，從小受家庭的影響，見證了太多悲歡離合。周京澤潛意識認為，愛不會長久，它是欲望，是感官飢渴，是情緒占有，是剛出爐的麵包，但不會恆久。

直到遇到許隨之後，他才漸漸改變想法。原來在很多個他不知道的瞬間，他被愛了很久。

周京澤抬手將她的眼淚拭去，動作溫柔，看著她，扯了扯唇角：「我最怕妳哭。」

「我本來挺不願意提那件事，」周京澤繼續用棉花棒擦拭她的傷口，頓了頓，「但是我現在得好好跟妳解釋……」

認識葉賽寧時，周京澤母親剛在家燒炭自殺，她的頭七一過，周正岩就把祝玲母子領進了家門。

那個時候正是周京澤最叛逆的時期，也是人生迷茫絕望的階段。

周京澤那段時間幾乎不上學，整天蹺課打架，不是往網咖裡鑽，就是和人在撞球室吞雲吐霧。

他還一身反骨地打了唇釘，刺青。從一個向上的資優生變成了墮落的垃圾生，像是在反抗什麼。

周京澤也在那個時候在一場群架中認識了彭子。他是個街頭混混，從小靠替老大收租和打拳為生。

彭子那個時候對周京澤很好，替他出頭，有什麼好玩的也第一時間帶上他，還因為他而受過傷。

十五六歲正是熱忱又盲目的時期。周京澤以為自己交到了過命的兄弟。也因為彭子，他整天泡在酒吧裡，爛死在風塵場所中，迷離又虛幻的燈光能讓人短暫地忘記一切痛苦。

周京澤蹺掉了一場考試，原因是彭子說晚上有個好東西要給他看。

週三，零度酒吧，周京澤把校服外套塞進書包裡，直接去找彭子。

推門進去時，彭子扔了一根菸給他。周京澤接過來，抬眼發現裡面坐了一票他不認識的人，都是三四十歲的成年人。彭子對上他眼底的疑惑，解釋道：「都是一起玩的朋友。」

沒多久，周京澤發現了彭子聚會的目的。

包廂這一幫人在交易，吸「神仙散」。紅紫燈光交錯而下，他們一個個仰頭靠在沙發上，眼睛翻白，嘴唇微張，全都是飄飄欲仙的表情，好像得到了解脫。

彭子湊過來，扔了一包給他，問：「要不要嘗嘗？這就是『神仙散』，吃了什麼都忘了。」

白天他在家時，祝玲收拾東西把他媽媽生前拉的大提琴扔到了雜貨間。周京澤跟祝玲起了爭執，周正岩從書房裡出來甩了他一巴掌：「死人的東西還留著幹什麼！」然後周京澤蹺掉考試躲到了彭子這裡。

說實話，周京澤心裡是動搖的，那個時候他內心深處腐爛、絕望，其實很想去見他媽媽，一了百了。

彭子把東西給他時，周京澤也沒拒絕，握在手心裡，覺得發燙。

燈光很暗，他坐在沙發的角落裡，額頭出了汗。

周圍是淫靡而放浪的叫聲，周京澤看他們的表情，好像真的到了極樂世界。

周京澤把它放到桌上，用指尖摳出來一點，正想試的時候，酒吧裡的服務生推門，進來送酒。那人是葉賽寧。

等她到周京澤面前時，不知道是有意還是無意，手一偏，酒灑了，粉末溶化在酒裡，也廢了。

酒杯「哐噹」一聲，砸在地上，摔得四分五裂，也驚醒了周京澤。

周京澤如夢初醒，同時出了一身冷汗。

葉賽寧拿出餐巾伸手去擦桌上的酒，不料被彭子一腳直接踹到牆上。彭子走過去，就要動手搧她兩巴掌，周京澤起身攔住他，從皮夾裡掏出一疊紅鈔票：「這錢我付，算了。」

「臭婊子。」彭子凶狠地瞪了她一眼，才鬆開她。

走出酒吧後，一陣冷風吹來，周京澤想他到底在幹什麼。差一點，他就回不了頭了。劫後餘生。

周京澤在這一刻真正明白，彭子那樣的，一開始就沒把他當朋友，只不過認識一個富二代，就多了一個控制他並可以賺錢的機會。

當天晚上，周京澤等到葉賽寧下班，他上前道歉：「對不起。」

「還有剛才，謝謝。」周京澤說。

葉賽寧從菸盒裡抖出一根薄荷女士菸，吐了一口，皺眉：「要是知道會被踹，我就不多管閒事了。」

「醫藥費。」葉賽寧對他伸手。

周京澤愣了一秒，拿了一疊錢給她。

葉賽寧臨走時跟他說了一句話：「我看你也就比我小一兩歲，世界上比你苦的人多了去了，作踐自己給誰看？給不在乎你的人看？那是情緒浪費，不值。」

兩人就此告別，周京澤經過這一晚的事幡然醒悟，他主動去找了外公認錯。

外公勃然大怒，用藤條把他揍個半死，關了半個月的禁閉。

外公嘆了一口氣，說道：「人生是你自己的啊。」

很長一段時間，周京澤連酒吧都沒再去。

他開始他的新生。無非是將一切打碎，重新開始，再苦再累，也要走上正途。

一個月後，周京澤去那家酒吧找葉賽寧，卻得知在那晚之後，她就被投訴辭退了，連最後一個月的薪水都沒拿到。酒吧裡的同事私下還跟他說，葉賽寧被彭子的人打了一頓。

周京澤費了一番力氣找到葉賽寧，彼時的她正在燒烤攤端盤子，臉上的傷口還沒結痂。

「抱歉，因為我——」周京澤覺得這話有點矯情，換了個話題問，「妳有沒有想實現的願望？只要我能做到。」

葉賽寧正忙得不可開交，她隨口說了句：「這麼想補償我，那送我出國讀書唄，反正這操蛋地方我也待夠了。」

哪知，身後傳來一道磁性的聲音，竟一口答應：「行，英國怎麼樣？」

「……我之前對她的好感是那種……迷茫時產生的依賴，還有欣賞，她大我一歲，」周京澤語氣緩慢，「接觸之後發現我們兩個性格挺像。」

因為他對葉賽寧充滿了感激，以及欠了她人情，所以有求必應。

「到現在我還是感謝她，工作以後，出於工作的原因見過那種人，我當時很遠地看了他們一眼，怎麼說呢？沒有什麼最後一次，吸了第一次，這輩子就完了。」周京澤說道。

周京澤將許隨的衣衫放下來，眼皮翕動，自嘲地扯了扯唇角：「我其實……一直很擔心妳知道這件事，發現我並沒有那麼好，就不喜歡我了。」

他也沒有表面這麼好，也曾陰暗、折墮、腐爛過。他害怕知道真相的許隨會失望，會厭惡他。

許隨哭得更厲害了，比起這件事之後造成的誤會，她更希望那個時候周京澤不要經歷那麼多原生家庭的傷痛，誤入迷途，而傷害自己，也遺憾那個時候陪在他身邊的不是她。

「那……分手後你喜歡過誰嗎？」許隨的眼淚還掛在睫毛上，抽噎著問他，因為哭得太厲害，還打了一個嗝。

周京澤愣了一下，隨即笑了，他仰頭看著她，點了一下她的鼻子，語氣慎重又認真：「還沒明白嗎？這麼多年我沒再談過。只會是妳。」

「當初扔下妳，是我沒有分清主次，對不起，」周京澤仰頭看著她，語氣緩緩的，「讓我們一一傷心了。以後妳在我心裡永遠是第一順位。」

許隨低下頭，她不知道自己為什麼一在周京澤面前就很容易哭，她伸手胡亂地抹掉淚，不再說一句話。

周京澤一見他的女孩哭就束手無策，只好抽出紙巾，動作輕柔地幫她擦拭眼淚，將她額前凌亂的頭髮別到耳後。

他似想起什麼，盯著她腰腹的一截問道，聲音有些沙啞：「疼不疼？」

許隨愣了一秒，注意到他的眼神不對勁，才反應過來。

他問的不是腰傷疼不疼，而是刺青的時候疼不疼。

「疼。」許隨點點頭，輕聲呢喃，「後來我想開了，要是我和別人結婚了就把刺青洗掉。」

周京澤幫她擦眼淚的手一頓，手指挑起她的下巴，瞇了瞇眼：「妳還想跟誰結婚？」

「我——」許隨想辯解，她當然想過的，那時分手受到的打擊太大，誰不想往前看？

周京澤忽然打斷她，輕聲說：「我只想過跟妳結婚。」

年輕時不懂愛人，也不會愛人，直到遇見許隨，他第一次有了和人共度餘生的想法。

說完這話後，周圍一片寂靜。

周京澤說完這話可能覺得有點娘就岔開了話題，許隨發現他的表情依然泰然自若，耳根卻悄悄地紅了。

冷風從窗戶的縫隙湧進來，許隨的腳趾縮了一下，凍得發白。

剛才一進門周京澤就按住她親，又把她整個人撞向桌子，鞋早在摟抱時丟在了玄關處。

周京澤也注意到了這件事，手掌握住白嫩的雙足，溫暖渡過來，開口：「我去幫妳拿鞋。」

許隨攔住他，看著他發紅的耳根釋然一笑，張開雙臂，臉頰有點紅：「要抱。」

周京澤愣怔了一秒，唇角的弧度緩緩上揚，應道：「好。」

男人俯下身，強有力的手臂穿過她的手肘，一隻手攬住纖腰直接將人豎抱了起來。

白藕似的手臂攀上他的脖頸，男人寬大的手掌托住她的臀往上顛了顛，抱著她在客廳裡走來走去。

穿好鞋以後，許隨還掛在他身上，不肯下來。

「怎麼忽然這麼黏人？」周京澤笑。

「這一次好像真的美夢成真。」許隨抬頭看著他，手指撫上他的眉骨，忽然說道。

周京澤看著她，心疼，又有一種說不上來的情緒。

少女的暗戀，是一種很深很複雜的情感。

他也想像不出，一個人是如何十年如一日用同一道目光追逐著一個背影。

說完之後，許隨的肚子卻不合時宜地叫了起來。

周京澤放下許隨，打開她家的冰箱門，只剩幾顆雞蛋和一包餃子，其他什麼食材也沒有。

深夜，周京澤煮了一份餃子。餐桌上的燈光呈暖色調，穿過桌布的細格子在地上投下一道陰影。

他們面對面地坐在一起吃餃子，室內寂靜，只有湯匙碰撞瓷碗發出的聲音。

兩人的視線偶爾在半空中相撞，又分開，久處仍怦然。

吃完餃子後，周京澤低頭拿著手機不知道在滑什麼。

許隨疑惑，問道：「你在幹嘛？」

「下單拋棄式牙刷，毛巾，」周京澤抬了抬眉尾，說到某個詞時特地停頓了一下，「內褲。」

許隨的臉轟的一下就紅了，周京澤這赤裸裸的暗示任誰一聽都明白。他不僅要待在這，還要與她顛鸞倒鳳。

「不行，你今晚不能留在這裡，」許隨看了牆上的掛鐘一眼，說道：「時間到了，你該走了。」

周京澤抬起眼皮，語氣緩緩：「為什麼？」剛才還黏他黏得不行。

許隨拿著茶几上的鑰匙、菸和打火機之類的塞到他口袋裡，推著他往外走：「我就是偶爾熱情，最重要的是保持新鮮感。」

話剛說完，「砰」的一聲，門關上，周京澤被轟了出來，門差點夾到他鼻子。

周京澤站在那裡看著緊閉的門，舌尖頂了一下左臉頰，低聲哼笑：「小女生。」

他靠在門口抽了兩根菸，吞雲吐霧後，用鞋尖碾滅火星才離開。

許隨趕走周京澤後，洗了個澡，她在洗澡時，心情釋然很多。

她出來後，偏著頭，拿著一條白毛巾擦著頭髮上的水，沒多久，鈴聲響起，許隨跑去開門。

外送員拿了一個紙袋給她，並給了一張商品明細，說道：「備註周先生是吧？東西確認一下。」

「哦，好。」許隨接過來。

關上門以後，許隨坐在沙發上，拆開袋子一看：拋棄式牙刷、毛巾，還有兩條免洗內褲，連……保險套他都買好了。

水珠順著她的濕髮淌到脖頸裡，明明十分冰涼，她身上卻起了一股躁意。

許隨急忙拍了張照片傳過去，說道：『把你東西拿走。』

沒多久，手機螢幕亮起，周京澤意味深長地回了句：『留著下次用。』

許隨握著手機，感覺掌心發燙，她在對話欄裡打了字又刪除。算了，論講葷話和行動能力，她哪樣都比不過周京澤，還是少招惹他為妙。

許隨開始慢慢接納周京澤，沒多久，兩人算正式在一起了。只是許隨太忙了，又很少讓周京澤留宿，因此他一週基本都見不到她幾次面。

週六上午九點，周京澤看準了許隨起床的時間，拎著一份早餐慢悠悠地來到她家。

周京澤來到許隨家門外，屈起手指敲了敲門，發出咚咚聲。許隨打開門，接過他手裡的早餐，坐在餐桌前開始進食。

周京澤拉開椅子坐在她對面，看她匆匆吃飯，皺起眉，剛想出聲提醒她別吃得太急，視線不經意地一掃，客廳裡放著一個行李箱。

「去哪裡？」周京澤神色一凜，冷不防地出聲。

許隨吹著湯匙裡的粥，沒抬頭，心血來潮想逗周京澤，笑著說：「得離開一陣。」

隨之而來的是長長的沉默，他沒出聲。

許隨才意識到這個玩笑開大了，抬頭剛想解釋，一對上周京澤的眼睛，她就後悔了。

「這次我撥過去又是空號嗎？」他問。

周京澤想起兩人分手那時，一週而已，許隨整個人就退出了他的生活，消失得無影無蹤，只留下一條用過的髮圈、冰箱裡她沒喝完的牛奶、還沒來得及澆水的多肉。

他還忘不了那時打電話過去，聽到是空號的感覺。像有人在你生命裡匆匆留下一筆，雖不是濃重墨彩，卻讓人難以忘記，結果一切轉瞬皆空。

所以他才會在兩人重逢時，故意用車撞上去，來換取一個號碼。

「對不起，我剛才開玩笑的，只是去滬市出差三天。」

周京澤鬆了一口氣，再開口：「妳吃完，我等等送妳過去。」

這時桌上的手機鈴聲響了，許隨看了來電顯示一眼，急忙站起身就要拿外套：「我同事來了，等等我就把航班號傳給你，下了飛機也立刻告訴你。」

周京澤站起來，看著她：「一起。」

男人拿到她的航班號後才放人。最後他一隻手拿著行李，另一隻手牽住許隨的手，把人送上了車。

今天氣溫再次突破新低，上了車後，車窗把冰凍枯枝隔絕在外。

車裡暖氣烘烤著人的皮膚，旁邊一個男同事遞給她一杯咖啡。

許隨接過來笑著說了句：「謝謝。」

男同事接著吐槽：「我真是服了，這麼冷的天，滬市那邊好像更冷，週末開個屁的研討會。」

韓梅附和道：「就是，我還準備週末在家幫孩子輔導完作業，看韓劇呢。」

「唉，我只想好好睡一覺。」許隨靠在車窗邊說，眼底一片倦色。

三個人包車來到機場，托運了行李後，順利登機。

一上飛機，許隨就向空姐要了一條毯子，戴上眼罩，坐在座位上補覺。

誰知道飛機快要飛到滬市時，忽然遇到暴雨。

空姐在廣播裡溫柔地安慰乘客，說飛機遇到強對流降雨天氣，將備降在滬市附近的城市——寧城。預計乘客會在寧城機場逗留六小時，再飛滬市。

機艙內騷動不安，抱怨聲連連，誰也沒想到會忽然遇到暴雨，因而耽誤了行程。

飛機在輕微的搖晃中緩速降落在寧城機場。

他們三個人逗留在機場休息室，韓梅則火速發了則動態抱怨這該死的天氣。

許隨遙遙地看向遠處的窗戶。

嘩嘩的暴雨捲著遠山瘋狂搖曳的樹影，一片茫茫霧氣。

「寧城離滬市也不遠，我看現在天也晚了，不如在這待一晚，明天直接坐車過去，坐飛機中轉更累。」男同事說道。

韓梅嘆了一口氣：「唉，只能這樣了，誰讓我們三個是倒楣蛋呢。」

「我跟負責接機的工作人員說一下。」許隨說。

他們在機場逗留了一個小時後，開始煩躁不安。

許隨握著手機，收到了周京澤的訊息。他問她到了沒。

許隨回了三個字：『算到了。』之後她沒再回覆，情緒有點煩躁。

因為叫不到車，平臺上顯示叫車至少要等一百單，周圍的飯店也是訂滿的狀態。

同事拿著手機好不容易訂到兩間房，卻離機場十萬八千里。

「住不住？」男同事問。

許隨果敢地給出一個字：「住。」再不住就要露宿街頭了。

許隨他們走出航廈，和一個乘客共乘，又加了三倍的錢，對方才勉強同意讓他們上車。寧城下著暴雨，一路上塞車，計程車走走停停，雨從車窗縫隙裡打進來，撲到臉上，刺骨的冷。

好不容易到達目的地，這是一家小旅館，一進去，聞到了一股潮味。

同事遞過身分證登記拿到房卡。男同事一間房，許隨和韓梅一間房。進了房間，放好行李後，韓梅冷得去洗了個澡。

許隨則在床上休息，然而閉眼不到五分鐘，由於房間隔音太差，傳來一陣刺耳的男女交歡的聲音。她完全睡不著了。

許隨有點頭疼，她只是想好好休息一下。

枕邊的手機發出震動聲，許隨在暗紫的夜色中撈起手機，連來電顯示都沒看就點了接聽，聲音有點低：「喂。」

『怎麼不回訊息？』電話那頭傳來一道壓低的凜冽的嗓音。

許隨撫上眉，說道：「在路上太趕，忘了。」

電話裡發出不平穩氣流的聲音，緊接著傳來哢嚓打火機點燃的聲音，男人忽然開口問道：

『妳想不想我？』

他突然來這一句，許隨翻了個身，聲音沉悶：「有點。」

尤其是她前一晚加了班，第二天馬不停蹄地出差，還遇上了糟糕的天氣，一路舟車勞頓，好不容易能休息一下，結果住的環境還這麼惡劣。

若在以前，許隨覺得這沒什麼，可周京澤電話一來，她就下意識地撒嬌，開始想他。

『那妳出來。』啪的一聲，火焰熄滅，男人吸了一口菸，聲音低沉，含著顆粒感。

一個不確定的猜想在心底漸漸形成，許隨握著手機，連外套都沒穿，急匆匆地跑下樓。小旅館的樓梯是木製的，踩在上面吱嘎作響，彰顯著她此刻的急切。

兩人的通話仍沒有掛斷，周京澤那邊的風聲呼呼作響，他將嘴裡的菸拿下來，輕笑一聲，聲音有點低：「跑什麼？我在這呢。」

推開那扇門，許隨喘著氣，一眼就看到了站在不遠處的男人。他穿著一件黑色的外套，肩頭被雨水染成一片深色，人站在一塊紅色的看板下，側臉輪廓線條硬朗，懶散地咬著一根菸，看著她笑。

常常不想你，但一見到你，每一個對視的瞬間都心動。

此刻明明應該在另一座城市的人忽然出現在自己面前，說不驚喜是假的。

許隨一路小跑到男人面前，拽住他的袖子，問：「你什麼時候來的？」

周京澤把菸熄滅，抬手掐了一把她的臉，嗓音響起，戲謔道：「在某個小女生不開心的時候。」

他滑到韓梅發抱怨飛機備降的動態，才知道他們還滯留在機場。周京澤傳訊息給許隨確認，她回得很簡短。

周京澤猜想，他的女孩不開心了，所以趕來了。

韓梅把地址傳給他後，周京澤買了一張去寧城最近的高鐵票。

周京澤見到人後，牽著許隨，帶她重新開了另一家飯店的房間。之後，許隨在滬市出差三天，周京澤就放下一切陪了她三天。

回到京北城之後，許隨終於可以歇口氣，調休了一天，在家睡到日上三竿。她依然沒讓周京澤留宿，因為在滬市的那三天，許隨沒臉回想。

落地窗前，鏡子前，書桌上，他能想到的地方都來了一遍，許隨被折騰得半死，她決定回去以後，絕對不讓這人進家門。

上午十點半，許隨從床上醒來，簡單地洗漱了一下，她打算點份外送，然後在家整理研討會報告，搜集一些病歷資料。

許隨正準備拿起一旁的手機時，周京澤傳來了訊息，話語簡短，多一個字的廢話都懶得說：『門，妳的飼養員到了。』

許隨放下手機，連拖鞋都來不及穿，赤腳走過去開門。周京澤出現在門口，中指指節勾著一份早餐，左手拿著一杯熱咖啡。

「我差點要點外送了。」許隨接過來，臉頰的梨窩浮現。

周京澤垂眼掃了一下她光著的腳，換好鞋後，直接一把將人橫抱起來，闊步走向沙發，將人放下。

「下次再不穿鞋就打斷妳的腿，」周京澤半蹲在她面前幫她穿鞋，手掌攏住她的腳，撩起眼皮看著她，「正好，溫存的時候跑不了。」

「你想都別想。」許隨瞪他一眼，臉頰卻是燙的。

許隨吃完早餐後，窩進書房裡工作。周京澤把餐桌上的東西扔到垃圾桶裡，從冰箱裡拿了一罐碳酸飲料，正準備扯開拉環時，許隨的聲音隱隱從書房裡傳出來：「周京澤，你進來幫我拿一下書。」

周京澤右手端著一罐可樂，慢悠悠地來到書房門口，抬眼瞥見許隨正吃力地踮起腳去搆書架最上面一層的書。

因為手臂向上抬，身上穿的米色緊身毛衣往上移，露出一截纖腰，白到發光，再往上，肋骨突顯，大面積的刺青露出來。

Heliotrope & ZJZ。

這一串英文無論看多少次，周京澤的心都會顫一下。

「你還不過來？」許隨扭頭看他，擰起兩道細眉。

周京澤走過去，人靠了過來，單手環住她的腰，掌根貼著她的肋骨，一陣冰涼，粗糲的拇指摩挲著刺青，一快一慢，溫熱的氣息拂到她脖頸。

許隨不自覺地弓著腰，心口一縮，就要往後躲。周京澤見狀手搭在她腰上，順勢將人抱起來，漆黑的眉眼壓著一抹輕佻，嗓音低沉：「但凡妳叫聲老公，這書已經拿下來了。」

周京澤一抬手，輕而易舉地拿到許隨說的那本醫學書，他在轉身時，一個不注意，手肘撞向旁邊的一本書。

「啪」的一聲，厚厚一本詩集應聲摔在不遠處的地上。下午一點，陽光正好，風湧了進來，書頁被吹得嘩嘩作響。

一張國文試卷掉了出來，連帶著一張照片，搖搖晃晃地落在地上。

這次許隨遠沒有大學那次在醫務室好運，藍底照片正面朝上，將她的青春心事再一次暴露無遺。

許隨眼神一緊，正要上前。男人腿更長，腳步一跨，上前一步將試卷和照片撿起來，冬日的陽光從百葉窗照進來，落在照片上。

照片上的男生頭髮極短，單眼皮，眉骨高挺，挺鼻薄唇，看向鏡頭時，偏長的眼睛透著一點不耐煩，氣質冷峻又夾著不羈。

上面的人正是周京澤。

周京澤瞇眼看了一下照片，卻怎麼也想不起來他什麼時候拍的，問：「這哪來的？」

「高中，百名榜。」許隨輕聲應道。

許隨看著照片上意氣風發的少年，怎麼也想不到，這張照片她保存了十多年。

在天中讀書時，許隨喜歡上他後，便開始追逐那個身影。高二上半學期，班上座位有小小的調動。

周京澤搬著桌子直接把座位移到她這一組，許隨聽到後面桌子移動的聲響，瞥見掛在桌角上的黑色書包時，心跳得很快。她終於不用經常盼著雙週換小組，想著這樣就能離他近一點了。

許隨是小組組長，負責收作業，每天上完早自習的任務就是清點誰的作業沒交，然後催交。

有好幾次，許隨數著作業本，希望沒交的名單上有周京澤，這樣她就有藉口去催交作業，從而離他更近一點。哪怕只是說上一句話。

可是好學生如周京澤，基本沒有缺交作業的時候。就是有那種人，就算前一天晚上蹺掉晚自習去打遊戲，或者出去打球，作業也能準時交上，常坐年級第一的寶座。

唯一一次，大少爺也有犯懶的時候。

早上，班上後排的男生一片哀號，從他們嘈雜的對話聲中，許隨才知道他們一幫人昨晚去酒吧熬夜看了世界盃比賽，還賭了球。賭輸的人一臉痛哭，說要去投學校的人工湖。

「周爺，老張說要去投湖了，作為贏到他內褲都沒得穿的人，不安慰兩句？」

周京澤倚在靠背上，模樣慵懶，有一搭沒一搭地轉著手裡的筆，語調懶洋洋的：「投吧，我負責撈你。」

老張哭得更大聲，控訴道：「你這個萬惡的資本家。」

周京澤囂張地抬了一下眉尾，以示回應，最後懶散地趴在桌上補覺。

許隨抱著一疊作業穿過打鬧的走道，走向最後一排時，心跳如擂鼓，她緊抱著作業，手肘壓得紙面有些變形，嗓音有點抖：「你沒交生物作業。」

聲音很小，但他還是聽見了，眼皮動了一下，緩緩從臂彎裡抬起頭，聲音有點沙啞：「嘖，忘記寫了。妳的借我看看。」

許隨愣了一秒，才反應過來他在向她借作業，眼睫抬起：「啊，好。」

許隨手忙腳亂地從十二本練習冊裡翻出自己的那本，慌亂中有一本掉在地上。他起身，一隻骨骼清晰分明的手伸過來，身影落在她這一側，將練習冊抽走，影子又移開。

許隨不敢看他，視線落在男生低頭寫字時修長的脖頸上，發現他後背的棘突明顯，肩膀清瘦且寬闊。

周京澤寫得很快，最後，手指捏著她的練習冊一角準備歸還時，似笑非笑地看著她，壓低的氣音從喉嚨裡滾出來：「沒想到妳一個女生，字還挺潦草的，我看得挺吃力。」

「轟」的一聲，許隨臉上的溫度急劇升高，她急忙抽回自己的練習冊，在一長串急促的鈴聲中，把作業交給小老師。

她確實愛寫連筆字，就連老師也說過，這樣的字跡是會被扣分的，許隨一直沒放在心上。重新回到座位時，她暗暗地想，一定要好好練字，努力爭取獲得他認同。哪怕只是輕飄飄的一句「字好像有變化」，這樣也算認同吧。

可到後來許隨把字練好，就連老師都開始誇獎她時，周京澤卻再也沒有缺交過作業。

直到有一次，國文老師讓大家交換批改隨堂測試卷，不知道是不是老天垂憐她，她的試卷竟然分到了周京澤手上。

下課，後桌把試卷傳回給許隨，她看到上面的字跡後，如同處在夢中，不敢相信。周京澤在上面留了一句話，字跡冷峻：字好看了。

分數下面還有批卷人的簽名：周。旁邊有一個字跡暈開的紅色圓點。許隨感覺自己像那個小圓點，卑小但渴望太陽。

像是上帝獎勵她的一顆糖。許隨小心翼翼地把這顆糖珍藏起來。

試卷最後被她摺好夾在日記本裡。

人都是這樣的，會不自覺貪心，一旦嘗到甜頭就想要更多。

天中的考場都是按照排名來分的，百名榜會第一時間更新在學校的公告欄上。

許隨轉學來沒多久，課程也不太能跟上，成績一直不太穩，但為了離周京澤近一點，她更加努力埋頭念書，晚自習永遠是最後一個離開，早上天還沒亮就爬起來背書了。她從來不是一個多有天賦的人。許隨知道，只有透過努力，她才能走得更遠一點。

下午進行例行性跑操，傍晚的太陽披在他們身上，烘烤得人喉嚨發乾，額頭出了一層汗。許隨一邊跑步一邊吃力地背單字，背到「one-sided love」時，停頓了一下，然後自嘲地笑笑，不知道天道酬勤有沒有用。

事情證明天道酬勤有時候是真的，期末考時，許隨進步了很多，一下子躍至了全年級第二名。學校放榜時，同學跟她說這個消息，許隨有點愣。

班上後排的男生去騷擾還在睡夢中的周京澤，搖著他的肩膀說：「哥們，這次你又是第一名。」

「不然呢？」周京澤仍沒有抬頭，聲音有點啞。

同伴對他豎了個大拇指，說道：「但是你身後的同學被人擠下去了，這次第二名換人了。」

「哦，誰？」男生的語氣漫不經心，也敷衍。

許隨握著筆的手一頓，算著題，眼前的公式卻怎麼也套不進去了。

「許隨啊，班上那個特別安靜的女生。」同伴說道。

許隨背對著他們，心一緊，屏息聽著，她想知道周京澤的評價，想知道他記不記得她。

男生的臉從手臂彎裡抬起來，屈起手指搓了一下倦怠的臉，好像笑了一下，聲音沙沙的：「挺好。」

這兩個字在許隨耳朵裡炸開了煙火，她心情有點雀躍，以至於一整天上課都有些分神。晚自習上完後，班上的人陸續離開。

許隨走出班級，走在校園裡時，周圍空蕩蕩的，只有高三的學長學姐扶著單車並肩走在一起，討論試題答案。

許隨站在公告欄前，靜靜地看著第一名的名字——周京澤，緊挨著第二名——許隨。不知道為什麼，她心底產生了一種扭曲的親密感。

月光很亮，她抬眼看著公告欄照片上的少年，許隨環顧了一下四周，沒有人，鬼使神差的，她匆忙撕下照片，倉皇逃走。

於是，試卷連帶照片，一起被她保存到了現在。

周京澤忽然想起大二籃球比賽，許隨昏倒那次，他送她去醫務室，照片掉了出來，周京澤撿起來也沒看，看到她著急的模樣就想逗弄一下她。

「很重要的人嗎？」周京澤似笑非笑地看著她。

許隨點了點頭，長睫毛發顫：「對，很重要。」

現在看來，那個很重要的人原來是他。

許隨當時撕照片還有一個很重要的原因：他照片下面標著周京澤的名字，她的名字緊挨在旁邊。

如今全被周京澤知道了，她好像太喜歡他了，無處藏。

這麼多年，好像能讓她心動的只有他。

「湖心草深長，我心無處藏」。

周京澤抬手捏了一下她的鼻子，看著她：「傻瓜。」

時隔多年，周京澤拿著那張照片和試卷站在許隨面前，他從她手裡抽出筆，在周京澤和許隨之間認真地加了兩個字。

他把照片給許隨看，她抬眼看過去，心跳不受控制快了起來。周京澤挑起她的下巴，看著她，一字一頓鄭重地說道：「懂嗎？妳不是單戀。」

早已褪色的藍底照片下並排的兩個名字有些模糊，周京澤在上面加了「是」和「的」兩個字，連起來讀：周京澤是許隨的。

我是妳的，一直都是。

第二十八章 這個世界仍是好的

我們只是遇到了萬分之一的不幸，但這個世界仍是好的。

週一，工作日，天氣越來越好。

陽光一照進來，人的心情就會變好。她和周京澤的關係快要塵埃落定了，一切看起來都在往好的方向發展。

許隨正在辦公室整理資料時，護士敲了敲她的門，笑著說：「許醫生，我們外科室的張主任找您。」

許隨的手指剛好停在紙張上，動作一頓，點點頭：「好。」

護士走過，許隨放下手裡的工作，雙手插口袋來到主任辦公室門口，騰出手敲門。裡面傳來一道溫潤的男聲：「進來。」

許隨推開門走進去，手停在門把上，笑著說：「老師，聽說您找我。」

「來，坐。」張主任抬手指了指眼前的座位。

許隨點了點頭，走過去拉開椅子坐下。

張主任放下手裡的保溫杯，從旁邊拿出一份病歷本。

「妳是不是還不知道妳即將接手的病人？院長親自接待的，他跟病患家屬推薦了妳，畢竟膽囊惡性腫瘤摘除手術是妳的專長。」張主任一臉笑意地跟她說。

許隨接過病歷本，一目十行，看到病人之前的病歷診斷是膽囊惡性腫瘤，發現得不算太晚，存在的風險是病人年紀較大，有三高，還是個身心障礙人士。

許隨眼皮動了一下，一種不好的預感在心底慢慢成形。

一雙杏眸掃向病歷本的最上方，病人名字那裡赫然寫著：宋方章。

瞳孔驟然緊縮，指尖攥住病歷的一角，指甲蓋發白，她臉上的表情怔住。

她忽然一陣耳鳴，耳朵嗡嗡的，主任在旁邊說的話，她一個字都聽不清，整個人陷入悲慟的情緒中。

好半天，許隨才從那種情緒中走出來，她的眼神茫然，半晌才定焦，打斷正在說話的張主任，聲音冷靜：「抱歉，老師，這個手術我接不了。」

張主任想說的話噎在喉嚨裡，沒有反應過來，下意識地皺眉，從醫數十年，他什麼大風大浪沒見過啊，醫生拒絕病人的情況非常少見。更何況對方是許隨，她年輕又有魄力，且需要累積更多的手術經驗。

「胡鬧，哪有醫生拒絕病人的！」張主任臉上的表情不太好看。

許隨的唇色有點發白，她喉嚨一陣緊，費勁地組織語言：「我有自己的私人原因。」

張主任一聽這話就更生氣了，他很少說重話，語氣裡夾著厚望和期待：「妳選擇了這個職業就不能耍性子，醫生的職責就是救死扶傷，要有悲憫之心，再說了，妳以後還要不要考核晉升了？一檯手術就是一次經驗，老師是希望妳能一直進步……」

許隨倏地拉開椅子站起來，椅腳摩擦著地面發出尖銳刺耳的聲音，她對張主任鞠了一躬，唇角勉強出現一絲笑容：「我還是拒絕。」

說完之後，許隨頭也不回地離開了辦公室。

中午在餐廳吃飯時，許隨看著餐盤裡色澤鮮亮的菜一點食欲都沒有。

一想到下午還要上班，許隨硬塞了幾口飯進去，結果腦子裡一晃而過上午病歷本上的那個名字後，胃裡一陣噁心，許隨放下刀叉，捂著嘴急匆匆地向廁所的方向跑去。

許隨在廁所對著馬桶乾嘔了幾分鐘，吐得腦袋的血液直往下衝，眼睛發酸，淚腺受到刺激直掉眼淚。是真的很噁心。

吐完之後，許隨走到洗手臺前，擰開水龍頭，嘩嘩的自來水往下沖。

她伸手接了一捧涼水直往臉上撲，臉頰倏地一下被凍住，麻木到失去知覺。

許隨的眼睫被水黏得幾乎睜不開，她側頭趴在洗手臺上，盯著天花板上的日光燈發怔。

「叮」的一聲，口袋裡的手機發出聲響，許隨拿出來一看，是周京澤傳來的訊息：『妳下班後我去接妳，有沒有想吃的東西，嗯？』

周京澤傳這則訊息時正坐在他大學時期的管制員顧老師的辦公室裡。

老顧見他一直看著手機，唇角還不自覺地上翹，問道：「你小子，在跟女朋友傳訊息啊？」

周京澤關上手機螢幕，不自覺地笑：「是，您見過的，她叫許隨。」

「哦，我見過？」老顧認真回想了一下。

周京澤輕笑一聲，也回憶起什麼，說道：「就是大學我和高陽比飛行技術那次，您和張教官打賭，您不是押了我贏嗎？最後您把那兩百塊作為比賽獎金給了我。我拿給她買糖了。」

老顧恍然大悟，拿手指了指他：「你小子——」

周京澤坐在那裡笑，和老顧繼續聊天。

最後他拿起茶几上的菸和打火機要走，老顧喊住了他：「我說的那件事你考慮一下，天空還是屬於你的。」

周京澤手指不自覺地捏緊菸盒，對他笑了笑：「謝謝您，我會好好考慮。」

許隨在辦公室午休時做了一個碎片式的夢。

夢裡她還在黎映讀初中，週末被媽媽關在家裡，不准出門，也不能看電視，只能坐在小窗戶旁寫作業。

宋知書帶著一幫女生來到她家樓下，朝她房間的窗戶扔石頭，一邊扔一邊大肆嘲笑：「殺人犯的女兒！怎麼不跟妳爸一起下地獄！」

許隨躲在桌子下面，抱著膝蓋，試圖把自己調整成一個有安全感的姿勢，她自言自語道：「我爸不是。」

「我爸是好人。」

……最後許隨從惡夢中驚醒，出了一身冷汗。

下午看診前，許隨重新整理了一下情緒，把心思投到了工作當中。

牆上的掛鐘指針差不多指到六點時，許隨看了電腦螢幕上的預約號碼一眼，已經沒病患了。

許隨把筆扔在一邊，抬手按了一下眉骨，端起一旁的杯子站起來活動筋骨。

門外響起一陣有節奏的敲門聲，許隨正抬手揉著僵硬的脖子，聲音溫柔：「進。」

門把順向轉動，發出啰嗒聲，有人走了進來。

許隨剛好放下杯子，她以為是同事或是上司，下意識地抬眼，在看清來人時，笑意僵在嘴角。

宋知書穿著一件白色的絨毛外套，高筒靴配牛仔褲，手肘挎著一個通勤包，精緻的妝容難掩憔悴。

「好久不見，許隨。」宋知書主動示好。

許隨的手指捏著湯匙的柄，垂下眼，聲音冷淡：「我已經下班了，看病的話出門右轉。」

她甚至都懶得周旋。

許隨脫下醫師袍，掛在衣架上，換上外套，拿起圍巾，把眼鏡塞進包裡，臨走前，她特地開了一下窗戶通風。

一陣冷空氣湧進來，宋知書站在那裡縮了一下肩膀。

許隨雙手揣進衣服口袋裡，全程都沒有看宋知書一眼，將她視若空氣，擦著她的肩膀而過。

「我今天來……是跟妳道歉的，」宋知書吸了一下鼻子，眼瞼下是掩不住的疲憊，「我們家對你們造成的傷害，真的非常對不起。」

許隨腳步頓住，回頭看著她，聲音冷靜：「我不接受妳的道歉。」

說完，許隨往外走，她剛走出門不到十步，宋知書從背後追了上來。

宋知書一把拽住她的手，聲音很大：「我今天接到消息，說妳拒絕了我爸的手術，你們醫生上手術臺的時候會把私人情緒帶上去嗎？如果妳是因為我之前對妳造成的傷害，我跟妳道歉了，實在不行……我給妳下跪，」宋知書拽著她的手，眼淚掉出來，「我爸他……是活生生的一條命啊。」

許隨聞言抽回自己的手，沉靜的眼眸看著她，一針見血道：「那麼我爸呢……我爸的命就不是命了嗎？」

許隨抽回自己的手，同時，宋知書失去支撐，跌在地上，她急忙拽住許隨的衣袖不讓她走。

宋知書的力氣很大，許隨怎麼樣也掙脫不了，一拉一扯間，圍觀的病人越來越多，不知情的人還以為許隨在為難病人。

宋知書拽著許隨的手不讓人走，許隨生氣又難為情。

忽然，一道壓迫性的陰影落了下來，一隻強而有力的手分開兩人的手，周京澤牽著許隨把人拎到身後，居高臨下地看著坐在地上的女人，緩緩開口：「不要仗著自己是病患或者病患家屬的弱勢地位，就為所欲為。」

周京澤另一隻手握著手機，看向許隨：「你們醫院的保全措施呢？要不要報警？」

「算了，我們走吧。」許隨搖搖頭，拉著周京澤離開了。

車內，許隨坐在副駕駛座上，心情很低落，一直沒有說話。

「妳想說嗎？」周京澤抬手碰了碰她的臉頰，開口，「不想說就先吃點東西。先吃鳳梨包還是糖霜山楂？」

喜歡的人一對妳溫柔，妳心裡的那份委屈就會放大。

許隨抬眼看向周京澤，聲音很輕：「我不知道我有沒有做錯，剛才在醫院的那個人，她爸要做手術，我拒絕了。」

「她爸當年的命是我爸救的，可他們非但沒有感激，還說是我爸失職，說我是殺人犯的女兒。」許隨唇角漾起一絲苦笑。

許父在出任務時，因為一場意外，死在火場裡。

當時黎映城北化工廠忽然起了火災，消防隊趕去救援，當他們抵達時，火舌舔著牆腳，大火熊熊。

尖叫聲和撕心裂肺的聲音混在一起。許父衝進火場裡，來來回回，救了四五個人。

許父最後一趟趕去救的人是宋方章，那時他已經體力不支，仍強撐著身體，背著宋方章出來。在走到前門時，許父一個踉蹌倒在地上，背上的宋方章也被摔到了地上。

誰知道，房屋橫梁忽然坍塌，正中宋方章大腿。宋方章發出撕心裂肺的慘叫聲，許父挪過去，徒手把人拽了出來，再次扶著他往外走。

這次許父處處留心，在快要出去時，火勢加速蔓延，他意識到不對勁，把人一把推了出去。

建築物轟然倒塌，許父永遠留在了火場中。

那時許隨剛上國三，她爸出任務前還說買了生日禮物給他的一一，結果沒有回來。全家人沉浸在失去親人的悲痛中，周圍的人一邊安慰她，一邊暗自用情感綁住她：「妳媽以後就妳一個人了，一定要聽她的話。」

許隨點點頭，心裡答應一定會做媽媽的乖女兒。

可事情遠沒有這麼簡單，當許隨奔完喪回到學校時，她發現周圍的人看她的眼光都變了。她被孤立了。

許隨並沒有說什麼，默默地承受著這一切，她坐在書桌旁寫作業時，宋知書忽然衝過來，一把撕掉了她的作業本，號啕大哭：「我爸變成身障人士了！妳爸為什麼失職，背他出去又把人摔在地上？」

「妳現在是烈士的女兒，有撫恤金可以領。我家呢？我全家就靠我爸一個人養著，現在我們一家怎麼辦？」

「都怪妳，妳爸也配當消防員，還好意思說犧牲！」

「可是我沒爸爸了。」許隨輕聲說，掉出一滴淚。

結果宋知書迎面給了她一個響亮的巴掌，然後許隨迎來了長達一年半的孤立。她性格軟，脾氣好，宋知書料定許隨不會告狀，就帶著同學變著法地欺負她。

在那個年代，青春期的小孩基本三觀還沒形成，他們在小鎮生活，有純樸，同時也有野蠻。他們跟著宋知書一起審判許隨，不是要分對錯，而是單純享受審判一個人的快感。

許隨經常在抽屜裡收到死掉的蟾蜍，或是作業本被口香糖黏住，上廁所時被人反鎖住，用拖把水把她整個人淋濕。

一開始她會嚇得尖叫，也會哭，後來慢慢變得麻木了。

許母在高一上半學期收到一位年輕的實習老師反映才知道這件事。

許母跑去學校鬧了一場，按著宋知書的腦袋逼她道歉。最後這件事被許母以強硬的態度鬧大，上面開始關注，宋知書才急急地道歉。

許母為了許隨的心理健康和念書環境，把人送到了京北，這才有了許隨的第一次轉學。

因為長時間受欺壓，許隨內心很自卑，心裡的價值觀也漸漸搖擺。

那時她走路經常低著頭，甚至有點含胸駝背，生怕別人注意到她，對她指指點點。

轉學那天遇到周京澤，是她接受到的第一份善意。

那時許隨剛轉到天中，生病，情緒灰暗，整個人黯淡無光，穿著一條淡色的裙子，就連站在講臺上自我介紹都是一帶而過。

害怕這裡的人跟黎映的一樣，嘲笑她，議論她，用異樣的眼光看她。

那天雖然沒發生這樣的情況，可班上沒一個人理她，全都漠視她。許隨侷促和沮喪到了極點。

只有周京澤。穿著黑色T恤，校服外套穿得鬆垮的少年，手裡轉著一顆籃球，逆著光站在她面前，主動問她是不是沒凳子，還跑上跑下五層樓，幫許隨找了一張新凳子。

蟬鳴聲熱烈，大片的光湧進來。

有風吹過，少年趕著去打球，眼眸匆匆掠過她，挑著唇角友好地點了一下頭。

他成了她的光。

一直到上大學，許隨收養1017，胡茜西問她理由，她說動物比人更懂得感恩。

所以在大學看到李森以譏諷的態度嘲笑她爸是烈士時，許隨會露出尖銳的刺。她爸明明拚了命救人的。

出來工作後，她努力變得優秀，也盡責，認為盡到自己的那一份責任就夠了，導師卻一直說她沒有做醫生的憐憫之心。

許隨說的時候，壓抑多年的情緒終於忍不住，整個人崩潰大哭：「這個世界到底怎麼了，以至於是好是壞我都分不清。」

這麼多年，她爸墳前連一束宋家送的花都沒有。

許隨坐在副駕駛座上，手捧著臉，眼淚不斷從手指縫隙裡掉落。

周京澤低下頭，拇指滑動，幫她擦眼淚，擁她進懷裡：「妳聽我說，沒有任何人有資格替妳原諒他們。」

「但這個世界大部分是好的，我前天遇到的外送員，送過來一份麵，湯在半路灑了，他當時崩潰得大哭，怕客戶給差評，凌晨三點，他又頂著寒風拚命趕回去，打算自己再買一份補償給客人，老闆免費給他，他說——這個冬天大家都不容易，一起熬過去。」

「就連我不也遇到不公正的行業對待，還遭到親如手足的兄弟的陷害嗎？」周京澤自嘲地扯了扯唇角。

「資料顯示這個世界每天都會在各個不為人知的角落裡發生不盡人意的事，但也有人願意幫陌生人加油，堅守崗位去救助每一條生命，比如你們。」周京澤將人從懷裡拉開，看著她。

「我們只是遇到了萬分之一的不幸，但這個世界仍是好的。」

周京澤聲音平緩，同時不知道從哪裡變出一個東西，手指扣住她的下頷，指關節撫著唇瓣，塞了進去。

許隨舌尖碰了一下，外衣轉瞬即化，甜味在唇齒間慢慢散開，一下子沖淡了心裡的苦。

他給了她一顆糖。

許隨在淚眼迷濛中抬眸看他，周京澤捏著她的鼻子，輕輕笑道，眼底的赤誠明顯：「我們活著，守住自己的原則和初心，不是為了去改變世界，而是為了不讓世界改變我們。」

善的背面是惡，交互存在，人生就像上帝隨手拋給你的一枚硬幣，不是轉到哪面就是哪面，而是取決於你選擇成為哪一面。

硬幣一直在你掌心裡，你的人生遊戲只取決於你自己。

羅曼．羅蘭說過——世上只有一種英雄主義，就是在認清生活真相以後，依然熱愛生活。

許隨從周京澤身上感受到的是這樣，不抱怨，不妥協，遭到不公對待也不怨恨相向。

少年不懼歲月長。

他依然保留住了內心的一小部分東西。

周京澤抬手幫她擦完眼淚，將人從懷裡拉出來，岔開話題，揚起的眼梢含著笑意：「山楂還吃不吃了？糖霜要融化了。」

「要。」許隨抽了一下鼻子。

周京澤帶許隨去吃完飯以後，恰好廣場對面的鴉江燃起了冬日煙火，兩人一起看了一場煙火。

晚上回到家，周京澤擔心他的女孩這一天情緒激動會出什麼事就留下來了。

結果許隨洗完澡後，可能是下班後還大哭一場的原因，精力消耗太多，很快就睡著了。

周京澤反倒沒睡，他倚在牆邊守著許隨，見她不安分地翻身，被子滑落，一截白藕似的手臂露出來。

男人放下屈著的腿，走過去幫忙把被子蓋上，俯身在她額頭上落下一吻，最後走了出去。

陽臺上，冷風蕭蕭，頭頂的疏星凋落。

周京澤靠在欄杆前，從菸盒裡抖出一根菸，低頭咬著它，熟練地點火，絲絲縷縷的灰白煙霧從薄唇裡滾出來，飄向空中。

周京澤拿著菸的手懶散地搭在欄杆上，瞇眼看向不遠處，不知道在想什麼。菸屁股快燒到垂著的修長指尖時，周京澤把菸扔進花盆裡，從褲子口袋裡摸出手機，撥了一串號碼。

沒多久，電話接通，周京澤斂起臉上散漫的神色，正色道：「您好，普仁醫院的張主任嗎……」

次日，許隨從床上起來，因為睡了一覺，加之已經發洩過，她感覺輕鬆許多。

許隨上午在醫院辦公室待到十一點，護士再次敲門，說張主任找她。許隨點了點頭，鬆開按著的滑鼠，起身向主任辦公室的方向走去。

來到主任辦公室，老師抬手讓她坐下。許隨淡著一張臉，以為主任又會說出一大堆勸告的話，讓她接下這個病人。

沒想到張老師把手裡的筆放下，輕咳一聲：「小許啊，老師為之前說的那些話向妳道歉……妳男朋友都跟我說了，沒想到有另一層隱情在，幹我們這行多少要受點委屈。這個病人，接不接妳可以自己決定，但老師只有一點要求，這事得妳自己去跟病患說，妳要自己面對。」

「好，謝謝您。」許隨說道。

中午休息時，許隨傳訊息給備註為「飼養員」的人：『你跟我老師說什麼了？他今天的態度一百八十度大轉變。』

沒多久，周京澤回覆：『說我女朋友是個水龍頭，要是再讓妳哭，爺就把你們醫院鏟了。』

周京澤回覆得相當不正經，許隨盯著上面的話噗哧笑出聲，她在對話欄裡打字回覆：『要是我拒絕，到時有家屬或媒體拿這個大做文章，我丟了工作怎麼辦？』

『爺養妳。』周京澤回得果斷又迅速。

很簡單的三個字，許隨的心卻很快地跳了一下，臉頰有點燙，回覆：『你不是沒錢了嗎？』

周京澤看到這句話，舌尖頂了一下左臉頰，低笑一聲，回覆：『老子都有老婆了，家裡的資產任我支配。』

許隨更不好意思了，轉移話題和周京澤扯了幾句日常，最後，周京澤一句沒來由的話跳到螢幕上：『無論妳做什麼決定，都有我在這替妳撐腰。』

許隨睫毛顫了一下，回道：『好。』

其實早在昨天周京澤和她說了那些話後，許隨心裡就已經做了決定。

宋方章這兩天已在普仁醫院住下並接受治療，只不過他一直在等許隨回覆。許隨再次調出他的病歷查看。

不知道是不是有因果報應這一說，宋方章這幾年身體大小毛病不斷，數十次進入醫院接受治療，身體每況愈下。許隨看了上面密密麻麻的診斷一眼，可以確認，他現在是拖著一副殘缺的軀體在苟活。

許隨想起那些年宋方章一家對她們的傷害和道德譴責，導致許母經常對她情感施壓，讓她一定不能犯錯，好好念書，長大後要出人頭地。而奶奶經常半夜偷偷地哭，她沒了兒子，白髮人送黑髮人。

那幾年，許隨的家庭氣氛很壓抑，她現在都記不清自己當時是怎麼熬過來的。

許隨看著電腦螢幕上的號碼，在手機上輸入號碼撥打過去，電話很快接通，那邊有點受寵若驚，女聲沙啞，說道：『許隨……』

「我有答案了。」許隨說。

電話那頭問道：『要不要約個咖啡館之類的？』

許隨倏地打斷她，說道：「就醫院樓下花園吧。」

下午三四點的光景，午後冬日的陽光暖洋洋，有護士或家屬推著病人在花園裡散步，呼吸一下新鮮空氣。

許隨沒想到宋知書會推著她爸出現在花園裡，她的眼神一緊。宋方章穿著藍白條紋的病人服，整個人瘦得跟皮包骨一樣，顯得衣服寬大又空蕩蕩的，他身上的水分消失，皮膚成褶子堆積，鬆垮地掛在臉上，像一塊即將枯死的老樹皮。

「宋叔叔，你好。」許隨雙手插在醫師袍口袋裡，語氣平靜。

宋方章抬起渾濁的眼眸看著她，明顯認不出許隨了。

那一瞬間，許隨說不上自己的情緒是恨意加深還是鬆了一口氣。

「爸，讓護士帶你去那邊曬太陽，我等等就過去。」宋知書的聲音溫柔，跟哄小孩一樣。

現在任誰也看不出這個溫柔的女人當年領著一群女生，公然把許隨的書包從五樓的窗戶扔下去，指著她的鼻子大罵。

宋方章笑著點頭，在經過許隨時還對她笑了一下。

人走遠後，許隨挺直背脊站在宋知書面前，開口：「妳爸的手術，我做不了。」

宋知書一下子就急紅了眼眶，指著不遠處說道：「可是妳看我爸，他都這樣了——」

「所以呢？」許隨倏地打斷，一針見血地反問她，「妳至少還有爸，我爸不在了，我連跟他說句話的機會都沒有。」

她很想告訴爸爸，她目前的工作很好，還加薪了，談了戀愛，遇到了一個很好的人。可是不可能了。

「我現在告訴妳，我永遠不會接你們家任何一個病人，這是我的決定，」許隨看著她，聲音冷靜，「但我代表不了我們醫院，所以妳爸仍可以在普仁接受治療。」

宋知書沒想到許隨竟然還耿耿於懷過去的事，氣得不行，原本斂起的偽善爪牙露出來，說道：「妳還配當醫生嗎！生命不都是平等的嗎？我都已經跟妳道歉了，妳還要怎麼樣？」

許隨並沒有被激怒，她笑了一下，隨即語氣認真：「妳不要用道德譴責我，我當然配做醫生，因為從過去到現在，並且以後，我都會一直救人。」

「我仍相信這個世界的大部分是好的，我內心有自己的價值觀，你們現在影響不了我了。」

許隨比宋知書高一截，她眼睛裡露出淡淡的同情，說出的話溫柔又殘酷：「宋知書，妳不覺得這一切都是上天最好的安排嗎？十三年前，我們生在同一片土壤裡，我種下的是一棵樹，而妳，種下的是惡果。」

宋知書整個人一震，被許隨的話和氣場嚇到。她從來沒想到許隨會反抗和拒絕。她後背出了一層汗，人都是愣的。

這是因果報應嗎？

許隨從她身上收回視線，頭也不回地離開了。

人走後，宋知書待在原地痛哭失聲。

許隨說完這些話後，心底一塊大石落下，整個人輕鬆很多。這麼多年，她終於取下了別人給她戴上的枷鎖。

下班後，周京澤來接她。最近他下班早的話都會來接許隨，有時會送一枝花，有時是一個路上買的黃色氣球，或是一些小東西。每天給她的都是不同的驚喜。

「今天吃飯帶妳見個人。」周京澤的手搭在方向盤上，語氣閒散。

許隨坐在副駕駛座上，抬手扯下安全帶，準備按進插扣裡，卻怎麼也找不準位置，她正費力找著。

周京澤語氣緩緩，說出一個名字。

她低著頭，動作一頓。

另一邊，京北機場，盛南洲推著兩個大的行李箱從出口走出來，他旁邊站了個女人，短髮，個子矮一截，穿著藍色牛仔連身工作服，雖然臉色憔悴，但笑容燦爛，氣質幹練又漂亮。

盛南洲一隻手推著行李箱，另一隻手緊牽著女人的手，胡茜西哭笑不得：「南洲哥，你能不能鬆開我？我又不會跑。」

「不。」盛南洲傲嬌地給出一個字。

胡茜西拗不過他，只好任他牽著，在看到不遠處廁所標誌時開口，聲音委屈：「我想上個廁所，這次我保證不跑，而且護照不是在你手上嗎？我也跑不了。」

盛南洲這才放開她。

胡茜西上完廁所後，站在洗手臺前看向鏡子裡的自己，仍覺得不真實。腳踩在故土上，她卻覺得暈乎乎的。

洗完手後，胡茜西正要去拿一張紙擦手，結果猝不及防一陣心悸，呼吸急促，整個人靠在洗手臺上，臉色蒼白，大口地喘著氣，手腳也動彈不得。

像是心有靈犀般，盛南洲覺得不對勁，神色一凜，闊步往女廁所的方向走去，也不顧旁人異樣的眼神，直往裡面闖。

一進去，盛南洲便看見胡茜西趴在洗手臺前，嘴唇泛白，臉色更是慘白得可怕。他走過去抱住胡茜西的肩膀，甚至都沒問，從她右側口袋裡拿出藥，熟練地餵進她嘴裡。

胡茜西艱難地吞嚥下去，人還沒緩過來，被男人一把打橫抱了出去。

車內，胡茜西坐在副駕駛座上，眼睛緊閉，急促的呼吸漸漸恢復平穩，十分鐘後，再睜開眼時，眼睛裡恢復了笑意，說道：「南洲哥，你能不能答應我一件事？」

「嗯，妳說。」

「這件事先不要告訴許隨，我不想讓她擔心。我生病這件事，還是跟小時候一樣，你們知道就好啦。」

盛南洲看著她，嘆了一口氣：「好。」

「西西。」盛南洲忽然叫她。

胡茜西眼底帶笑意回看他：「嗯？」

「疼的話要告訴我。」盛南洲垂眼看她。

不要讓我什麼都做不了。

「西西回來了？那我們現在去接她呀。」許隨眼神驚喜，原本淡著的一張臉終於帶上了笑意。

周京澤看了手機裡盛南洲傳來的訊息一眼，眼神黯淡了一下，再抬頭，臉上掛著慣常懶散的笑，攔住她：「嘖，妳現在過去，盛南洲不得跟妳急？讓人多待兩分鐘。」

「也是。」許隨醒悟過來。

周京澤發動車子，抬手揉了一下她的頭髮：「走，我們先去吃飯的地方等著。」

餐廳內，許隨和周京澤等了有半個多小時。其間每當有人推開餐廳門，上面的風鈴發出聲音，許隨都下意識回頭。

須臾，她看見一個熟悉又陌生的女人走了進來，眼睛大大的，一笑讓人感到溫暖有活力，也變了，曾經怎麼樣也減不了體重的小妞，現在瘦得跟竹竿一樣，頭髮齊耳，白皙的膚色因為長時間在外面風吹日曬，變成了健康的小麥色。

許隨有些不敢叫她，總感覺眼前的一切像一場夢。

胡茜西像隻無尾熊一樣朝她撲過來，緊緊抱著許隨，喊：「隨寶，我好想妳呀。」

許隨亦緊緊抱著她，聽到這句話，眼睛一瞬間就紅了，問：「終於捨得回來了？」

「嘿嘿，當然啦，妳是我最好的朋友，」胡茜西把臉埋在她肩膀上，笑著說：「說什麼我也要親眼見證你們的幸福呀。」

第二十九章 希望你一生被愛

你是我遙不可及的一場幻想，希望你一生被愛，輕狂坦蕩，永遠正直。

兩人抱了好一陣子才分開。許隨和胡茜西乾脆坐在一起，緊挨在一起。

許隨拍了一下她的腦袋，笑著說：「我傳訊息給梁爽了，她路上塞車呢，等等就到。」

「好哦。」胡茜西應道。

等上菜的間隙，兩人時不時湊在一起說悄悄話，含笑的眼睛裡全是彼此，完全忽略了坐在對面的兩個大男人。

周京澤和盛南洲相視一眼，前者先開口，抬了抬眉尾：「嘖，妳們是不是忘了對面還坐著活生生的兩個大老爺們？」

胡茜西終於把注意力移過來，佯裝不滿：「舅舅，你怎麼這麼小氣？我就占用你女朋友一晚上，你還怕她跑了啊。」

周京澤低頭哼笑一聲，倒了一杯茶遞給胡茜西，語氣慢悠悠的，意有所指：「我老婆是跑不了，這不是怕某人吃醋嗎？」

這個「某人」說得十分明顯，胡茜西藉喝茶掩蓋自己的表情，笑著打哈哈：「你少胡說八道啊！」

沒多久，梁爽風風火火地闖進包廂，高挺的鼻梁上架著一副墨鏡，手臂上挎個鱷魚皮包包，正要破口大罵路上的塞車狀況時，對上胡茜西的臉，聲音哽在喉嚨裡，說不出一句話。因為她太瘦了，瘦得讓人心疼。

胡茜西注意到梁爽的表情變化，站起來張開雙臂，笑道：「妳可別玩煽情這一套啊，這一點都不像妳，爽爽。」

一句話將原來若有若無的感傷氣氛打散，梁爽臉上的傷感消失得乾乾淨淨，她昂起下巴，跟皇后娘娘一樣，勉強擁抱了一下胡茜西，開始數落她：「妳看看自己這寒酸樣，還是那個從頭到腳，連指甲都精緻的西西大小姐嗎？」

胡茜西嘿嘿一笑，眼睛彎彎：「這不經常在外面跑嗎？穿成這樣比較方便，也習慣了。」

飯桌上，大家的話題都圍繞胡茜西一個人，畢竟她是今天的主角。胡茜西也大方分享了這些年在國際野生動物救助組織的經歷。

「你們不知道，我之前在火山腳下救下了一隻受傷的小羊，然後當地人把她送給我了，取名叫西西。」胡茜西拿著一根筷子，燈光下眉眼飛揚著神采。

許隨一下子被她說的吸引住了，問道：「有照片嗎？我看看。」

「有呢。」胡茜西拿出手機找出照片來給她看。

「還有一次，哎喲，是當地的賽馬比賽，我本來是當醫生幫小動物治病的，哪知道他們比賽缺了一個選手，就臨時抓我上去。他們還說那是家養的馬，很溫馴，結果我剛踩上去，就被馬蹄踹了一腳，當場就輸了，大家哈哈大笑，都忘了比賽。」胡茜西回憶起來自己也覺得好笑。

「哈哈哈，是我我也笑妳。」

盛南洲坐在對面，聽胡茜西分享這件事時眉心一緊，搭在酒杯上的手不自覺地收緊，但最終什麼也沒說。

因為胡茜西回來，大家都高興得喝了酒，梁爽喝到最後，打了一個酒嗝，摟著胡茜西的脖子，語氣醉醺醺的：「小妞，妳的生活經歷這麼豐富，那妳個人的感情生活呢？」

胡茜西也喝酒了，她攬著梁爽的肩膀，捂著臉笑：「我哪有時間呀？就算空閒時間出去玩，別人也會嫌我身上有牛屎、象屎的味道。」

「其實根本沒有，妳聞聞看，香著呢！」胡茜西倒在梁爽身上，捲起自己的衣袖露出一截手腕，湊到她面前讓梁爽聞。

梁爽作勢聞了一下，有意逗她：「屎味的香水，誰家馬桶沒沖？」

話一落音，胡茜西立刻改為勒住梁爽的脖子，一頓暴打。

許隨在想，原來時間真的能改變一個人，胡茜西從前活得精緻講究，吃不得一點苦，是位嬌氣的大小姐。現在穿著簡單，一個人在國外過著風吹日曬、時不時會聽到槍聲的生活，竟然還能苦中作樂。

唯一不變的是她身上的活力和臉上燦爛的笑容，還有她們之間的友情。

酒過三巡，餐廳服務人員過來告知還有十分鐘打烊，街邊的霓虹燈也熄滅了。

一群人在路邊分別。

就剩胡茜西和盛南洲還在那裡。

胡茜西喝得有點難受，倚在路燈的柱子上，低著頭。

盛南洲走過去，遞給她一張紙巾，眉頭蹙緊：「剛才不是傳訊息讓妳不要喝酒？妳這個身體——」

胡茜西接過紙巾往嘴角擦了一下，眼眸裡含著水光，在燈光下顯得溫柔又可愛。

「這不是高興嗎？南洲哥，從小到大你念叨得還不夠煩呀？」

盛南洲笑了一下，揉揉她的頭髮，背過身去，在胡茜西面前蹲下。

「幹嘛？」胡茜西神色疑惑。

「背妳。」盛南洲聲音淡淡的。

「好嘞。」胡茜西跳了上去，雙臂下意識地攬住他的脖子。

盛南洲的手抱住她兩條腿，往上顛了顛，英俊的眉頭蹙起。她太瘦了，根本就沒什麼重量。

「西西，這次回來就不要走了，萬一妳發病越來越嚴重——」

胡茜西接話，聲音還是脆生生的：「放心，本小姐福大命大，從小到大都這麼過來了。」

還有，我不會走了，我想多看看你們。胡茜西趴在盛南洲寬闊的肩膀上，攬著他的脖子，在心裡默默地說道。

「我擔心妳。」盛南洲接剛才的話。

夜色溫柔，風吹樹葉發出響聲，就是天氣冷了一點，胡茜西趴在盛南洲的背上，怕凍到他，搓了搓手捂住他的耳朵。

暖意襲來，盛南洲整個人一僵，耳根迅速發燙，他若無其事地背著胡茜西繼續往前走。

「剛才妳吃飯的時候，說比賽時被馬踹了一腳，疼不疼？」盛南洲問道，頓了頓。

盛南洲低沉的聲音順著風遞到胡茜西耳朵裡，她的眼睛忽然有點酸。

剛才其他人都被她的笑話逗笑，只有盛南洲問她疼不疼。

「疼，到現在腰上還有疤呢，不過我皮比較厚實，也就那一陣疼，後來很快就好啦，嘻嘻。」胡茜西捏了一下他的耳朵。

盛南洲背著她繼續往前走，胡茜西忽然想起什麼，情緒有些低落，說道：「南洲哥，其實你可以不管我的。」

盛南洲背著她步子一頓，斂下的眼睫溢出點笑意，認真道：「我心甘情願。」

因為胡茜西回來，許隨一整晚都很開心，以至於周京澤都跟著她進來了，她也毫無防備。

她站在玄關處，直到門鎖發出啪嗒的落鎖聲，才覺得不對勁，打了一個激靈，一道壓迫性的陰影落了下來。

許隨仰著頭，脖子傳來一陣癢癢麻麻的痛感。

「嘶，你幹嘛……呀？」許隨被他弄得有點招架不住。

周京澤人貼在她身後，手指靈活地伸了過來，沒多久，許隨綁的長髮散落，一條髮圈不知道什麼時候戴到了他手腕上。

「妳說呢？我被晾了一整個晚上。」周京澤不滿地瞇了瞇眼睛。

男人靠得近，兩人嚴絲合縫地貼在一起，他伸手扳過許隨的臉，粗糲的拇指撫上她的唇，動作緩慢。

許隨只覺得喉嚨一陣乾澀，解釋：「這不是太久沒見到西西了？」

「妳也有兩天沒見妳男朋友了。」

許隨覺得這人完全在無理取鬧。

周京澤捏著她的下巴，俯下身吻她。他吻得用情又認真，先是碰了碰嘴唇，緊接著不滿地咬了她嘴唇一下。

許隨不自覺地揪住他胸前的衣衫，他每吻進一寸，她就揪得用力一分。

周京澤嫌麻煩，乾脆一把抱住她，認真地吻了起來。

許隨被親得暈乎乎的，他的手指捏住她耳後那塊白嫩的軟肉，慢慢摩挲。

嘴唇貼上頸側那一寸皮膚時，似荒原著火。

到底是認真做事的周京澤更迷人，還是情動時的他更讓人動心？許隨分不清。

都有吧。

暖色吊燈的光落在男人漆黑的眸子上，陰影覆蓋在她身上。

許隨額頭出了一層汗，周京澤一邊吻她，一邊用低到不行的聲音誘哄她，說：「晚上西西也說了，許隨，妳打算什麼時候給我個名分？」

許隨的聲音有點啞：「什麼名分？你不是一直……是我男朋友嗎？」

周京澤不滿地咬了一下她的耳垂，一字一頓：「妳知道我什麼意思？」

「問妳什麼時候把男朋友變成老公，嗯？」周京澤停了下來，拇指按住她的額頭，看著她。

許隨別過臉，一陣難受，她想了想，笑著說：「那我考慮一下。」

周京澤輕笑一聲，抱著她往房間的方向走去。

許隨的黑髮掃到他的脖頸，喉嚨一陣發癢，他動作有些粗暴地把人扔到床上。許隨下意識想逃，一隻骨節分明的手抓住纖足，拽到身下。

「妳慢慢想，反正老子也等了這麼多年。」周京澤聲音低啞。

次日，許隨從床上醒來，渾身痠痛，趴在床上根本動彈不得。身邊早已空蕩蕩的，周京澤在床邊留了一張紙條給她。

許隨起身，身上的被子滑落，她拿起紙條看了一眼，上面說他有事外出一趟，廚房裡有早餐。

許隨在床上磨蹭了半天才起床，她洗漱完正準備吃飯時，許母傳來了訊息給她，說道：

『妳王嬸幫妳介紹了一個好對象，妳什麼時候有空，去看看。』

許隨眼睫一頓，她其實沒跟媽媽說她談戀愛了，更沒跟媽媽說對象是周京澤。但……是他了吧，許隨想。

她想和他一直走下去。

想到這，許隨在對話欄裡打字傳送：『媽媽，我談戀愛了。』

訊息剛傳出去，許母的電話就打了過來。

許隨不想接，怕招架不住，便點了拒絕，快速回訊息：『在加班呢，有什麼事情您傳訊息給我就行。』

許母傳來一則訊息：『我買明天的車票過去見妳對象。』

『啊？年底了，最近我們都特別忙，要不然再過段時間，過年我帶他回家見妳。』許隨立刻勸道。

許母這才不再提要見她男朋友的事，過了一下，她又問：『對方多大了？是做什麼的？』

許隨眼皮一跳，小心翼翼地組織措辭和鋪墊：『比我大一歲，職業……可能跟妳想讓我找的男朋友是安穩的職業不同，不過我是醫生嘛，我們差不多，忙起來還睡公司。』

『那他是做什麼的？』

許隨猶豫了一下，打了三個字過去：『飛行員。』

這則訊息傳出去以後，對方再無任何回應。

老東家東照突然找周京澤，是他沒有想到的。

上司張成志說約在外面，周京澤也就答應了。

老張約他在鴉江廣場附近見面，周京澤趕到時，老張穿著一件棕色的棉服，裹著厚實的圍巾，懷裡抱著一紙袋麵包，正坐在長椅上，餵廣場上的鴿子。哪有平時在東照西裝革履帶領團隊做報告時的嚴肅形象？

周京澤走過去，在他旁邊坐下，拿出一盒菸，撕開薄膜，抖出一根菸給他。

老張笑笑，接過來，先點燃了它。

「找我什麼事啊，老張？」

「你那件事真正的結果出來了，李浩寧出來自首了，把他受到的威脅，以及幹過的事一五一十地全招了，公司已經正式起訴高陽和李浩寧，目前正在走司法程序。」老張咳嗽一聲說道。

周京澤一愣，手指敲了敲打火機，漫不經心地問：「李浩寧怎麼忽然敢跳出來了？」

「聽說是他壓力太大了，他母親也知道了這件事，說什麼也不肯再用那筆錢治療，而且最重要的一點是他有愧於你吧。」

周京澤哼笑一聲沒有接話，真相大白後，他並沒有太大的心緒起伏。

怎麼說，他知道，公正遲早有一天會到來。

老張拍了拍周京澤的肩膀，長舒一口氣：「公司會為你發澄清聲明，並向業內道歉，還將用三倍的薪水聘請你回來就職，你還是東照航空的第一機長，怎麼樣，周機長？」

周京澤正低頭點著菸，聞言手一偏，一閃而過的火苗灼痛虎口。

繼續點菸，吸了一口，吐出來，周京澤笑笑，彈了彈菸灰：「不了，打算幹點別的。」

老張一愣，拍了拍他，問道：「不是吧，捨得轉行？」

「也不算，我大學老師的朋友發的邀約，」周京澤把菸從嘴裡拿下來，頓了一下，「國家中海交通運輸部第一救援隊。」

以後照樣是在天上飛，只不過從噴射機變成了直升機，成為空中救援隊的一員，更危險，肩上擔的責任也更為重大了。

老張一愣，笑道：「可以啊，你小子，果然不用我擔心，以你優秀的履歷到哪都會發光。不過你是怎麼下定決心去那的？」雖然都是屬於藍色的天空，但部門不同，職責也就不同了。飛行救援，不僅危險，承擔的社會責任也更大，等於是把命交給了國家。

周京澤側頭想了一下，吸了一口菸，語氣緩緩：「我的女朋友吧，她對這個社會，對選擇的職業有疑惑，我就是想告訴她，這個世界仍是好的。」

即使時代再糟糕，我們心中仍有一套準則，無論是平庸，還是偉大，一定要堅守住。

老張瞬間就明白了，他似想起什麼，說道：「你女朋友？是不是那個叫許隨的？她寫了很多投訴郵件給公司，還拜託我們一定要查清楚，說你一定不是那樣的人，郵件還附上了你過往的成績與榮耀……我都不知道她哪找來你那麼多資料。這不多此一舉嗎？我們老東家還不知道你的過去？」

周京澤瞳孔縮了一下，菸灰抖落，語氣緩緩：「她什麼時候寄郵件給公司的？」

「我想想啊，好像是你剛去基地當教官不久。」老張回憶道。這個時間，也就是說他們還沒和好，所有人都在嘲笑、痛罵他，冷眼、誣陷、冷待，好像他就該是條喪家犬時，只有許隨相信他不是那樣的，在背後一直默默地做著這些，希望有朝一日他能重返天空。

「這女生確實不錯，我聽說她還找了李浩寧幾次。」老張嘆了一口氣，「你小子真有福氣，找到這麼好的女生，要好好抓住喔，不過你們這是雙向的，彼此珍惜——」

老張正在點評時，周京澤忽然站起身，熄滅菸頭，啞聲說：「老張，我還有事，先走一步。」

周京澤回到車裡，發動車子，一路加速，眼神凜凜，腳踩油門，飛也似的趕到琥珀巷。

周京澤跑上二樓，推開那間當初他們排練的琴房，他從角落裡拖出一箱東西。

裁紙刀劃開塵封的箱子，周京澤不停地翻找，在他青春時期收到的一籮筐情書和禮物中，他找到了一張塵封的唱片。是一張他喜歡的五月天的專輯《神的孩子都在跳舞》，與此同時，掉落的是一條過期的藥膏和一個指套。

他現在知道，這禮物是許隨送的了。

大學時，盛南洲翻出她的禮物，周京澤卻當著眾人的面，漫不經心地說道：「送我禮物的人那麼多，難道我得一個一個去想嗎？」

這句話，無異於將一個少女的幻夢打破。

拆開專輯，一張書籤「啪」的一聲掉在地上。

周京澤撿起來一看，書籤的背面寫了一句話，少女的字跡清秀，一筆一畫認真地寫道：你是我遙不可及的一場幻想，希望你一生被愛，輕狂坦蕩，永遠正直。

周京澤手裡拿著那張書籤盯著看了很久，直到褲子口袋裡的手機發出震動聲，他摸出來一看，是許隨來電，點了接聽，嗓音有點啞：「喂。」

許隨的聲音在電話那頭聽起來有點不好意思：『我中午煮麵的時候，一不小心把鍋子弄壞了，剛好晚上我要去超市採購一些生活用品，你能不能——過來幫我拎東西呀？』

「好。晚上想吃什麼？剛好做給妳吃。」周京澤站起來，把書籤塞進褲子口袋。

許隨想了一下：『小龍蝦，好久沒吃啦。』

「嗯，等等過去接妳。」周京澤應道。

掛電話後，周京澤把那些拿出來的禮物又丟回箱子裡，指尖在碰到五月天那張專輯時，頓了頓，把它挑出來，將上面的灰塵拭淨。

周京澤把它放在唱片架上，與他喜歡的專輯排在一起。

傍晚，周京澤和許隨一起逛超市，買一些生活用品。

京北城那麼大，許隨最喜歡的地方還是超市。她總感覺，超市裡充滿生活的氣息，給人一種幸福感。

周京澤推著車，許隨站在旁邊，兩人走到了食品區。許隨拿起貨架上的白桃口味牛奶看了一眼正要放進手推車裡，發現旁邊有一款海鹽口味的牛奶。

許隨兩個都拿下來放手裡看著，猶豫不決。既想嘗嘗新款海鹽口味的，又捨不得放棄一直在喝的白桃口味牛奶。

男人單手推著車，走在前面時，發現身後的小尾巴沒有跟上來，往後瞥了一眼。

糾結症持續發作中，許隨拿著兩排牛奶正猶豫不決時，一道高大的陰影落了下來，一隻骨節分明的手直接拿過她手裡的兩排牛奶丟進了手推車，他還側身把貨架上這兩種口味的牛奶全拿下來扔進車裡。

周京澤的語氣散漫：「嘖，多大件事，想這麼久。」

許隨哭笑不得，說道：「你會不會過日子啊？」

周京澤挑了挑眉，掐了一下她的臉，語氣吊兒郎當的：「我是不會過日子，但不是有妳嗎？以後薪水交給妳。」

許隨有些不好意思，不敢看他，乾脆推著他往前走，嘟囔道：「誰說要嫁給你了？」說完這句話，她的唇角卻不自覺地上翹，像一隻偷腥的貓。

周京澤走在前面，直視前方，懶散地哼笑了一聲：「我知道妳在笑。」

許隨被戳穿後笑容斂住，聲音不自覺地拖長，說道：「你好煩啊。」

兩人最後在超市買了一些生活用品、一口鍋，還有一網袋啤酒，以及許隨想吃的小龍蝦。

晚上八點，周京澤在廚房弄小龍蝦，許隨則在一旁打下手。

一切都弄好以後，許隨端著蝦出來，她本來想把飯菜放餐桌上，可是不經意往外一瞥，發現晚上忽然下雪了，透明的六瓣的絨毛紛紛揚揚地穿過淡黃色月光落下來，偶有松枝被壓斷，發出「啪」的一聲。許隨立刻決定今晚在落地窗前吃飯。

許隨搬了一張小圓桌靠在窗前，打開電視，兩人坐在厚厚的地毯上邊吃小龍蝦邊喝酒。

周京澤身材高大，長手長腳，在許隨家裡怎麼坐都顯得侷促。

「妳這裡還挺擠，不考慮換個地方住？」周京澤抬了抬眉尾，語氣透著高高在上。

許隨不是沒聽懂他的暗示，故意開玩笑地說：「搬去哪裡啊？琥珀巷嗎？跟你做鄰居也挺好。」

周京澤哼笑了一聲，把剝好的蝦放進她碗裡，沒有說話。

吃完小龍蝦後，許隨心情好，一連喝了好幾罐啤酒，最後「啰嚓」一聲，啤酒罐被她捏扁了。

許隨明顯喝多了，拿著捏扁的啤酒罐對他晃了晃，托著腮，溫軟的聲音裡夾著挑釁：「你能不能喝過我？」

「不能。」周京澤決定不跟一個醉鬼計較。

周京澤見她喝醉了，繞到桌子的另一邊，單膝跪下，正準備抱她回去，手剛碰到她的肩膀，許隨就往後縮了縮，背靠在牆邊。

許隨忽地抬眼看著他，開口：「我能問你個問題嗎？」

「問。」

「為什麼是我？」許隨抬眼看他。言外之意是：為什麼重逢後非她不可？為什麼這麼多年不談戀愛，只等她一人？她其實不太敢相信。

許隨穿著一件肉桂粉色的針織衫，長髮披肩，因為喝醉了，眼睛霧濛濛的，蘊著一層水色，唇紅齒白，讓人有一種想欺負的欲望。

周京澤低頭貼了過來，熱氣拂耳，額頭抵著額頭，看著她：「沒有為什麼，以前是老子眼瞎。」

不知道他的一一有多好。

「一一，我今天答應了老師去空中飛行救援隊，東照那事也真相大白了。」周京澤語氣緩緩。

「真的嗎？我就知道你一定——」聽到這個消息，許隨語氣裡夾著興奮，晶亮的眸子撞上他深邃漆黑的眼睛，心口一窒。

周京澤在她額頭上落下很輕的一個吻，他笑了笑：「現在該我問妳問題了，五月天專輯裡的書籤妳是什麼時候寫的？」

許隨正在半醉半醒的狀態，她知道周京澤在耐心地等著她回答。

她眨了一下眼，語氣討巧：「想不起來了。」

周京澤點了點頭，將人一把抱起，面無表情地開口：「行，那去床上說。」

前一晚他弄得她大腿內側的傷口到現在還隱隱作痛，許隨聽後立刻從周京澤的懷裡跳下來，準備招供：「我說我說。」

「寫書籤上那句話是因為偶然知道了你身上發生的事。」許隨看著他，招供道。

讀高中時，許隨萬年不變一直坐在前排，但因為喜歡的那個男生坐在最後一排，所以許隨經常早自習、交作業，就連上廁所都是特地繞到後門出去。

哪怕她餘光裡經常瞥見的只是一個習慣性趴在桌子上睡覺、肩胛骨凸起的黑色背影，也很滿足。

但是忽然有一天，那個座位變得經常空蕩蕩的了。

從那天起，許隨很少再見到周京澤，前兩天偶爾上廁所時還能撞見他，後來則是連續一個星期都見不到他人。

那個座位很空，連桌面都收拾得很乾淨，再也沒有成堆的試卷。

許隨聽班上的同學說起八卦，說周京澤家裡又出事了，說他爸把他繼兄也送到天中來了，他爸去參加了繼兄的畢業典禮，卻忘了親生兒子的家長會。還有人說他家矛盾激化，周京澤他爸把他暴打了一頓，他離開那個家了。

眾說紛紜。

許隨低著頭收作業時，聽到同學們在討論他的家事。

「唉，家裡有錢又怎麼樣，還不是沒人愛！」

「不過周京澤也夠慘的，母親自殺，爹還是個畜生。」

「我昨天在酒吧撞見周京澤了，好像跟職校的在一起，他不會也變壞了吧？」

許隨收著作業的手一緊，心裡默念道：不會的，他不是那樣的人。

許隨開始下意識地製造跟周京澤偶遇的機會，她只是有些擔心他。

她知道他會坐二十九路公車上學，但不是經常能碰到的。

因為周京澤有時起晚了，會直接搭計程車來學校，有時她根本不知道他是怎麼來學校的，也可能完全不來，就像現在這樣，可許隨還是想碰一碰運氣。

許隨寄住在舅舅家，舅舅家在城南，而周京澤住在城北。

一南一北，完全是相反的方向，於是，許隨每天早起一個小時，天沒亮時背著書包頂著霧濛濛的天空就出門了，因為她要費一番力氣轉車，再搭乘二十九路公車去學校。

可連續早起了一週，她愣是連周京澤一個人影都沒見到。直到下個週一清晨，她才看見他。

許隨因為前一晚熬夜刷題，起得有點晚，導致在換乘二十九路公車時，碰到了上學尖峰時段。

許隨好不容易擠上公車，側著身子，一手抓著黃色的橫桿，費力地從校服口袋裡拽出交通卡貼上刷卡機時，沒有熟悉的嘀聲響起，上面顯示刷卡無效。

許隨以為機器有問題，又反覆試了幾次，依然顯示無效。會不會是沒錢了？

擠在後面的學生不耐煩了，抱怨聲和催促聲接連響起。

許隨有些侷促和尷尬，羞赧的熱意從脖子一路躥到臉上，她正準備放棄打算後退時，男生的喉音低沉，帶著顆粒感，震在許隨耳邊：「一起刷了。」

許隨整個人僵住。

緊接著，身後有人俯身過來，雖然保持著一定的距離，但是許隨聞到了他衣服上淡淡的菸草味。

公車內空間狹小，他敞開的校服拉鍊不小心碰了許隨垂著的手一下。

一陣冰涼。

像是悶熱夏天裡一陣猛烈的風。

許隨屏住呼吸，不敢動彈，瞥見男生刷卡的手收回，再放回褲子口袋裡。

他比她高一大截，收回卡時手肘擦著她的頭髮，一帶而過。

薄荷味慢慢消失，有更多人擠上公車。

不誇張地說，那一刻，許隨感覺自己的頭頂快要冒煙了。

周京澤坐在公車倒數第二排靠窗的藍色座椅上，許隨走了過去，坐在他身後一排，兩人隔著一定的距離。

夏天的早上，陽光熱烈又刺眼，許隨感覺身上熱出了一層薄汗，她從書包裡拿出單字本一邊搧風一邊默背單字。

許隨不經意往前一看，周京澤靠在窗邊昏昏欲睡，他的皮膚呈冷白色，眼睫向下垂著，陽光從玻璃窗反射進來，在下眼瞼處暈出一圈陰影。

周京澤的書包放在腳下，雙腿微張，鴉青色的眼底明顯，此刻他正在補覺。

許隨忍不住多看了他幾眼。

下一個站牌到了，司機一個緊急剎車，大部分人受慣性衝擊往前傾。

只有周京澤，巋然不動地靠在車窗邊，聽到聲響也只是極輕地皺了一下眉，連眼睛都懶得睜。

公車又擁進來一批人，大家紛紛嚷著「別擠」，被擠到的人不爽地罵著：「就不知道等下一趟，非擠上來？」

約莫吵得太大聲，周京澤費力地睜開眼睛，抬手搓了一下臉。一個穿著棕色工作服的老人拖著緩慢的步伐擠上公車，手裡還拎著一大袋東西，神色有點侷促。

許隨正背著單字，忽地瞥見陰影往前移，白色的運動球鞋挪動了一下。一道磁性的聲音響起：「老人家，您坐這。」

是周京澤。他一直沒變。

許隨看到了另一面的周京澤，她沒跟任何人提起過，他成了她心裡的祕密。

週三下午放學時，許隨在校外買飯碰見周京澤和一個職校的人在學校的後巷談天說地，笑得散漫不羈，也放肆。

熟悉又不熟悉。

但許隨現在知道，哪面是真實的周京澤，哪面又是戴著面具放蕩不羈的他。在公車上不經意釋放善意的才是真正的他。

許隨在看到他和職校的人在一起時，想起了這段時間同學們對他貶多於褒的評價，可她覺得像周京澤這麼好的人，就應該一生被愛簇擁，坦蕩又正直地走他的路途，所以她在書籤的背面寫下了一句祝福。

「許隨，我強調一下，我不是什麼幻想，」周京澤扳過她的臉，逼著她回神對視，一字一頓，認真道：「老子是妳男人。」

妳才是我此生唯一想要。

遇到妳之後，所有的遺憾都被填滿。

凌晨三點，許隨還躺在男人臂彎裡睡覺，可她做了一個惡夢，夢見胡茜西當著她的面縱身跳下懸崖，許隨抓了個空，最後喘著粗氣從夢裡驚醒。

周京澤被吵醒，扶著她起來，按亮床頭燈，倒了一杯溫水遞給她。許隨偎在他懷裡，出了一身冷汗，喉嚨一陣發緊，嘴唇抵著杯口，喝起水。

周京澤手掌貼著她的臉頰，拇指關節將她額前的頭髮別到耳後，聲音有點沙啞，問：「怎麼了？」

許隨喝了兩口水，潤了一下嗓子：「我夢見西西出事了。」

周京澤擁住她的手臂不自覺地收緊，眼底一瞬黯淡，他正想說什麼時，放在床邊的手機鈴聲響起，尖銳的聲音劃破夜晚的寧靜。

盛南洲來電。

周京澤點了接聽，電話那頭沒說兩句，他臉上的表情就變了，眉眼壓著情緒：「我們馬上到。」

「西西去醫院了，情況有點嚴重。」周京澤偏頭低聲說。

許隨心臟不安地跳了一下，立刻掀起被子，光腳踩在地板上，開始找衣服，語氣焦急：「那我們趕緊過去。」

周京澤看著正手忙腳亂穿衣服，還把針織衫穿反的女人，拉住她的手，兩人目光對上，他的語氣緩慢：「我先跟妳說件事，西西其實有先天性心臟病，五歲查出來的，最近……可能情況更嚴重了。」

許隨站在那裡，只覺得渾身冰涼，說不出一句話，任周京澤俯身幫她扣好釦子，穿好外套，戴好圍巾。她像一個提線木偶一般，被男人牽著出門，上車。

普仁醫院，周京澤和許隨趕到急救室時，一眼看到盛南洲倚靠在牆壁上，頭微仰著，閉著眼，醫院冰冷的白光打在他這一側，一半冷光，一半陰影，沉默且嚴肅。

許隨甚至懷疑，他整個人已經和身後那堵灰色的牆融在了一起。

周京澤走過去，問道：「現在怎麼樣了？」

盛南洲睜眼，三個人一直看著手術室的方向，紅色的燈亮著，顯示在急救中。盛南洲艱難地從喉嚨裡擠出話：「半夜她突然胸悶，呼吸不過來，吃了藥也沒辦法緩解，打了緊急電話給我，我趕過去的時候，她……躺在地上。」

周京澤問道：「她爸媽知道嗎？」

「沒說，她之前不讓說，大概明天就瞞不住了。」盛南洲答。

問完話，三個人保持著長久的沉默，等了兩個小時，凌晨五點，「啪」的一聲，手術室燈滅，醫生抬腳踩手術室的感應開關，走了出來。

他們圍了上去，醫生偏頭取下口罩，說道：「病人暫時沒有大礙，不過她的心臟功能正在失效，血管堵塞，而且之前就導致了心衰，現在是晚期，建議等病人醒來後全面檢查再——」

盛南洲抓住其中的關鍵字，眼神一凜：「醫生，什麼叫之前就導致了心衰？」

醫生愣了一下：「病人家屬不知道嗎？她的病歷顯示六年前就已經檢查出心衰了。」

醫生說完以後離開了，盛南洲一句話沒說，背過身去，一拳用力地打在牆壁上，手背上立刻變得青紫。

六年前，也就是剛畢業那時，胡茜西不顧家人的反對和朋友的擔心加入了國際野生動物救助組織。所有人都以為胡茜西是鬧著玩的，以為她就是圖個新鮮，玩一下子就回來了，誰也沒想到，她堅持了這麼多年。

許隨到現在還記得當時問她為什麼要去這麼艱苦的環境工作的場景。

胡茜西笑嘻嘻地回答：「當然是想在我有限的生命中發一分光、一分熱，去溫暖別人呀。想做個小太陽，照亮別人呀。」

許隨當時以為她這是敷衍的話，沒想到玩笑話下藏著她對生命最大的敬意。

胡茜西很快轉入病房，他們跟著走過去，隔著一層玻璃，許隨看過去，胡茜西躺在病床上，臉色慘白，身子瘦弱得像一片搖搖欲墜的樹葉。

許隨克制了一夜的情緒，終於沒忍住，鼻子一酸，吧嗒吧嗒地掉下眼淚。

周京澤擁她入懷，她趴在他肩頭一邊哭一邊想，怎麼會有這麼傻的人。

難怪大一入學，胡茜西請了一個月的假，沒有參加軍訓。每天早上胡茜西也不參加跑操，她當時解釋說自己懶，不想跑，就讓家裡找醫生開了病歷證明。以及胡茜西經常莫名地消失一段時間，又再回來。

還有北山滑雪場那次，她為什麼不去多想想，西西一個從小在北方長大的人卻嚮往滑雪。盛南洲堅持讓大家一起去，原來是為了實現胡茜西的願望。

許隨越想，哭得越厲害，這些明明是有跡可尋的事，為什麼自己不能多關心一下她？那樣也許情況就不同了。

盛南洲看了腕錶上的時間一眼，走過去，說道：「都快天亮了，你們回去洗漱上班吧，我在這守著就行。」

「我就在普外科室，有什麼事喊我。」許隨再開口感覺喉嚨黏住了。

「嗯。」

上午十點，許隨趁著休息的間隙，跑去住院部看胡茜西。胡茜西已經醒來了，她靠坐在床頭，手背上插著針管，一片瘀紫。

胡茜西見許隨來了，揚起唇角對她笑了一下。

許隨眼睛裡立刻湧出一層濕意，許隨暗自用指甲掐了一下掌心，把眼淚逼回去，回以她一個溫柔的笑。

「還是被妳知道啦？唉，遊戲失敗。」胡茜西吐了一下舌頭。

許隨走過去，握住她的手，笑著說：「不是失敗，是我們陪妳一起通關遊戲。」

「妳不要擔心，心內的醫生是我的同事，還有，我在香港讀書時，認識一位權威的醫學教授，專治心臟病這塊的。」許隨拇指按了一下她的手背，說道：「妳信我，我可是醫生。」

「總之，一定會好起來的。」許隨看著她。

胡茜西眨了一下眼，說道：「好噢。」

其實類似的話胡茜西從小到大聽了無數遍，她身體情況怎麼樣自己清楚，但是她現在想讓許隨開心一點。

想讓身邊的人都開開心心，不要因為她的事而皺眉。

十二月中旬，周京澤正式加入中海交通運輸部飛行救援隊。從他赴任開始，許隨見到他最多的時候竟然是在新聞上，不是跨省搜救西部匝北因暴雪被困的鐵路工人，就是用直升機搜救因森林大火遇險的人。

許隨與周京澤視訊通話的次數少之又少，每次通話都被緊急打斷，她心裡其實一直很想他。

這個月，好朋友生病的事讓許隨焦慮又心力交瘁，她每天下班後熬夜大量搜集資料，力所能及地聯絡同行，就連醫院的同事都被她搞煩了，對方語氣無奈：「住院這段時間她進了兩次ＩＣＵ，妳一個學臨床的還不清楚嗎？心衰是心臟病發展到後期的臨床綜合症，她是長期反覆的心衰，預後情況也差，唉，難。」

最辛苦的其實還是盛南洲，為胡茜西跑上跑下，一直守著她。

就這樣，許隨在兵荒馬亂的十二月迎來了二十八歲生日，是耶誕節的前一天，平安夜。

許隨暫時將紛擾的心事拋下，化了個淡妝，穿了件藍色的絲絨裙子，戴了個珍珠髮箍，烏眸紅唇，溫柔又動人。

周京澤特地把假期調到今天，說要陪她過生日。

許隨提前到了周京澤訂好的餐廳，是一家音樂餐廳。許隨落座時，服務生把菜單遞給她，許隨笑著說：「先等一下吧，我在等人。」

七點五十分，距離約定的時間還有十分鐘，周京澤來電。許隨神色驚喜，接聽時聲音帶了點開心的意味：「你到了嗎？」

電話那頭傳來呼呼的風聲，周京澤的聲音壓低，傳了過來：『寶寶，抱歉，臨時有個緊急任務——』

「啊，」許隨眸子中失落一閃而過，但語調佯裝輕鬆，「沒事，我等等叫梁爽出來陪我。」

『嗯，生日快樂。』

掛電話後，許隨心裡一陣失落，她其實有十多天沒見到周京澤了，很想他。許隨一個人等了一下，叫服務生點了一桌子菜，打算吃完回家時再買個蛋糕，這個生日就算結束了。

本來許隨覺得一個人吃飯沒什麼的，可是音樂餐廳裡駐唱的人在唱情歌，今天又是平安夜，周圍的人出雙入對。她吃了兩口前菜便放下了筷子，低頭看著菜單，忽然想點一杯冰果汁刺激一下味蕾。

許隨正認真看著菜單，一道陰影落下來，上揚的聲音響起：「這位小姐，能併個桌嗎？」

「不好意思，這裡有人——」許隨頭也沒抬，下意識就拒絕。

直到頭頂落下一道意味不明的哼笑聲，對方用氣音說話，帶著笑：「我女朋友的防範意識還挺強。」

許隨抬頭，在看清眼前的人時，臉上的梨窩浮現：「你不是說不來了嗎？」

「逗妳的唄，」周京澤笑，將拎著的蛋糕放到一邊，「不過路上拿東西的時候耽誤了一下。」

周京澤站在她面前，穿著黑色的夾克，頭髮極短，露出青渣，臉部線條凌厲，不知道什麼時候受了傷，眉骨上有一道疤，依舊是不拘小節的模樣，身上的氣場卻越發成熟穩重。

他寬闊的肩膀上還沾著雪粒子，像是穿越風雪而來。

周京澤拆開蛋糕，點了三根蠟燭，用打火機點燃，許隨立刻雙手合十，認真地許願。

男人懶散地靠在椅子上，見許隨一臉虔誠，挑了挑眉，開玩笑道：「男朋友沾沾妳的光，分個願望給我唄。」

許隨睜開眼，吹滅蠟燭，笑道：「好啊，我不貪心，分你一個願望。」

飯吃到一半，服務生拿著宣傳單走上前，說道：「您好，今天本餐廳推出了平安夜優惠活動，一起拍照打卡有優惠哦。兩位是情侶嗎？那就是折上折。」

「不用了，謝謝。」周京澤言辭禮貌地拒絕。

許隨有點鬱悶，剛才服務生問兩人是不是情侶他沒回應是什麼意思，唉。她正暗自鬱悶，周京澤屈起手指敲了敲桌子，說道：「我去上個廁所。」

「哦，好。」

人走後，許隨正認真用湯匙挖著碗裡的水果撈時，忽然，大廳中央的大吊燈「啪」的一聲熄滅，每張餐桌上只剩暖色的暗光。

不遠處倏地亮起一道追光，有人拍了一下麥克風，許隨順著聲響看過去，周京澤不知道什麼時候出現在舞臺那裡，他坐在那裡，拿著麥克風，目光筆直地看她這個方向，聲音低低沉沉：「一首歌送給我愛的人。」

熟悉前奏響起，許隨心口顫了一下，是她最喜歡的周杰倫的〈可愛女人〉。大學的週末和室友一起去KTV唱歌時，她跟胡茜西她們說，她挺喜歡他，要是誰唱周杰倫的歌表白，她會衝動地想跟對方一直走下去。梁爽當時立刻單膝跪下，說道：「跟了我吧。」幾個人頓時笑在一起，扭作一團。不過他又是怎麼知道的？

周京澤的嗓音很低，透過麥克風縈繞在許隨的耳邊，她感覺耳朵都麻了，他手裡還拿著一罐啤酒，背略微低著，腳踩在地板上，磁性又抓人的聲音從他的喉嚨裡冒出來——

「漂亮的讓我面紅的可愛女人，溫柔的讓我心疼的可愛女人，聰明的讓我感動的可愛女人，壞壞的讓我瘋狂的可愛女人……」

一曲完畢，周京澤朝她走來，全場的尖叫聲和起鬨聲快要掀翻屋頂，許隨也跟著緊張起來，他笑著開口，一字一句道：「生日快樂，一一，妳送我的願望，剛才許了——不是歲歲平安，是隨隨平安。」

加入空中救援隊後，周京澤見了更多的生死和悲歡離合，現在只希望他愛的人能夠平安。

兩人吃完飯後，周京澤載著她回家，走到一半，許隨才發現這不是回家的路，問道：「你要帶我去哪呀？」

「去了妳就知道了。」周京澤開著車，直視前方說道。

周京澤載著她開向鴉江區那裡，車子在淩南公館停下。許隨有點怔，還是下了車。周京澤牽著她刷卡進去，兩人來到一棟房子前。

許隨以為他是帶她來見他的朋友之類的，剛想抬手敲門，周京澤喊住她，對她抬了抬下巴：「給。」

放到許隨掌心的是一串鑰匙。

「這是什麼？」許隨問。

周京澤笑道：「生日禮物。」

許隨擰開門鎖，推門走進去，房子很大，一共三層，是樓中樓，裡面傢俱齊全。走上二樓，有一間主臥，靠著陽臺。

「這是我們以後的婚房？」許隨問。

周京澤哼笑了一聲，拍了一下她的腦袋，低頭看著她：「不是我們，房子只寫了妳一個人的名字，我不想結婚以後老婆受委屈了，還跑出去住飯店，以後吵架也是妳趕我走。」

「這個禮物太貴重了——」許隨拿著鑰匙想還給他。

周京澤眼睛緊鎖著她，笑道：「是我占妳便宜了，我不想做妳的鄰居，想做妳的室友，合法的、能同床共枕的那種。」

許隨心口顫了一下，只覺得臉熱，她岔開話題，看著房子好像是剛裝潢好的樣子，欄杆處的油漆還半乾未乾，便問道：「你最近買的嗎？」

周京澤單手插口袋，偏頭想了一下，答：「好像是大二，想帶妳回家見外公的時候。」也是第一次想要跟一個人有以後，所以買了這間房子。

第三十章　不分手

周京澤看著她，聲音有點沉，喉結緩緩滾動，一字一頓道：「不分手。」

「嗯，不分手。」

胡茜西的病情越來越嚴重，前天晚上心臟病復發，再次被送進急診室，凌晨五點，她從鬼門關回來了。

因為心臟功能衰竭，加上引起了各類併發症，胡茜西病發的次數越來越多，呼吸越發短促，還經常胸悶。不僅如此，她的腹腔還有大量的積液，導致全身水腫，需要每天抽取廢液。

有時病痛讓胡茜西痛得說不出一句話，她躺在病床上，渾身無法動彈，只能無聲地掉眼淚。

盛南洲看到胡茜西這樣疼，常常想，要是他能代替她就好了。

胡茜西煎熬的同時，盛南洲也在陪她熬。盛南洲到處幫胡茜西找靜脈擴張類的藥物，經常對方一個電話就讓他放下手頭重要的事去找藥了。

盛南洲陪著胡茜西治療，天南海北地找醫生，一個月下來，盛南洲瘦了一大圈，骨架越發地清晰，側臉線條也變得鋒利起來。

新年即將來臨，冰雪開始融化，春意悄然攀上枝頭，陽光湧起來。病房內，盛南洲把胡茜西抱到輪椅上，推著她到窗前曬太陽，吹吹風。

胡茜西坐在那裡，手搭在膝蓋上，無意間看到玻璃窗反射出一個毫無血色、病態的、肚子因為積液過多而顯得臃腫的女人。

她好像老了十歲。

胡茜西一怔，隨即捂住臉，眼淚從縫隙裡流出來，輕聲說：「我現在變得好醜呀。」

盛南洲半蹲在她面前，把她的手拉開，笑著逗她：「不醜，我覺得還挺好看的。」

「而且，妳小時候尿褲子的模樣我又不是沒見過，更醜。」盛南洲語氣懶洋洋的。

「噗哧」一聲，胡茜西破涕為笑，她靜靜地看著瘦得幾乎只剩一具凌厲骨架的盛南洲，忽然開口：「南洲哥，我沒事，我真的不能耽誤你，你別管我了。」

盛南洲替胡茜西擦淚的動作一頓，抬手將她額前的瀏海移開，光潔的額頭上露出一道疤痕，因為時間的關係，它已經縮小成指甲蓋大小的疤了。

男人用拇指輕輕按了按她額頭上那道月牙般的疤，說道：「那也是我先耽誤妳的，哥哥不得管妳一輩子啊？」

胡茜西心口一窒，這句話像一枚石子在平靜的湖面蕩起層層漣漪，她的心不受控制地跳了起來。

盛南洲輕輕摸了摸她的頭，漆黑的眸子映著她的身影，聲音很低，認真道：「我想負責一輩子，心甘情願。」

這一句隱晦的告白勝過一百句「我喜歡妳」之類的話，這句話像跨越了一段漫長的時間。

小時候玩扮家家酒，胡茜西穿著精緻的公主裙，拿著一把金色的尚方寶劍遞到盛南洲面前，昂著下巴說道：「你以後就是本公主的騎士啦。」

到十一歲，盛南洲性格頑劣，一時貪玩，失手把胡茜西推倒在地，她的額頭剛好磕在地上的碎花瓶上。

小公主哭得撕心裂肺，抽噎道：「我要是毀容了，以後沒人要了怎麼辦？」

盛南洲怎麼哄都哄不好她，最後拍著胸口承諾道：「公主，別哭了，以後我娶妳。」

再一路到大學，兩人吵鬧鬥嘴，一直是以最佳損友的關係出現，現在盛南洲終於把藏在心裡的祕密說出來了。

「可我國中聽到你說我只是你的妹妹。」這句多年縈繞在胡茜西心口的話，好像變得沒那麼重要了。

盛南洲半蹲在胡茜西面前，看著她，胡茜西又哭又笑，也回看他，最終輕輕抬手撫他的鬢角。

下午三點半的太陽透過窗戶斜斜地照進來，地上兩人的影子重疊在一起。

一切都剛剛好。

年關將至，街邊開始換上燈籠，馬路上的行人越來越多，許隨偶爾坐公車回家，視線不經意地往外一瞥，路上賣大紅春聯的攤販多了起來，車子一閃而過，窗外的景象氤氳模糊在呵出來的白霧裡。

許母老早就催促著許隨早點買票回家，她不太想那麼早回家，因為周京澤好不容易也休假，她想和他多待幾天。

畢竟一旦他歸隊，許隨有可能連著兩個月都見不到他的人影。

週五，天氣冷，許隨和周京澤一起逛超市，買了一大堆食材，兩人打算在家涮火鍋吃。

樓梯間裡感應燈亮起，許隨挽著周京澤的手臂，臉上漾著笑走到家門口，許隨摸了一下身上，發現沒帶鑰匙，便伸手去周京澤大衣口袋裡拿。

鑰匙插進鎖孔裡，「喀嗒」一聲，許隨打開門，正要說話，在看清眼前的人時笑意僵在臉上。

周京澤順著許隨的目光看過去，面前站著一個四十多歲的女人，穿戴整齊，長相溫婉，一雙含水的眼眸跟許隨很像。

他在心底猜測出女人的身分，斂起臉上原本散漫的笑意，禮貌地打招呼：「阿姨，您好，我是許隨男朋友——」

「媽，妳怎麼來了？」許隨的手從男人的臂彎裡拿出來，又悄悄扯了一下他的袖子示意他先別說話。

許母的態度說不上好，她對周京澤笑了一下便再也沒問其他，繼而看向自己的女兒，說：「我看妳一直沒回來，就想過來看看。」

許母接過許隨手裡的超市袋子，看了牆上的掛鐘一眼，一臉歉意：「謝謝你送她回來，這麼晚了……」

周京澤本來還想說點什麼，在看到許隨的眼神後還是改口：「行，我把東西放這，那我先走了。」

許母的驅逐是體面的，但也生硬強勢，周京澤剛踏出去一步，門就在他背後關上了。

室內，許母和許隨兩個人，許隨喉嚨有些乾澀，試探性地叫了句：「媽──」

「一一，媽不同意你們在一起，分了吧，明天早點跟媽回家過年。」許母轉過身說道。

「媽，我……」許隨試圖說點什麼。

「我幫妳煮了妳愛吃的香菜餡餃子，我去撈上來。」許母笑笑，急匆匆地朝廚房的方向走去。

許隨嘆了一口氣，這是許母典型的戰術，當她決定好或者不想再談下去時就會這樣迴避。許隨只當她在氣頭上，打算第二天等她氣消了再好好談談。

許隨坐在沙發上喝了一口水，瞥見手機螢幕亮起，點開一看，是男人傳來的訊息：『有什麼事打電話給我。』

許隨在對話欄裡打字回覆：『沒事。』

她忽地想起什麼，問道：『你不會還沒走吧？』

周京澤很快傳了訊息過來，許隨看得心底一片溫暖，他回：『剛好在樓下抽兩根菸，怕妳媽覺得跟我在一起，是妳不聽話，然後動手打妳。』

『哪有？我媽很溫柔，從來不打人，你快回去吧，我明天跟你說。』

兩人一起吃餃子時，許隨特地觀察了一下她媽媽的表情，許母的狀態看起來很輕鬆，還跟她扯了一下家常，說姑姑家的小孩太調皮了。許隨的心稍定下來一些。

哪知第二天，許隨迷迷糊糊地從床上睜眼醒來，一眼看見許母把她的銀色行李箱拿出來，在一旁摺她的衣服塞進去。

「妳醒了啊，收拾一下，下午我們就回去。」許母一邊摺衣服一邊說道。

許隨從床上起來，解釋道：「媽媽，距離過年還有四天，我手裡還有一些工作沒有收尾，後天我一定回去。」

可許母就跟沒聽見一樣，自顧自地在那收拾東西，許隨有些無奈地喊她，許母動作頓了一下，說：「妳一直不肯回家，是不是想和他待在一起？分了吧，我不會同意你們在一起的。」

許隨走過去，伸手拿過自己的衣服，說道：「媽，我知道妳顧慮什麼。他是飛行員，已經很平安地飛了這麼多年，而且他飛行技術很好，不會有事。我不也是醫生嗎？這個職業風險也高，還有猝死的呢……」

她正在那勸著，許母一把拽過她的衣服往床上一摔，一瞬間就紅了眼：「妳忘了妳爸是怎麼死的嗎？妳是不是也想像我一樣，年紀輕輕就被人叫寡婦？」

一句話在原本半結痂的傷口上再次劃破一道傷痕，許隨沉默了很久，輕聲說：「那只是意外。」

「媽媽，以前妳讓我好好念書，不能讓別人看笑話，我很聽話，努力念書。妳讓我懂事，多體諒大人，所以我從來不敢惹妳生氣，也不會說不。到現在我還記得那次全班一起去郊遊，我特別想滑一次雪，可是妳讓我在家念書，說我比別人多走一天就贏了，我就沒去。」許隨看著她，頓了頓，費力地從喉嚨裡擠出一句話，「妳讓我放棄打爵士鼓，我也放棄了，後來我發現不是這樣的，到大學，再遇見他，我才把喜歡的重新撿起來。我真的很喜歡他，和他在一起很開心。」

「這一次我想自己做主，我會幸福的，妳不信我嗎？從小到大，我哪次讓妳失望過？」許隨吸了一下鼻子，垂下黑漆漆的眼睫，「我只是想和他在一起。」

許母愣了一下，最後嘆了一口氣把這個話題結束了。

許隨幫許母收拾好東西後，親自把她送到高鐵站，並再三保證，自己一定會在過年前回去。

許隨把許母勸回去後，總算鬆了一口氣，然後在回去的路上接到了盛南洲的電話。不知道對方說了什麼，許隨點了點頭，笑著笑著，眼睛裡有了濕意，答道：「好。」

臨近過年，所有人臉上都洋溢著期盼和興奮的笑容，醫院除外。

灰白的牆，清冷的白熾燈，桌子上漸漸枯萎捲縮的葉子。

醫院每天重複著親人離別痛哭的聲音和病患因疼痛而發出的慘叫。

好在過年的前一天出了太陽，日光照進來，烘烤得身上暖洋洋的，好像要帶給人希望。

許隨在病房裡陪著胡茜西，一直照顧她，陪她聊天。

她坐在病床前滑著社群軟體，忽然把社群廣告的一組熱門閨密照展示給胡茜西看，說道：

「西西，我們好像都沒拍過這種照片欸，好想和妳拍一組。」

胡茜西眼睛亮了一下，隨即又黯淡下去：「可是我現在好醜呀，等我以後好了我們再拍！」

「誰說的？妳現在依然很漂亮，」許隨拍了拍她腦袋，說道：「前兩天我們科室的同事還想找我要妳的電話呢。我沒給，主要是他長得還沒盛南洲帥。」許隨補充道。

兩人對視，忍不住笑出聲。

「趁今天陽光好，我現在幫妳化一下妝，我們等等到醫院樓下花園拍吧，那裡好看。」許隨鼓動她，食指勾了勾她的小拇指，「妳是不是也好久沒有穿漂亮衣服了？」

「嘿嘿，妳這樣一說我就心動了。」

許隨立刻行動起來，她從辦公室拿來自己的化妝包，認真地幫胡茜西化妝。

化好妝以後，鏡子裡出現一個眼睛盈盈空靈、臉龐明豔漂亮的女人。

許隨攙著胡茜西去浴室換衣服，西西公主拿到自己的衣服傻了，睜大玻璃珠似的眼睛：

「頌光的高中校服？」

「對呀，我穿天中的校服陪妳，因為我最近有點懷念校園。」許隨解釋道。

胡茜西指尖摩挲著校服領口線繡制的頌光二字，不自覺地露出微笑，聲音也有活力起來：「穿穿穿！我也不怕別人說裝嫩二字了。」

許隨和胡茜西換好校服後手拉著手相視一笑。

胡茜西心情明顯好了很多，她準備出去時，許隨拉住她：「欸，還差點東西。」

「什麼呀？」

許隨從口袋裡摸出兩枚糖果色的髮夾，輕輕別在胡茜西頭髮的右側。

她留著短髮，這麼一看，可真是個名副其實的高中生了。

許隨拉著胡茜西下樓，兩人走到樓下花園，她看似隨意地瞥了一眼，說道：「西西，這背景有點亂，我們去那邊的綠草坡上。」

「好噢。」

兩人手拉著手走到東側的草坡前，遠處的景象漸漸放大到眼前，如同被拭去水霧的鏡子一般清晰。

雪剛融化，草坪濕漉漉的，面前是向日葵開闢出的一條小道，小路盡頭有一個白色的布滿鮮花的舞臺。

「哇，不是吧，我們亂入別人的求婚現場了？」胡茜西拉著許隨，語氣有點緊張，「快點走啦。」可胡茜西怎麼都拽不動許隨，直到一陣熟悉低沉的聲音喊她：「西西。」

胡茜西下意識抬眼看過去，盛南洲穿著筆挺的燕尾服，肩寬腿長，領口戴著紅領結，英俊非凡，手裡拿著一束捧花，朝她一步一步走來，像是從天而降的騎士。

十二歲就承諾要娶她的人。

盛南洲手裡拿的不是嬌豔的玫瑰，不是清新的雛菊，也不是動人的鬱金香，是她最喜歡的向日葵。

「胡茜西小姐，請問妳願意嫁給我嗎？無論我高矮胖瘦，長得不像妳喜歡的金城武，」盛南洲拿著戒指單膝跪下，抬眼看她，緩緩說道：「但是，我永遠並將只看得到妳。」

此刻，聚集在草坪的人越來越多，她的家人、朋友，就連主治醫師、病友都在場，共同見證這場特別的求婚。

「嫁給他！嫁給他！」

「西西，妳就可憐可憐老盛，把他這條光棍收了吧！」

有個人笑著大喊：「妳不嫁我可嫁了啊！」

場內鬨然大笑，氣氛輕鬆又和諧。

胡茜西眼睛裡蓄著的眼淚掉出來，說話抽抽搭搭的：「你好煩啊，我好不容易化的妝，眼線……都暈了，嗚嗚嗚嗚。」

胡茜西什麼都沒再說，在他緊張的眼神和期待下伸出了手，周圍響起尖叫聲和歡呼聲，盛南洲笑著幫她戴上戒指。

兩人在陽光下接吻，胡茜西環住他，小聲地說道：「南洲哥，其實我有個小祕密沒告訴你。」

「什麼？」

「算了，有機會再說。」

綠草坪、陽光、向日葵、戒指，天氣剛剛好，喜歡你的心也是。

日光過於刺眼，以至於許隨看到眼前的場景都模糊了。

她捂著眼睛，把眼淚憋回去，周京澤攬著她，手指安撫性地按了按她的肩膀，聲音壓低：

「妳該為她感到高興。」

忙完胡茜西的事後，許隨收拾好東西回黎映過年。

周京澤送她到高鐵站，叮囑她到了之後傳訊息給他。

許隨迷迷糊糊地點頭，並說了拜拜，轉身就要走，哪知男人一把拽住她，整個人被迫跌向他懷裡。

周京澤抬手捏住她的下巴，偏頭吻了下來，以至於聲音有點模糊不清：「妳是不是忘了什麼？」

在分別的車站，周京澤拽著她吻了有五分鐘之久，最後在她白皙的脖頸後面嘬出一個印記才肯放人走。

許隨的臉燙得厲害，得到自由後飛也似的向安檢口逃。

回到黎映後，許隨還沒走到門口，遠遠地就看見了奶奶站在家門口，佝僂著腰等她。

許隨拖著行李箱加快了腳下的步伐，走到老人家面前，握住她的手，說道：「奶奶！怎麼不在裡面等？外面天冷。」

「我剛出來不久。」奶奶笑呵呵地拍了拍她的手。

一進屋，暖意融融，許母正從廚房裡端菜出來，說道：「快去洗手，可以吃飯了。」

許隨立刻鑽進廚房裡，剛擰開水龍頭，許母拍了拍她的背，說道：「水冷，去那邊洗。」

「嘻，有媽的孩子像個寶。」許隨走到另一邊，擰開熱水撒嬌道。

許母笑了笑，繼續把其他菜端出去。

年三十的晚上，電視機裡放著短劇，一家人圍坐在一起吃年夜飯。

大家一邊吃飯一邊聊家常，許母對那天發生的事情隻字不提，愉快地和她聊著天，氣氛看起來還算融洽。

吃完飯後，許隨給媽媽和奶奶兩個厚厚的紅包和新年禮物。

不料，許母又朝她伸出了手，許隨愣了一下，笑道：「錢不夠啊？」

「手機給我。」許母開口。

許隨一頭霧水地把手機遞過去，結果許母拿到手機後，站起來宣布道：「今天起，妳的手機沒收，不准再聯絡他。」說完也不看許隨的反應，拿著她的手機徑直往房間裡走。

許隨很想和她爭論，可是電視機裡春節節目中的鞭炮聲提醒著她，今天是除夕。

許隨決定忍一忍，她不想大過年的還和家人吵架。

可臨近十二點時，許隨到底沒忍住，悄悄溜進奶奶房間裡傳訊息給周京澤。

末了，還在訊息裡故意提起陳年往事：『一個有可能還會被你認錯的號碼。』

沒多久，手機螢幕亮起來，周京澤回：『不太可能認錯，大一那件事後我就把號碼背下來了。另：這則訊息是跪著傳的。』

『新年快樂，我的唯一。』

許隨收到這則訊息時，唇角弧度不自覺地上翹，故作雲淡風輕地回答：『那我也勉強祝你新年快樂。』

只可惜，周京澤過年在京北只待了兩天半就被第一救援隊緊急召喚回去。再加上許隨的手機被沒收，她時刻在許母的監督下，之後就很難和周京澤聯絡了。

大年初四，一家人坐在飯桌前吃飯，電視機正在播報一則新聞，主持人念著稿子：『二月十七日晚，由懷寧飛往都州市的京航航班 G7085，於晚上七點十分，受天氣影響，發生雷擊空難。調查結果顯示，遇難兩人，重傷五人，機長張朝明在飛機降落時英勇……』

「啪」的一聲，許隨手裡拿著的筷子掉在地上。

黎映這邊迷信，新年掉筷子，是非常不吉利的徵兆。

許母看向那則新聞，視線收回來，聲音依舊是溫柔的，卻綿裡藏針：「看見沒有？以後他出事，妳一點保障都沒有。」

許母後半句話還沒說完，許隨的心顫了一下，她衝進媽媽的房間裡找回了自己的手機，開機，打電話給周京澤。

電話撥過去，機械的嘟嘟聲響得越長，許隨的心就越懸得高。

能不能接一下電話？

許母走進來，抱著手臂看著她：「妳在幹什麼？」

「我想確認他——」「有沒有事」這幾個字還哽在喉頭，被許母倏地打斷。

許母一把奪走她的手機，這時電話終於接通，傳來一道清晰的男聲：『喂。』

許母毫不猶豫地掛斷了，她的聲音尖銳：「一一，妳什麼時候變得這麼不聽話了！妳是不是看我死妳才甘心？」

許母這幾天限制她聯絡周京澤，還時不時暗諷這個男人不能帶給她幸福，強行灌輸她安穩才是正確的選擇。此時搶她手機，做主掛了周京澤電話。這一切終於讓許隨爆發。

「妳為什麼非要這麼強勢呢？我只是喜歡一個人，我連和他在一起的權利都沒有嗎？」許隨情緒控制不住，眼淚掉下來。

許母沒想到一向乖巧的女兒會生氣，可她還是不肯後退一步：「你們不合適，妳要相信過來人，當初我嫁給妳爸，過著整天提心吊膽的日子……」

「什麼叫合適？」許隨倏地打斷她，她整個人崩潰，聽夠了這些負面的話，終於克制不住，一連串的重話冒了出來。

「妳過得不幸福，就代表我也不幸福嗎？我再也不想聽妳的話了，我真的覺得有點窒息。」許隨嗓音哽咽，轉過身去。

許母一愣，指著她：「妳——」說不出一句完整的話，隨即劇烈地喘氣，整個人呼吸不過來，不慎朝旁邊直直地倒下去。

許隨聽到聲響後立刻回頭，看見躺在地上的母親，驚慌失措地喊道：「媽——」

最後許隨手忙腳亂地把許母送進了醫院。

許母這一倒下，引發了一連串陳年積累的毛病。她被送進了手術室。

許隨坐在手術室外的長椅上，後知後覺地感到了害怕。

如果媽媽出了什麼問題，如果……許隨不敢再往下想。

她為什麼要頂嘴，跟媽媽置氣？她還小的時候，許母頂著娘家那邊的壓力，為了女兒有一個好的成長環境，堅決不改嫁，其間還要時不時忍受鄰里嘲笑是寡婦。即便如此，許母仍咬牙獨自將她順順利利地撫養大，同時還肩負著照顧一個老人的責任。

她到底在幹什麼？

許隨整個人蜷在椅子上，雙手抱住膝蓋，把自己蜷成一個安全的自我保護的姿勢，然而手掌搭在膝蓋骨上，一直在不停地抖。

她正出著神，忽然，一雙寬大的、掌心帶著涼意的手握住她發抖的手，他的手掌很沉，也重，卻莫名讓人安心。

許隨慢慢抬眼，撞上一雙漆黑深邃的眼睛。

周京澤穿著一件黑色的衝鋒衣，眉目冷峻，輪廓線條俐落，他半蹲在許隨面前，握住她的手，衣領上有一顆透明的雪粒子落在兩人虎口中間，轉瞬即化。

分不清是眼淚，還是雪。

「你怎麼來了？」許隨一開口，發現喉嚨乾澀得厲害。

「今天休假，剛好打算來看妳，妳打電話給我的時候，我正在飛機上，一下飛機聽到電話這邊的爭執就趕過來了。」周京澤搓了搓她的掌心，溫暖一點點傳來。

他笑，捏了捏許隨的臉，問：「做事怎麼這麼慌張？我趕到妳家去，奶奶還一個人在家。」

「啊？我現在——」許隨反應過來。

周京澤拇指鉗住她要動的指關節，說道：「我已經把她安頓好了。」

「唰」的一聲，手術室門打開，一個護士戴著沾上血汙的手套，喊道：「病人需要血漿置換，誰是B型血？」

許隨神情一瞬間茫然，周京澤握住她的手，偏頭對護士說：「我是。」

周京澤做完身體檢查後去抽血，時間過半，黑色的影子落在許隨身旁，他坐在旁邊，抬手擁住她的肩膀，閉上眼，仰頭靠在冰冷的牆壁上，陪她一起等待結果。

許隨靠在周京澤有力的手臂上，瞥見他手腕上有一個小孔，青色的血管凸起，周邊一片瘀紫，仍有斑斑點點的血跡殘留。

半夜，醫生從手術室出來，和他們報了平安，並囑咐許隨一定不能再讓病人情緒激動，先住院觀察半個月，注意調養身體。

許隨鬆了一口氣，最後她催周京澤去飯店開個房間休息。

周京澤不肯，仍陪著她。兩人坐在長椅上蓋著外套睡了一整夜。

天微亮時，一道尖銳的手機鈴聲將兩人吵醒。

周京澤熬了一夜，臉色慘白，神色睏倦，眼底一片黛青。

他看了手機來電顯示，許隨看過去。是第一救援隊的電話。

周京澤沒接，任它響著。

「我們——」許隨語氣慢吞吞的，喉嚨裡長久沒有發聲，聲音既啞又乾澀。

周京澤看著她，聲音有點沉，喉結緩緩滾動，一字一頓道：「不分手。」

「嗯，不分手。」許隨笑著看他，語氣哽咽。

周京澤輕輕捏了捏她的鼻子，開口：「總之，這事妳交給我。」

周京澤掛了電話後，手機鈴聲就沒再響起過。

天光才亮，早市還沒開始，只有路口幾家早餐店開了門。

周京澤牽著許隨出去，帶她去吃早餐。他點了兩碗餛飩，順手拿了一盒牛奶放到許隨面前。

餛飩端上來以後，周京澤一直沒顧得上吃東西，低頭看著手機，拇指按著手機螢幕不知道在滑什麼，還出去打了個電話。

許隨捏著湯匙隨意地攪了一下碗裡的餛飩，她只吃了兩個，就再也吃不下去。

周京澤打完電話回來後，送許隨回醫院，還外帶了一份許母的早餐。

醫院門口，周京澤把清粥遞給她，他辦事一向周全，說道：「剛幫阿姨請了個看護，照顧好自己，有什麼事打電話給我。」

周京澤手裡握著的電話響了，他看了一眼，說：「我得走了，寶寶。」

許隨抬眼看著他，沒有說話，周京澤好像一眼看穿她心裡在想什麼，緩緩開口，聲音一如少年時清澈乾淨：「這個職業確實辛苦，也危險了點，但這個世界就是這樣，總得有人去做。妳知道我每次在直升機上準備營救時，想的是什麼嗎？」

「什麼？」許隨疑惑道。

周京澤低頭看她，拇指輕輕蹭了蹭她的臉頰：「因為妳在那裡，天空才有了意義。」

因為心裡想著有人在等他，所以每一次全力以赴營救的背後都是好好活著，平安回來見她。

許隨的心縮了一下，她看著周京澤，無論如何也說不出「你別去」這三個字。

「好，平安回來。」許隨最後說道。

許隨拿出手機看了日程表一眼，本來明天就要返程，但因為許母生病這事，她向醫院請了兩天的假，將高鐵票改簽了。最後她拎著早餐走進了病房。

沒隔多久許母睜眼醒來，臉色慘白地躺在床上。

許隨垂下眼睫，說道：「媽，對不起，我不應該跟妳說那麼重的話。」

「傻孩子，這哪能怪妳，老毛病了。」許母擠出笑容。

母女就是這樣，因為有那層血濃於水的關係在，情感始終割捨不掉。

許隨這幾天都在醫院照顧許母，忙得暈頭轉向，幸好周京澤請的看護阿姨幫了她很多。許母怕耽誤許隨的工作，一直催著她回去。

許隨坐在病床前幫許母削蘋果，笑著應道：「我已經請了假，在家待沒兩天，您總得讓我把假休完吧。」

護士這時正幫許母換藥，聽到了母女兩人的對話，笑著說：「妳真幸福，前有女婿為妳輸血，還請了個看護照看，後有親女兒為妳忙前忙後。」

「他之前來了？」許母聽後語氣淡淡地問許隨。

許隨點點頭，想在許母面前說周京澤好話：「對，妳昏迷的時候都是他在照顧。」

「替我謝謝他。」許母說道，轉而朝正在幫她調緩點滴速度的護士說道：「他不是我女婿，是我女兒的朋友。」

許隨正削著蘋果，動作一頓，一串長長的青蘋果皮忽然斷了，「啪」的一聲掉在地上，她垂下眼睫，俯身將它撿起扔進垃圾桶裡，最後什麼也沒說。

這件事，許母仍沒有鬆口。

回京北的前一晚，許隨在醫院病房照顧許母。讓人放心的是，她的身體情況逐漸好轉，精神也恢復了大半。

晚上九點，許隨正幫許母倒著熱水，熱氣迅速地飄向紙杯上空，這時，褲子口袋裡的手機發出嗡嗡的震動聲，她放下熱水壺，摸出手機一看，目光頓了一下。

是周京澤來電。

許隨握著手機，走出病房門，正要點接聽時，許母的聲音冷不防地從身後傳來，語氣充滿了失望：「一一，妳是不是想氣死媽媽？」

許隨最終還是沒接這通電話。

回到京北以後，許隨照例上班，和周京澤每天保持聯絡，下班以後偶爾和朋友出去吃飯逛街，她看起來什麼事也沒發生，但心裡始終有一塊石頭壓著。

許母的阻攔或多或少讓許隨對這份感情有了一絲動搖。

自從周京澤加入救援隊後，每次一在新聞上看見他們的消息，許隨就提心吊膽。人有了另一半後確實比較自私，只希望他平安就好。

週五下班，許隨無事可幹，一個人漫無目的地走在大街上，她隨便搭上一班公車，坐在最後一排的位子上，靠在窗邊，盯著車窗外一路倒退的風景發呆。

公車開了一個小時後，許隨隨意選擇一個站下車，向前走了十多分鐘，不經意一看，她竟然晃蕩到母校醫科大學來了。

斜對面是學校有名的小吃街，正好將京北航空航太大學和京北醫科大學兩所大學隔開。許隨剛好餓了，雙手插進口袋裡，朝對面走了過去。

踏進熙攘的街道，年輕的女學生手挽著手，臉上堆滿了膠原蛋白，正在水果攤前挑水果，一顰一笑都透著青春氣息。剛打完籃球穿著球服身上汗津津的男生，旁邊跟著的女朋友正送水給他喝。

許隨看到不遠處的雲記麵館，走了進去。

這家麵館的生意還是這麼好，老闆臉上洋溢著喜慶的笑容，忙得不行。

許隨找到角落裡的一個位子坐下，抽出一張紙巾正擦著桌子，老闆走了過來，問她要點什麼。

「來一碗鮮蝦麵。」許隨手肘壓著菜單，隨便掃了一眼，抬起頭，說道：「對了，老闆，不要——」

「哎，是妳呀，」老闆手指捏著一根圓珠筆，掌心托著一個記菜的小本子，「醫科大的學生對不對？妳考研究所那時經常來我家吃。」

「對，是我。」許隨笑著答。

老闆接過她遞過來的菜單，聲音爽朗：「還是老規矩，多加蔥和香菜，不要醋，對不對？」

「對，您還記得。」許隨笑。

麵端上來以後，許隨拿起筷子夾了一口送進嘴裡，麵很勁道，湯還是那麼鮮美。

許隨吃得很慢，到最後吃得全身起了一層薄薄的汗，很暖很舒服。

畢業以後，她就沒吃過這麼好吃的麵了。

吃完後，許隨起身來到收銀臺結帳。

老闆正在那清點貨物帳單。

許隨握著手機，輕輕敲了敲桌面，說道：「老闆，結帳。」

老闆聞聲抬頭，停下手裡的動作，寒暄道：「今天妳一個人過來啊，妳男朋友呢？那個長得很帥很高的寸頭小夥子。」

許隨愣了一下，她和周京澤總共來麵館吃飯也沒幾次，沒想到老闆還記得。

她抬手勾了一下耳側的碎髮，應道：「他……啊，在工作，暫時沒時間過來。」

「老闆，多少錢？」許隨拿出手機對著收銀臺上的Qr code正準備付錢。

老闆擺擺手，用白布擦拭著玻璃杯子，笑咪咪地說：「不用啦，當初妳男朋友給的錢在我這還剩不少呢。」

許隨正低頭看著手機，目光一頓，語氣難以置信：「什麼錢？」

「哎呀，妳不知道嗎？那時妳不是在考研究所嗎？經常複習到很晚，他怕妳出來沒有飯吃，就給了一筆錢讓我晚點關店，還讓我多照顧妳。」

「轟」的一聲，許隨內心有堵城牆完全倒塌。

許隨準備考研究所那時，她記得兩人已經分手很久了。

許隨這個人就是這樣，一旦投入某件事情就會變得很忘我，喜歡一個人是這樣，念書也是。

她到現在還記得，那時為了考研究所，天天待在自習室，直到教室裡的人都走光了，她還在那念書。以至於她出來的時候，學生餐廳早已關門，跑到校外，門口那幾家店也陸續關了門，要麼正在收攤，要麼就是店裡一天的食材都賣完了。

只有這家雲記麵館，無論多晚都亮著燈。

有時候，許隨坐在那裡吃麵，遇到了大雨，老闆還會友好地遞一把傘給她。

京北的冬天很冷，每次許隨跑出來，抱著本書，手指凍得通紅，老闆娘看到後都會拿暖暖包或者倒杯熱水給她。

考研究所那段艱難的日子，許隨堅定又孤獨，難熬時，看到麵館的燈還亮著，就覺得它好像在陪著她，但許隨沒想到是他。

風雨不動一直陪著她的人是周京澤。

許隨想起了什麼就要走，末了還不忘對老闆道謝。

老闆開玩笑道：「客氣，你們結婚的時候記得請我啊，我也算你們感情一路的見證人了。」

許隨愣了一下，隨即重重地點頭，笑道：「會的。」

我們會結婚。

許隨跑出店門，急忙攔了輛車回到家裡，迅速按電梯，從一樓坐到八樓。

她走進家門，開始在書房裡找東西。在一箱舊物中，許隨翻到了一頂藍色的小熊鴨舌帽。

許隨坐在厚厚的地毯上，用手拍了一下上面的灰，她伸手拿出裡面的標籤，一看，裡面擋著一個字母Z。

不知道為什麼，許隨忽然想哭。

許隨到現在還記得，大學畢業聚餐的那天晚上——

學業完成，許隨鬆了一口氣的同時，也沉浸在畢業大家即將離散的感傷氣氛中。

聚餐當天，許隨特地化了妝，穿了一件好看的裙子出席當晚的活動。

幾十個同學圍坐在一張暖棕色的長方形桌子旁，一邊吃烤肉一邊喝酒，暢談人生。

坐在許隨旁邊的一個女生，在眾人嘻嘻哈哈聊天時，突然亮出了結婚證書。女生靠在身旁男生的肩膀上，朝眾人晃了晃她的結婚證書：「各位親愛的同學，我們結束愛情長跑了，今天登記結婚啦。」

氣氛一下子被炒熱，鼓掌聲和歡呼聲此起彼伏。

「悶聲不響幹大事！」

「來來，喝酒！今晚你們必須給我不醉不歸。」

女生和男生相視一笑，眼裡是融化彼此的愛意，大方地接過他們遞過來的酒杯。

許隨撐著腦袋，心裡默默感嘆真好啊，手拿著夾子正在翻烤爐子上面的五花肉，發出吱吱聲。

女生湊過來說：「隨隨，發什麼呆呢？來，我們敬妳。」

許隨回神，拿起桌上的酒杯，一飲而盡：「恭喜你們，百年好合。」

「哈哈哈，謝謝。妳打算什麼時候結婚呀？」同學問道。

許隨扯了一下嘴角，放下酒杯：「我還早著呢，連對象都沒有。」

「過兩天我介紹給妳！」

「好。」許隨笑笑，隨口應道。

同窗好友即將分別，各自散落在天涯，周圍人出雙入對，或分手。一場聚會下來，氣氛總是縈繞著感傷。無論怎麼樣，許隨發現這一路上她好像都是一個人。

中途，許隨出去上了趟廁所，在走廊轉角處不小心撞到一個女生。

濃郁的香水味飄來，許隨低著頭，連忙道歉：「不好意思。」

「是妳啊，許隨。」一道熟悉的聲音傳來，許隨抬起頭，竟然是柏瑜月。

可是驚訝過後又不覺得奇怪了，畢竟兩人同系，她還在隔壁班，他們把畢業聚餐地點定在這裡也不稀奇。

「嗯，好久不見。」許隨和她打招呼。

柏瑜月穿著一件紅色的裙子，露出一截纖白的腳踝，她居高臨下地看著許隨，挑了挑眉梢，盛氣凌人道：「當初我沒說錯吧，妳駕馭不住他。」

這個「他」，兩人都知道是誰，許隨臉上的表情並沒有太大變化，她甚至自嘲地扯了一下唇角：「確實是。」

柏瑜月低頭撥了一下指甲上面的亮片，看似漫不經心卻有意重擊：「妳最近還有和他聯絡嗎？我聽說他新交了個女朋友。」

許隨雙手插進口袋裡，指甲陷進掌心裡，受虐般用力收緊，一陣疼痛，她勉強笑笑：「分手了再談戀愛不是很正常？人都要朝前看。」

後半句話，許隨也不知道是說給誰聽。

「我還有事，先走了。」許隨從她身上收回視線，低下頭走了。

柏瑜月看著許隨匆匆離去的背影，心想這個謊撒得挺值。

回到包廂後，許隨一邊烤肉一邊聽同學們聊天。

夾子抵住薄薄的肉片，有油溢出來，許隨撒了一把孜然和調味粉，翻轉了幾下肉，沒多久，香味飄出來。

許隨拿了一片生菜，裹住肉，機械地放進嘴裡嚼動著。不知道是不是油煙太嗆的原因，淚腺受到刺激，眼裡有了一層水意。

後來許隨喝了很多酒，喝得頭昏腦脹，意識開始不清醒。要命的是，喝完酒後，她牙開始疼。

其實許隨牙疼已經持續一段時間了。奈何畢業這段時間太忙，她一直沒時間去看。牙疼不是病，疼起來要命。

許隨喝個半醉，此時難受得厲害，加上牙痛牽動著神經，她半張臉都不敢有任何動作。她放下酒杯，跑到陽臺上吹風。

夏天悶熱，天空很亮，但一顆星星也沒有。

許隨醉得沒有意識，此刻她特別想找人傾訴一下，恍惚中，她拿出手機打給了胡茜西。電話很快接聽，奇怪的是，那頭一陣沉默，只聽到風聲很大，似乎在一個空曠的平地上。

許隨沒有發現異樣，她捂著半張疼到不行的臉，啜泣聲從話筒傳到那邊去。

她只是哭，電話那邊也沒有問什麼。

許隨哭到後來，啜泣聲漸漸變大，眼睫沾著眼淚：「西西，我好想他。妳……是不是想笑我沒用？可我就是想他。」

沒多久，電話那頭頓了頓，似乎問她在哪裡。

「聚會呀，嗚嗚嗚嗚，我好慘，喝醉了還牙疼，我現在有點想回家。」許隨伸手擦掉眼淚。

電話那頭的人似乎讓她在原地等著，不要亂跑，許隨乖乖地應了句「好」。

在等待的間隙，許隨臉頰貼在欄杆上，一陣冰涼傳來，疼痛得到緩解，她舒服地瞇了瞇眼。

後面的事許隨記不太清了，隱約記得有人背她回家了。

第二天醒來，許隨桌前放著一杯解酒茶和止痛藥，旁邊還落下一頂藍色小熊鴨舌帽。

許隨一直以為那天晚上是胡茜西叫了別的男生一起送她回家的。現在看來，那天晚上的人是周京澤。

許隨到現在才發現，無論她需不需要他，他一直都在。

許隨拿著那頂小熊帽子蹲坐在箱子前，她現在很想打電話給周京澤。

許隨拿出手機撥了通電話過去，響了幾下，那邊很快接通。

周京澤似乎剛下飛機，他的聲音一如既往地透著顆粒感：『一一，什麼事？』

「沒什麼——」

許隨心口顫了一下，她緊握著那頂藍色的小熊鴨舌帽，聲音繾綣溫軟：「我就是想你了。」

很想很想你。

第三十一章 西西，永住太陽裡

這一天，晴空萬里，天空一望無垠，黃昏美麗，花香陣陣，鳥兒爭鳴，風也溫柔。

那邊沒有聲音，似乎靜止了很久。

許隨一向內斂，難得表達愛意，沒有得到回應有點尷尬，她正準備岔開話題時，周京澤忽然開口，聲音低低沉沉：『我也是，比妳想我還要想。』

電話那頭傳來「啪」的一聲，是打火機齒輪擦動的聲音，他吸了一口菸，輕笑道：『晚上我有反應的時候，只能靠妳的照片消火，懂嗎？』

周京澤語調吊兒郎當，透著一股邪氣，自帶低音效果的聲音透過不平穩的電流鑽到她的耳朵裡。

癢癢麻麻，許隨只感覺耳朵燙得厲害。

「流氓。」許隨紅著臉乾巴巴地罵了一句。

周京澤一聲輕笑，拿下菸，哄她：『去我家幫忙把那些植物澆水，乖，等妳澆完我就回去了。』

「好。」

恰逢週末，許隨把1017和奎大人帶回了周京澤琥珀巷的家，她推開院子的門，放眼望過去，院子裡的植物幾乎都死光了，葉子泛黃，枝幹軟塌塌地躺在地上。

周京澤分明是騙她過來的，就這植物，農學專家過來也救不活。

許隨進去喝了兩口水，牽著奎大人去花市買了好幾盆植物回來。有仙人掌、尤加利葉、琴葉榕、虎尾蘭。這些植物一併被她擺在院子裡，再澆上沁涼的水，一下子讓整棟房子的色調明亮輕快許多。

許隨走進家門，從冰箱裡拿出一盒牛奶，用白吸管戳破鋁紙薄膜，仰靠在沙發上喝牛奶。然而休息沒多久，她無意間瞥見桌子上還有一堆東倒西歪的啤酒罐，沙發上凌亂地搭著男人的衣服，航空雜誌扔在一旁，她又閒不住了。

許隨放下牛奶，起身找來一個白色的塑膠袋，把啤酒罐扔進去，將茶几擦乾淨，還順手把家裡其他凌亂的地方打掃乾淨，最後把垃圾扔了出去。

整個家看起來煥然一新。

一切都收拾好後，許隨又把他的衣服扔進洗衣機裡，丟了顆藍色的洗衣凝珠進去，按下按鈕，洗衣機滾筒開始緩緩轉動後，她就去做別的事了。

今天是開春以來最熱的一天，加上她收拾了一下午，許隨整個人熱得出了一身汗。她走進周京澤房間，找了件他的T恤和運動褲，立刻鑽進浴室裡沖澡了。

洗完澡穿衣服時，許隨發現周京澤的黑色運動褲太大了，褲頭兩根繩子也繫不住，直接掉了下來，她乾脆放棄，最後穿著他的T恤，踩著一雙拖鞋就出來了。

她用白毛巾隨意地擦了一下濕髮，頭髮半乾未乾地披在肩頭，髮梢往下滴著水，胸前一片水痕。

許隨側頭晃了一下耳朵裡的水，趿拉著拖鞋，走到洗衣機前，把洗好的衣服放進籃子裡。她抱著籃子走上二樓曬衣服。

這時已經是黃昏，天空呈現一種濃稠的蜂蜜般的顏色，燥熱的風吹來，天氣悶得讓人誤以為夏天快到了。

許隨正要曬衣服，發現護欄頂端卡著幾件周京澤的衣服，此刻正迎風飄蕩著。許隨踮起腳費力地伸手去拿衣服，卻拿不到。

她從房間裡搬來一張小板凳，赤腳踩上去，伸手去拿護欄上卡著的衣服，可每次手剛碰到衣擺，晚風一吹，那衣擺就擦著她的指尖又晃到別處去了，許隨只好更努力地踮起腳去伸手搆衣服。

周京澤嘴裡叼著一根菸，倚靠在牆邊不知道看了多久。

許隨背對著他，完全不知情，還在那與那幾件迎風飄蕩的衣服鬥爭。她穿著周京澤的白T恤，勉強遮住白嫩的大腿根，露出兩條光溜溜纖直的長腿，圓潤的小腿上面還沾著幾滴水珠。挺翹的臀部在寬大的T恤下若隱若現，她的手每伸出一次去搆衣服，透過寬鬆的衣裳可見那對白玉似的渾圓。

頭髮濕答答的，往地板上滴了一攤水。

依然是那個清純的少女，一舉一動卻透著勾人的媚。

周京澤瞇了瞇眼看著她，嘴裡咬著的菸飄出絲絲縷縷灰白的霧，喉結緩緩滾動，下腹湧起一股熱流。許隨的本事就是什麼都不用做，光是站在那，就能讓他有反應。

周京澤熄滅手中的菸，隨手把它丟在腳下的花盆裡，雙手插口袋，踩著軍靴，朝許隨一步一步走過去。

許隨踮起腳，好幾次費力地去搆衣服，風一吹，結果又沒抓到，終於洩氣。倏地，一陣陰影籠罩過來，一雙勻實有力、青色血管明顯的手環住她的兩條腿，將她整個人騰空抱起。

許隨嚇得發出一聲驚呼，聽到一道意味不明的哼笑聲，低頭一看，才發現此刻本應該遠在千里之外的男人出現在眼前。

「你怎麼回來啦？」許隨聲音裡充滿了驚喜。

周京澤身上還穿著空中救援隊的藍色制服，左肩四道槓，右肩上有一個小小的金色小飛機，有一圈鮮紅的旗幟繞著它，他穿著工裝褲，踩著軍靴，肩寬腿長，整個人瀟灑帥氣又透著一股不拘小節。

「我什麼時候騙過妳？把植物澆完水我就回來了。」周京澤笑。

「要拿哪件衣服？」周京澤問她。

許隨摟住他的脖頸，坐在男人一側肩頭，周京澤托著她，心甘情願地聽小女生指揮，一下往左，一下往右，最後她收到了衣服。

周京澤單手托著她的臀部，粗糲的手指摩挲了一下她白嫩的腿，喉嚨一陣發緊：「穿我的衣服，勾引我？」

許隨被他摸得一陣顫慄，她又坐得高，整個人提心吊膽，怕掉下去，心尖簡直被放在火上烤，啞聲道：「沒……沒有，我又不知道你要回來。」

男人舌尖頂了一下左臉頰，笑，聲音沉沉：「但是勾引到我了。」

周京澤回來，許隨很高興，也出奇地黏人，他去哪，她就跟在後面，像一條小尾巴。

晚上許隨說不想吃飯，想吃蛋糕，周京澤連衣服都沒換，從冰箱裡拿出食材，走進廚房，認命地幫他的女孩烤小蛋糕。

沒辦法，自己的老婆，他不寵誰寵？

周京澤在廚房裡打好雞蛋，揉好麵粉，等它成了模後，正準備拿器具時，許隨不知道什麼時候進來了，從背後抱住他，臉頰蹭了蹭他。

「嘶——」周京澤散漫地笑，語氣危險又意有所指，聲音壓低，「再亂撩撥當場辦了妳。」

「妳要不要摸摸有沒有反應，嗯？」周京澤作勢去拿她的手想帶過去，許隨緊抱著他的腰，怎麼也不肯撒手。

「怎麼忽然這麼黏人？」周京澤使壞，偏頭把奶油蹭到她臉頰、鼻子上。

許隨也不生氣，聲音悶悶的：「我要跟你說聲對不起。」

「你一直以來為我做的事我都知道了，地圖、小熊鴨舌帽、麵館……」許隨抱住他，吸了吸鼻子，「前段時間因為我媽的事，我對這份感情不夠堅定，對不起。」

周京澤手裡的動作頓住，轉過身，看著她。

許隨也抬眼看他，周京澤頭髮短了很多，五官凌厲，正抬著眼皮看她，薄薄的眼皮像兩片利刃。

一對視，便掉入他掌控的旋渦中。

許隨先開口：「我會跟著你，支持你，以後不會再為感情動搖了，一生一世，只認定你。」

像是一枚撥片在平靜無痕的湖面撥開層層漣漪。

周京澤低下頭，按住她的額頭，語氣認真，說道：「許隨，跟了我，我不會讓妳後悔。」會把最好的捧到妳面前，不再讓妳難過。

「好。」許隨點點頭。

周京澤怕她又要哭，繼而岔開話題，手指將她額前的碎髮勾到耳後，笑道：「妳剛才是在道歉？那補償我。」

許隨眼神懵懂，看著他：「怎麼補償？」

她說完這句話，人還沒反應過來，周京澤一把摟住她的腰，將人拽到跟前，他低下頭，將許隨鼻尖、臉頰上的奶油舔到嘴裡。

周京澤看著她，低下頭，餵到她嘴裡。許隨被動地嘗了一點奶油，還挺甜，緊接著，唇瓣一痛，男人直接咬了起來。

許隨被迫嚥下他送進來的奶油，甜得喉嚨發啞。她穿著白色的T恤，寬大鬆垮，剛好方便了他。

許隨只覺得前面一陣冰涼，指節粗糲，戒指硌人，又涼又熱。她低下頭，被動地埋在男人脖頸間，喉嚨乾得說不出一句話來。

奶油被烘烤得融化，很快，化成了一攤水。

周京澤動作很用力，按著她肋骨處的刺青，到關鍵難耐處，眼梢溢出一點紅，額頭的汗滴在廚房的地板上。

「一一。」

「嗯？」

周京澤看著她，聲音嘶啞：「想娶妳。」

周京澤這段時間都休假，許隨整天和他待在一起，除了上班，幾乎形影不離，她以為所有人都在朝好的方向發展。

哪知道，一個晴天霹靂劈了下來。生活就是這樣，時好時壞，時晴時雨，你不知道哪個浪頭會朝你打過來。

週日凌晨三點，周京澤接到醫院的電話，被告知胡茜西心臟病突發，兩次緊急搶救，第二次搶救時，盛南洲看到胡茜西痛苦到了極點，整個人瘦得像一張紙，心肺又鼓得像皮球，呼吸接近衰竭。

每做一次除顫，她都無力得像一顆軟掉的黃桃，身體極度虛弱、痛苦，但她的意識很清醒。

越清醒越痛苦。

她無聲地掉眼淚。

像易碎的娃娃。

醫生走出去，和盛南洲說了胡茜西的情況，盛南洲垂下眼，拳頭不自覺地緊握，最後點了點頭。

他選擇了放棄搶救。

盛南洲冷靜地通知胡茜西的每一位親人和朋友到場來和她告別。

盛南洲是最後一個進去的，他一直握著她的手，臉上始終帶著笑。他不想他的妻子到最後還要為他擔心。

最終，胡茜西於凌晨四點四十五分離開人世。

當醫生宣布胡茜西的死亡時間時，許隨昏了過去。而盛南洲始終坐在那張白色的病床前，握著胡茜西的手，久久沒有動彈，沉默得像一尊雕像，與醫院昏暗慘白的背景融為一體，像是一個分裂的切割體。

在沒有人看見的角落裡，一滴滾燙的眼淚滴在床單上，迅速洇開，然後消失不見。

胡茜西的後事都是盛南洲一手操辦的，弔唁那天，許隨、周京澤他們站在主位上，作為胡茜西的家人，迎接和招待每一位賓客。

路聞白也來了，他帶著一束迎春花，眼睫下是淡淡的陰鬱，臉色仍是病態的白，他走上前，拍了拍盛南洲的肩膀，低聲說：「節哀。」

墓前憑弔時，許隨穿著一身黑衣服站在百人中央，手裡拿著一張她寫的稿子，念的過程不是很順利，幾度哽咽，她說道——

「胡茜西，一九九三年三月十七日，在春天花開的時候出生，今年二十八歲。我的好朋友胡茜西，長得漂亮，眼睛很大，皮膚很白，第一眼看她，以為她是從漫畫裡走出來的元氣少女。她和大部分普通的女孩一樣，喜歡追星，為減不下體重和臉上長了一顆痘痘而煩惱。喜歡吃壽司，討厭一切刺激的東西，最愛的顏色是粉色。」

「她是我們的朋友，是父母眼裡的小公主，是一名普通的妻子，也是在世界各地救助了一千三百隻小動物的野生動物醫生。她獨自一人看了三千次日落，仍……好好活著。偶爾愛哭，時而嬌氣，但她一生善良且活潑，聰明且堅強，勇敢又熱烈，像向日葵。」

「請不要忘記她。」

說完以後，全場安靜得不像話，只有輕微的啜泣聲，緊接著哭聲越來越大，所有人像是被濃郁的黑色籠罩。

送走賓客後，許隨他們站在墓前，她在那裡站了很久。許隨看著墓碑照片上笑靨如花的胡茜西發怔。

自從上次回暖後，整座城市陷入了雨季，終日被一層白色的濕氣籠罩著，可是今天，許隨抬頭看了一下天空。

出奇的晴朗。是個好天氣。

西西，妳在看著我們嗎？我永遠不會忘記妳，下輩子，我們還要做好朋友，幫妳套一輩子的被套。

其他人都離開後，盛南洲一個人坐在墓碑旁。太陽漸漸地下沉，火燒雲呈一種血色的浪漫鋪在天空之下，瑰麗又壯觀。

盛南洲坐在那裡，想了一些事情。那天晚上告別時，他握著胡茜西的手，她躺在那裡，費力擠出笑容，開口：「南洲哥，我有個祕密一直沒告訴你，其實我也偷偷喜歡你很久啦。但有一次無意聽見你跟朋友說，只把我當妹妹，所以我就把這份喜歡藏在心底了。大學追路聞白，真的很傻，談不上喜歡，純粹是被美色誘惑，也莫名地執著，當時的我在想，反正也活不長，不如試試大膽熱烈地喜歡一個人是什麼感覺。」

路聞白算她人生遊戲通關選擇的一位體驗角色。後來她和路聞白講清楚了，兩人成了朋友。

胡茜西說著說著眼角滑落一滴淚，她費力地抬手撫上盛南洲的鬢角，嗓音虛弱又無力，一個字一個字地從喉嚨裡擠出來：「南洲哥，我要走了，不要為我難過。你一定要好好活著，替我看一看世界上美好的東西，彩虹、晴天、日落，我還沒看夠呢，還有好多好吃的也沒來得及吃，所以……你要替我完成這些事，不許做傻事。」

「如果下輩子有機會，我會先遇見你，來追你。」

盛南洲坐在墓碑旁，維持了好幾天堅強平靜的表情終於崩裂，表情悲慟，潦倒地靠在那裡，他抬手撫著墓碑上面的字——

愛妻胡茜西之墓。

這一天，永失所愛。

同時，他將一枝向日葵放到墓前，從喉嚨裡滾出一句話，語氣認真：「西西，永住太陽裡。」

這一天，晴空萬里，天空一望無垠，黃昏美麗，花香陣陣，鳥兒爭鳴，風也溫柔。

第三十二章　蟬鳴聲永不停歇

夏天永遠熱烈，我愛的少年也是。

生活就是這樣，像一面鏡子，打碎了還得拼接起來繼續朝前看。

沒多久，盛南洲出了國。

沒人知道他去了哪裡，有人說在法國巴黎街頭見過他，還有人說他成為一名國際組織志工，把胡茜西走過的每一個地方都走了一遍。

總之，他與大家失去了聯絡。

周京澤結束休假回了基地，許隨則繼續回醫院上班，雖然兩人在不同的崗位上，但始終做著同一件事——盡全力救護每一條生命。

中午休息時，許隨坐在辦公室對著電腦螢幕發怔，滑鼠在確認列印上，猶豫了一下，以至於韓梅進來時的敲門聲她都沒聽見。

韓梅端著一杯咖啡，一隻手撐在桌面上，湊了過來，神色驚訝：「妳要辭職啊？」

許隨回神，伸出食指抵在唇邊做了一個「噓」的動作，應道：「我還沒交上去呢，暫時幫我保密啊。」

韓梅上下打量了她一眼，不太敢相信許隨要放棄這麼安穩且前途無限的一份工作，尤其是她正處於事業上升期。

「妳這是懷孕了還是嫁進豪門了，怎麼突然放棄這麼好的工作？」韓梅語氣疑惑，開玩笑道。

許隨笑了笑，托著腮，食指點了點臉頰：「沒有，就是想清楚了一些事情，想換個工作環境。」

韓梅見她去意已決，也不好再說什麼，立刻放下咖啡伸手環住她的肩膀，說道：「我會想妳的。」

「我還沒走呢。」許隨笑著拍了拍她的背。

辭呈交上去後，第一個找許隨的便是她的老師，也就是張主任。張主任代表醫院和個人全力挽留許隨，還從各方面分析了她離職的負面影響。總之，他認為辭職是年輕人腦子一熱的衝動行為。

許隨在張主任辦公室待了一個多小時，主任費盡口舌，他喝乾了一缸茶，還是絲毫沒有改變她的心意。

「妳這孩子，怎麼那麼固執呢？」張主任嘆了一口氣。

許隨雙手插口袋，開口，語氣真誠：「老師，你說我身為醫者沒有憐憫心，現在我找到答案了……」

主任聽完後放了人。

最後，許隨從普仁順利辭職了，但她目前還要在那裡工作一段時間，等真正交完班才能從醫院離開。

辭職這件事，她誰也沒說。

她和周京澤在一起這件事，從她媽出院之後，她就在跟許母打持久戰，見縫插針地跟許母說周京澤這個人有多好，有多可靠。

時間久了，許母看起來好像也沒之前那麼反對了。

放假，許隨回了黎映看望老人。晚上她和許母站在廚房裡包餃子，廚房的日光燈的光打下來，她捏著一個圓鼓鼓的餃子，看似開玩笑，實則在試探，說道：「媽媽，我真的想嫁給他，妳不答應我真去山上當尼姑了啊。」

許母認真擀著餃子皮，動作頓了一下，也沒看她，笑著說：「那媽可不能讓妳當尼姑。」

許隨愣了三秒才反應過來，聲音驚喜，立刻衝過去用滿是麵粉的手摟住許母的脖頸道：「媽，媽，媽，妳是同意我和他在一起了？」

一段感情裡，許隨最想得到的是親人和朋友的祝福。

「再不同意，妳都要不認我這個媽了。」許母笑著把她全是麵粉的手拍開，沒好氣地看了她一眼，說道：「不過女孩子家家的，怎麼一點都不矜持，天天嚷著要嫁給他。妳要把主動權握在手裡。」

許隨心情很好，還舔了一口手指上沾的麵粉，笑嘻嘻的：「他現在很喜歡我！」

許母拍了一下她的腦袋，笑罵道：「沒皮沒臉。」

睡覺時，許隨躲在被窩裡和周京澤說了這件事，她握著電話，語氣有些小得意：「怎麼樣？葛女士在我的軟磨硬泡下終於同意我們在一起了，我是不是很厲害呀？」

周京澤在那邊笑了一下，敲了一下兩指指尖夾著的菸，菸灰撲簌簌地落下來，聲音壓低：『嗯，我老婆真棒。』

其實許隨不知道的是，許母之所以會同意兩人在一起，是因為上週末周京澤正式拜訪了許母。

出發前一天，周京澤嘴裡還咬著根菸，踩著一雙軍靴在基地到處借西裝白襯衫，隊友嘲笑他：「怎麼，周隊要去當伴郎啊？」

周京澤哼笑了一聲，嘴裡叼著根菸，一截菸灰簌簌地抖落，扯了扯嘴角：「伴個屁，見丈母娘用的。」

不管怎麼樣，這次正式拜訪，他也得收拾得正式一點，總不能一件衝鋒衣套上去，穿得跟個痞子一樣，這樣許母還怎麼放心把女兒交給他？

同事笑了一下，把他嘴裡咬著的菸拿下來扔進垃圾桶裡，說道：「你順便把鬍渣刮一下，西裝白襯衫，一定要再配條領帶，可靠值上升十倍。」

「行。」周京澤低笑一聲。

等周京澤換上西裝皮鞋出來後，同事們笑不出來了，有人指著他笑罵道：「要不是認識你，看你這人模狗樣的，我他媽都想把女兒嫁給你。」

周京澤仍覺得不舒服，伸手拽了一下領帶，語調散漫：「這是罵我，還是誇我啊？」

「很明顯是誇！」

就這樣，平常不穿襯衫西裝的男人為了許隨，正經八百地換上了這衣服。

等真正拜訪許母時，周京澤內心還是有一絲忐忑不安，他第一次起飛的時候都沒這麼緊張。

許母打開門，看見是周京澤時，臉上滑過一絲意外的表情，說道：「進來吧。」

許母沏了一壺茶，倒了一杯給他，周京澤坐在沙發上，傾身接過來，問道：「前段時間一直在忙，加上要處理一些事情，沒時間過來看您，您身體好些了嗎？」

許母吹了一口茶杯上的熱氣，握著茶杯，手肘抵在膝蓋處，說道：「好些了，還沒謝謝你上次在醫院幫忙。」

周京澤愣了一下，答道：「應該做的。」

不知道是不是許隨鬧了一場，再加上她們又在打持久戰的原因，周京澤覺得許母的態度柔和許多，沒之前那麼強硬了。

「伯母，我今天來是和您談……許隨的事情，這話可能聽起來有點假，但是我希望您能放心地把女兒交給我。」周京澤語氣真誠。

許母把茶杯放在桌子上，看著他，咳嗽了幾聲，臉上的疲態明顯：「你應該知道她爸是因為什麼去世的吧？你這份職業，這麼危險，叫我怎麼放心把女兒交給你？」

說完之後，許母的咳嗽聲更為劇烈，她身材瘦弱，躬在那裡，像一桿瘦弱的旗，一咳嗽起來，怎麼都停不下來。周京澤忙倒了一杯白開水給她。

許母接過來喝了幾口後，臉色恢復了一點，嗓音仍有點啞：「還有我這身體情況，她奶奶年紀也大了，以後我走了……怎麼放心得下她一個人在世上？」

許母的想法跟大部分普通的父母一樣，希望自己的小孩健康，找一個愛她的人，有一份簡單普通的幸福就夠了。

「我理解您的顧慮，」周京澤語氣緩慢，從身後拿出兩份文件遞到許母面前，「但我還是希望您放心，我會照顧好她。」

許母接過文件，語氣詫異：「這是什麼？」

「這是我的體能鍛鍊紀錄表，我是飛行員，原本身體素質已經達標了，但最近又重新開始訓練了。」周京澤解釋道。

許母拿著一份厚厚的文件開始翻看，周京澤從兩個月前就開始了負重訓練，一連串的數字都在表明他的態度。

週一：早上五點——負重長跑五公里。早上六點——繩索下壓五到十組，凳上反屈伸五到十組。

週二：晚上七點——核心力量和 HIIT 一小時。晚上八點——槓鈴箭步蹲五到十組，器械腿屈伸五到十組。

週三……

一份厚厚的體能訓練表，從頭到尾透露著一個訊息：他沒玩，是認真的。

「我以後也會繼續鍛鍊，保持健康的身體狀態，等她老了，八十歲了，走不動，要坐輪椅了，我也抱得動她。許隨這一生都由我來負責，我一定比她後死。」周京澤一字一頓，語氣認真道。

周京澤喝了一口茶，頓了頓：「要是萬一……我真的出了什麼事，這是我簽好的財產轉讓書，我不在了，她這一生會衣食無憂，我的家族也會護著她，不會讓她受委屈。」

「她比我的命還重要。」周京澤說。

這是周京澤全部的誠意和真心。

許母拿著兩份文件，只覺得又沉又重，同時也鬆了一口氣，她的女兒被眼前這個男人真正放在了心上。

「女大不由娘啊。」許母笑了笑，終於鬆口。

從許隨家裡出來後，周京澤一身輕鬆，倏地，褲子口袋裡傳來一陣震動，他拿出手機，在看清螢幕上的來電提醒後笑意斂住。

真行，好事壞事都趕在一起了。

周京澤站在太陽底下覺得有點曬，於是挪到樹下點了接聽，同時從菸盒裡抖出一根菸銜在嘴裡：「什麼事？」

電話那頭傳來翻閱文件的聲音，師越傑停頓了一下：『爸得了癌症，晚期，時間……不多了，他想見你一面。』

菸灰抖落，吸進來的煙嗆了喉嚨一下，半晌，周京澤終於開口：「行。」

周京澤拎著一個果籃出現在華附第一醫院，病房內外，他並沒有看見祝玲貼身照顧的身影，只有一個看護坐在那裡打瞌睡。

房間空蕩蕩的，午後的風捲起窗簾的一角，桌上花瓶裡的花蔫蔫的，有的已經枯萎。周正岩有氣無力地躺在病床上，整個人十分乾瘦，形容枯槁，兩鬢已經長出了白髮，竟有點晚景淒涼的味道。

周正岩聽到聲響，睜開渾濁的雙眼掙扎著要起來，費力地笑了笑：「京澤，你……來了啊。」

這親暱的稱呼周京澤至少有二十年沒聽過。

他正弓腰把果籃放下，聞言一頓，垂下眼睫，什麼也沒說。

看護走過來要攙著周正岩起床，後者推拒，咳嗽了幾聲，說道：「先倒杯水給他。」

「不用了，」周京澤直起腰，聲音淡淡的，直視他，「我說幾句話就走。」

像是預見他會說什麼話似的，周正岩急忙開口，但十分費力，他稍微有什麼動作，身上就密密麻麻的痛：「過去的一切都是我的錯，你……能原諒爸嗎？」

周京澤的眼睫投下一點陰影，他點點頭，繼續說道：「過去的事就不提了，我聽說師越傑在這家醫院上班，兒子是醫生，病的事您就不用多擔心了。」

「至於我，兩年前我就把戶口從您家遷出來了。這是我最後一次來看您，保重。」周京澤臉上沒有波瀾，聲音也沒有任何情緒，好像在說一件極其普通尋常的事，說完轉身就走了。

忽地，他想起什麼，回頭，臉上帶了點笑意：「對了，我要有家了。」

他要有自己的家了，真正意義上的家。

周京澤轉身的那一刻，周正岩躺在床上，臉上的表情痛苦又帶著悔意，他咳嗽不止，咳得有點呼吸不過來，看護手忙腳亂地按急救鈴。

他全身劇痛難忍，又喊不出來。周正岩看著周京澤離去的背影，一剎那才明白，過去的種種都是他種下的惡，所以現在才落得這樣的下場。

這孩子哪裡是原諒他了啊？他是不在乎了，徹底與這個家斷絕關係。

從醫院出來，周京澤坐在車裡一直沒有說話，他把一顆薄荷糖丟進嘴裡，糖衣融化，舌尖嘗到了冰涼的味道，他撥打了許隨的電話。

電話很快接通，許隨那邊好像很忙，環境嘈雜，她的聲音柔柔的，問道：『怎麼啦？』

「沒，想聽一下妳的聲音。」周京澤語氣懶散，聽不出有什麼問題。

過了一下，他用一種極其平淡的語氣插話：「對了，忘了跟妳說，我現在戶口名簿上是一個人。」

其實他有點緊張，也說不上來是為什麼，他沒有家了，會不會被嫌棄？周京澤腦子裡冒出這個荒唐的想法，自己都覺得可笑。

電話那頭很嘈雜，許隨偏頭用肩膀夾住手機，懷裡抱著厚厚的文件，醫院的走廊上有病人跟她打招呼，她應了一聲，緊接著以一種再正常不過、隨意的語氣回：『那你以後跟我在同一個戶口名簿上。』

「好。」周京澤緩緩地笑了。

他不再是一個人了。

三個月後，國家空中第一飛行救援基地。

周京澤剛在修飛機的老鄭那裡順了副象棋，準備晚上下班回宿舍玩。

他穿著藏藍色的救援制服，雙手插著口袋，有一搭沒一搭地嚼著薄荷糖往辦公室的方向走去。

人剛走到辦公室門口，他察覺出辦公室的騷動。原本一幫粗糙到不行的大老爺們正在辦公室刮鬍子，梳背頭，一個個認真地收拾自己。

有一個剛來的隊友急匆匆地往外跑，說是要去後勤隊借洗面乳。周京澤倚在門口，等人經過時，一把拽住他制服的前襟，小夥子差點摔一跤，男人不緊不慢地問道：「幹嘛？」

「去借洗面乳。」

周京澤哼笑一聲，舌尖抵著糖推到左臉頰，慢悠悠地說：「怎麼忽然這麼娘了？」

「哎，周隊，你不知道吧，今晚基地有文工團[1]過來表演，女生個個貌美如花。」隊員掃了一眼他手裡拿著的東西，「你還下什麼象棋，她們來了！」

周京澤鬆開他，笑道：「滾吧。」

隊員摸著腦袋一頭霧水地走了。周京澤坐到沙發上，小九正手動刮著鬍子，瞧隊長事不關己高高掛起、在那玩手機的模樣就來氣。

「周隊，今晚有文工團的過來，美女欸，你就不看一眼？你不收拾一下？」

「爺這張臉還需要收拾？」周京澤嗓音低低的，視線仍在手機上，語氣吊兒郎當的，「反正沒我老婆好看。」

小九感覺自己這條單身狗被虐到了：「行，我閉嘴。」

周京澤旁邊的沙發凹陷，有人坐了下來，手搭在他的肩膀上，語氣調侃：「周隊，三個月沒回家了，不怕老婆跑囉？」

周京澤低頭握著手機，拇指停在螢幕上，開口：「該我的人，跑不了。」

辦公室一幫大老爺們正打扮著自己，領導李部不知道什麼時候出現在辦公室門口，他手裡拿著一堆藍色的資料夾敲了敲門，咳嗽道：「臨時過來開個短會。」

一群手下立刻撇下手裡的東西，拿出筆和紀錄本，正襟危坐地搬出小板凳坐在長桌旁的空地上。小九立刻去找遙控器開投影機。

1　文工團，全稱文藝工作團，是中華人民共和國以歌唱、舞蹈、戲劇等文藝表演，慰勞軍隊、鐵路或其他艱苦行業人員和開展政治宣傳活動的藝術團體。

PPT展示出來，李部站在投影機前，說話簡明扼要：「我們中海交通運輸部第一救援隊隸屬於國家航空，在國家的大力扶持下，隊伍日漸壯大，大家一次又一次出色地完成了緊急救援任務，這一點得到了上面的肯定。」

「但我國的救援體系還不夠完善，特別是航空醫療方面，市場需求量又大，自然災害頻發。而人民個人健康上，已知我國心血管病患者超過三億人，腦溢血、高血壓患者數量也巨大，無論是高頻率的自然災難救援，還是重症患者的救治，都需要我們空中救援隊。」

「國家正致力於構建空中醫療救援體系，因此，派出了一支出色的年輕的醫療隊伍加入我們，以後共同進行直升機救援。」李部看向門口，笑著說：「來，歡迎他們加入我們空中第一飛行救援隊的隊伍。」

周京澤嘴裡咬著一支筆，順著李部的目光抬眼向門口看過去，神態漫不經心。一群穿著醫師袍的醫務工作者走了進來。

他無意一瞥，在看清第二個女人的樣貌時，嘴裡咬著的筆「啪嗒」一聲掉在地上。

許隨穿著醫師袍，綁著低馬尾，露出一截纖白的脖頸，大大方方地出現在航空醫療的隊伍裡。

李部抬手讓周京澤站起來，笑著說：「你們可以互相熟悉一下，這是我們第一救援隊的隊長周京澤。」

許隨走到周京澤面前，他的視線緊纏著眼前的人，拚命壓抑心中的激動，喉嚨一陣發緊：

「妳怎麼來了？」

許隨雙手插在醫師袍口袋裡，歪頭想了一下答案，抬眼道：「心裡一直對這個世界有疑惑，直到你告訴我這個世界是美好的，我現在來交答案卷啦。」

因為你坦蕩正直，永遠向陽，所以我願意跟著你，在身後支持你。

我來了，周京澤。

許隨看著他，伸出手，臉上漾起笑容：「你好，醫療救護隊許隨。」

周京澤站在她面前，緩緩地笑了，伸出手回握：「妳好，空中救援隊周京澤。」

你好，我的愛人，我的戰友。

然而他們寒暄了不到十分鐘，辦公室的緊急熱線響了，小九跑去接電話，臉色凝重：「馬上到。」

「周隊，中海中部有艘漁船著火了，船上有二十多個人，正向我們緊急呼救。」

周京澤抬起眼，薄薄的眼皮像利刃，掃向眾人：「全體都有，出隊！」

「收到。」

「收到。」

「收到。」

原本還鬆散的隊員們立刻爭分奪秒地換衣服，換靴子，周京澤則跑去櫃子那拿出絞車繩、安全服。

不到兩分鐘，全隊集合完畢，迅速整齊有力地跑出辦公室，向直升機的方向跑去。醫務人員跟在後面，許隨抬眼望向走在最前面、個子很高、藍色的衣領上露出一截脖頸的男人，忽然熱血沸騰。

他們坐上直升機後，直升機緊急盤旋在上空，向中海方向飛去。

許隨坐在飛行員身後，看著周京澤坐在最前面，操縱駕駛直升機，沒多久，直升機盤旋在中海上空。

由於遇上強降風，風速迅猛，很難找到目標，周京澤坐在主駕駛位上，利用直升機海上救援系統中的GPS導航，進行大範圍搜尋，捕捉信號，最終圈定範圍後，積極實施應對策略。

從天空往底下看，被困漁船位於東南側，藍色無垠的大海像是一頭野獸，將船困住，掀起十尺海浪。火舌舔著船艙向四周擴散，燃起熊熊大火，似乎要將每一個人吞沒。

周京澤停在半空中，試圖找到一個著力點，但現在風太大了，救生繩放下去，迎風飄蕩，隨時都有可能撞到漁船，成為阻礙物。但他的聲音始終沉著冷靜，邏輯清晰：「救生吊帶固定好後，向被困人員傳遞信號、安撫情緒，由絞車手迅速拉開艙門，至於船頭那頭透支的人員，讓他們穿好救生衣，集中到救生艇上，再進行甲板吊運。」

「重點是一定要快，救人第一，一個都不能少，聽明白沒有？」

「明白！」

漁船上所有等待救援的人內心焦灼到不行，小孩子的哭泣聲和女人的慘叫聲交織在一起，火舌舔到跟前，大家害怕得慌亂起來。

受傷的人拖著一條血淋淋的傷腿坐在甲板上哀號，有人順勢搶了女人的救生衣，她懷裡的小孩號啕大哭，亦有人絕望地流淚：「我還這麼年輕，我不想死啊。」

所有人惶惶不安，人性的弱點暴露無遺，人群發生推搡和爭執謾罵。

忽然，人群中有人發出一聲暴喝，朝著天空喊：「都吵什麼吵，國家空中救援隊來了！」

所有人停下動作，抬頭往上看，一架白色的刻有國旗的直升機在半空中盤旋，身穿藍色制服的飛行人員正站在艙門處往下放著設備，隱隱可見艙內醫務人員正在準備擔架的身影。

一種內心的震顫在心裡起伏著，有人擦掉眼淚喊道：「他們來了！我們有希望了！」

「是啊，國家空中救援隊來了。」

緊接著，空中響起了信號廣播，傳播在中海海域的每一個角落，風聲很大，雜聲也亂，但他們的聲音依然清晰地傳到漁船上每一位被困人員的耳朵裡，兩道聲音交叉傳來，分別是一道男聲和女聲，鏗鏘有力，似逆風而來：「國家空中第一飛行救援隊，G350，為你保駕護航，無上榮光。」

這是許隨和周京澤第一次共同完成了救援任務。

在那架 G350 的陪伴下，後來他們有了無數個第一次。

過程其實很難適應。基地和醫院工作的節奏到底不同，甚至節奏更快，強度更大。你永遠不知道緊急呼叫電話什麼時候來。

許隨曾半夜被叫醒，匆匆用涼水洗了臉就跟著出任務了，也遇過連續七十二小時高強度工作，在地震災區救人，中途爭分奪秒地蜷在座位上睡覺的情況。

有時候她真的撐不下去，想撒手不幹，卻抬眼瞥見不遠處的藍色背影。他身上帶著傷，卻奮戰在第一線，堅持救人。

她男人確實挺厲害，這樣想想，其實她受的苦也不算什麼，她就又有了堅持下去的動力。

夏天時，經常下暴雨，基地又靠山，雨後經常有蟲子飛過來，許隨被蟲子咬了一下，渾身過敏。半夜癢得不行，她抓得脖子上全是傷痕，直掉眼淚：「這什麼破地方啊？」

周京澤擁她在懷裡，溫柔地吻去她眼睫上的淚水，耐心地哄道：「委屈我的女孩了。」

基地的生活雖然比不上都市，可偏偏周京澤是個有情調的男人。他手工做了一個黑膠唱片機，下雨天時兩人就在房間睡覺聽音樂。

許隨喜歡坐在地毯上打遊戲，周京澤做了一個零食架放在旁邊，單純是為了他的女孩方便。

周京澤還在院子裡種了許隨愛吃的番茄和涼薯，怕她無聊，又把奎大人和 1017 接到基地陪她。

周京澤就是這樣，時時刻刻都讓許隨覺得他這個人很有安全感。

七月底時，周京澤和許隨把假調到了一起，兩人一起回了琥珀巷的家。週末他們把家裡打掃了一遍，傍晚時牽著德牧出去散步。

奎大人是條老狗了，走了不到半個小時就開始喘，許隨進便利商店買了一瓶礦泉水，走出去，擰開瓶蓋，把水倒在掌心，奎大人立刻湊上前喝水。

周京澤站在一旁單手抽菸，煙霧從薄唇裡呼出來，垂下眼不知道在想什麼。他把菸從嘴裡拿下來，抬起眼皮看向正在旁邊蹲著餵奎大人喝水的許隨。

黃昏大面積地鋪開，像一張暖色調的油紙，朝地飄下來。許隨的側臉弧度姣好，光落在她臉上，清晰可見細小的絨毛，睫毛濃密，皮膚是奶白色，一如往常溫柔乖巧。

「一一。」周京澤出聲喊她。

「嗯？」許隨仰頭看著他。

周京澤看著她，頓了頓：「想帶妳去見媽媽。」

「好啊。」許隨看著他笑，沒有任何遲疑地點了頭。

周京澤心底鬆了一口氣，把菸頭扔在地上，碾滅，抬手攥住她的手肘，把人從地上拎起來，聲音低沉：「回家了，再蹲下去妳該低血糖了。」

去祭拜周京澤母親時，恰逢下雨天，周京澤穿著一身黑色衣服，撐著一把黑色的長柄傘，牽著許隨的手來到他媽媽墓前。

他站在墓前很久，手裡拿著一枝白玫瑰。

雨下得很大，砸在黑色的傘布上飛旋出一朵又一朵的花，他漆黑的眼睛濕漉漉的。

「媽，我來看您了。」周京澤沉默半晌開口。

「我現在過得挺好，也有了想保護的人，」周京澤笑了笑，手指勾著許隨的小拇指，認真道：「她叫許隨。」

「遇見她以後，我不想死了。」周京澤看向墓碑照片上的女人，語氣緩緩。

曾經那些腐爛的、陰鬱的、絕望的、折墮又灰暗的土壤裡，忽然開出了一朵迎春花。

許隨看著墓碑照片上的女人，她長得很漂亮，淡淡的笑容，氣質優雅大方，那抹笑容永遠定格在照片上。

「阿姨，您好，我叫許隨，是周京澤的女朋友。」許隨語氣有些緊張，原先想好詞的腦子一片空白。

直到男人牽緊她的手，一陣溫暖安心的力量傳來，她才放鬆下來，重新看向墓碑上的照片，語氣認真：「阿姨，您放心，我一定會好好愛他，給他一個完整的家。我們會結婚，會有小孩，他會在健康幸福的家庭長大。」

無論男女，孩子的父母都會相愛，不會有家庭暴力，不會有爭吵和分歧，會給孩子很多很多愛。

周京澤的拇指按了按她的手背，眼睛緊鎖著身旁的女人，心潮一陣酸澀的起伏。

雨勢漸小，最後停歇，太陽出來。周京澤俯下身，把一枝白玫瑰放到母親墓前，抬手撫著墓碑上的名字，笑著開口：「媽，我走了，妳在那邊要快樂。」

以後我會好好過，保護好我愛的人。

不知不覺八月眨眼就到了。許隨老覺得時間像水，無聲無息地流淌，一晃眼就過去了，撕下一頁日曆才發現，第二天是七夕情人節。

許隨還挺期待這個節日，印象中，這是她和周京澤重新在一起後過的第一個情人節。她想要和他好好慶祝一下。

次日，許隨在家裡用外送軟體下單時，拇指在滿是粉紅泡泡的外送頁面上停頓了一下，暗示道：「欸，今天買東西好像有節日滿額活動。」

周京澤窩在沙發上，視線都沒從手機遊戲畫面挪開一秒，磁性的聲音響起：「是嗎？那妳多買點，不夠用親密付[2]。」

許隨下單了一堆生活用品和一週要吃的食物，最後還在訂單上添加了香薰蠟燭。到時候，他看到蠟燭總該知道這是什麼意思了吧。

外送員在半個小時後送貨上門，周京澤聽到門鈴聲後去開門，接過對方手裡遞過來的兩大袋東西。

周京澤把東西拎到餐桌上，打開冰箱門，把東西一件一件地放進去，白色塑膠袋發出嘩啦啦的聲音。

最後，他拿起裡面的香薰蠟燭，挑了挑眉，偏頭問道：「妳買蠟燭幹什麼？」

許隨聞言，兩條白藕似的手臂枕在沙發頂部，整個人趴在那裡，強調道：「特別的日子用的呀。」

周京澤端詳了一下手裡的蠟燭，扯了扯嘴角評價道：「還挺有情調。」

2 親密付，為支付寶推出的一項為親子、愛人等親密關係打造的極簡支付服務。

沒了？就沒了嗎？許隨腹誹。

周京澤弄好東西後，喊了他的女孩一聲：「許隨，晚上陪我去國家天文臺拿份文件。」

「噢。」許隨聲音悶悶的。

今天是情人節，他是真不知道還是裝不知道？心裡竟然還裝著工作。

傍晚，周京澤開車帶著許隨出去，車子開到中心區，透過玻璃窗往外看，滿大街都是賣情人節鮮花的，甚至有一個巨大的牌子上寫著——情人節限定，送花給她。此刻他總能看見了吧，許隨在心裡暗暗想道。

周京澤確實看見了，但他只是淡淡地收回視線，骨節分明的手握住方向盤，往右一偏，車子駛出了主城區，往郊區的方向開去。原來他知道今天是情人節，卻絲毫沒當回事。

許隨心裡湧起一些失落，但她什麼也沒說。

也不知道周京澤說的國家天文臺在哪裡，開了一個多小時還沒到。長長的一束車燈燈光向前方打去，不知名的蟲子繞著浮動的光線飛著。道路蜿蜒，兩旁的樹影一路倒退。天是幕布的藍，周圍竟然還響起了蛙鳴聲。

車子越開越遠，最後許隨坐在副駕駛座上睡著了。

到了目的地後，周京澤喊醒她，兩人下車，他牽著她一路踏上半山腰上的天文臺。

周京澤帶許隨上去時，有人特地候在門口，輕車熟路地帶他們乘電梯到達頂樓。

國家天文臺靠山臨海而建，踏上頂樓，可以俯瞰京北城大半的山和海。浮沉的夜色下，晚風陣陣，山和海呈現波瀾壯闊的美。

「怎麼來這裡？你不是要來拿文件嗎？」

周京澤走過去，站在望遠鏡前，調了一下鏡頭，聲音順著風聲傳過來：「文件等等拿，過來看一下星星。」

許隨走過去，周京澤調好角度，讓她靠過來。

許隨握著鏡頭，看過去，天文望遠鏡下的星星清晰可見。

男人從背後擁著她，貼了過來，熱氣拂耳：「看見最亮的那顆星星沒有？東南側的。」

許隨順著他指的方向看過去，透過望遠鏡，她在一片銀河中找到了他說的那顆星星。

因為它非常亮，一閃一閃的，發著光，右側那個角亮得好像有一顆鑽石嵌在上面，讓旁邊的星星都為之黯然失色。

「好漂亮的星星！」

「喜歡嗎？」周京澤問她。

「嗯，它很好看。」

「妳的了。」周京澤的聲音夾著淺淡的笑意，好像在說一件再普通不過的事。

「我的？」許隨還沒反應過來，有些愣。

周京澤都被這女孩的記性氣笑了，他捏了捏許隨的臉頰：「不是妳大學時讓我摘顆星星給妳嗎？」

周京澤這麼一說，許隨想起來了。許隨記得大學時她生日那天，周京澤要去參加一個飛行比賽，因此錯過了她的生日。等他飛機落地，返回京北時，已經是午夜十二點十分，早已經過了生日時間。

周京澤下了飛機回到學校後，傳訊息給許隨，讓她立刻下來。

許隨收到訊息後，急忙披了件外套，飛也似的跑下來。

跑到一樓後，許隨遠遠地看見周京澤穿著一件黑色的飛行夾克，正抽著菸，火光明明滅滅，他的輪廓線條硬朗又乾淨。

許隨偷偷請求舍監阿姨放她出去，軟磨硬泡後，阿姨終於點頭放她出去二十分鐘。

出去後，許隨一路飛奔到周京澤懷裡。

小女生跑得太猛，衝進他懷裡時，撞得周京澤後退了兩步。

他丟了手裡的菸，伸手環住她的腰，埋在她的頸邊，蹭了蹭脖頸那塊軟肉，氣息是止不住的悶笑：「想不想我？」

「想！」許隨乖乖地回答。

周京澤稍微鬆開她，捏住她的下巴，低頭吻了下去，他剛喝過酒，舌尖還帶著酒沫的涼，像雪一樣融進她的唇齒裡。衣擺被掀開，許隨只覺得熱，被攝走了口腔內的空氣，大腦一點點缺氧。

許隨被親得暈乎乎的，忽然發現耳尖一陣冰涼，她下意識地抬手一摸，周京澤幫她戴上了一對小小的珍珠耳環。

「生日快樂，寶寶。」周京澤鬆開她，啞聲道。

「錯過了妳的生日，抱歉。」周京澤語氣認真。

許隨紅著臉，環住他的脖頸，說道：「沒關係呀，我已經很開心了。」

周京澤決意要補償她，說道：「妳有沒有什麼想要的？都幫妳實現。」

周京澤下了飛機第一時間來見她，也補償了禮物，許隨已經很開心了，但他執意要她說出一個想要的東西，許隨看了天空閃亮亮的星星一眼，隨口一說：「那下次你幫我摘顆星星吧。」

說完她又抱住了周京澤，男人愣了一下，似在低語，笑道：「星星啊，有點難度，但可以試試。」

許隨無意間的一句玩笑話，沒想到周京澤記了這麼多年。

他買了一顆星星給她，想一想都覺得浪漫。

心裡的那點陰霾和失望散去，許隨整個人明朗起來，又愛不釋手地摸起望遠鏡，看著屬於她的那顆星星。

這時，有人上來，把一份文件遞給周京澤，說道：「周先生，您的文件。」周京澤接過鋼筆在文件下面簽了一個龍飛鳳舞的名字，最後工作人員把一個信封交給他。

工作人員走後，周京澤抬手輕輕拽了拽她的馬尾，許隨扭頭看向他。

「不想知道它叫什麼名字嗎？」周京澤語氣吊兒郎當的。

「叫什麼？」許隨睜眼問他。

周京澤笑了一下，語調緩慢，一字一頓：「它叫許隨計畫。」

砰的一聲，許隨耳朵裡炸開了煙火，整個人有些飄飄然，心底像抹了一層蜂蜜一樣。

這顆星星竟然是以她的名字命名的。

「打開看看。」周京澤把信封遞給她。

許隨接過來一看，裡面有一張藍色的天文星星命名授權書，贈予人周京澤，受贈人許隨，星星的名字叫「許隨計畫」。

她不經意地往下一掃，發現周京澤買這顆星星命名權的時間恰好是她大五畢業那年。

一個不確定的猜想在心裡形成，許隨抬眼看他：「這是……」

「畢業禮物。」周京澤看著她說。

分手以後，周京澤依然在她畢業那年偷偷買了一顆星星的命名權，叫許隨計畫。

喜歡上她是意外，確定是她是一生的計畫。

許隨的心酸酸脹脹的，像有無數個氣泡盈滿，有些呼吸不過來。

她的眼睛有點酸，繼續低頭看，發現授權書的背面新黏了一張卡片。

「情人節快樂，一一。」周京澤緩聲說。

那張卡片是周京澤對她多年喜歡的回信，他這個人說話一向懶，能用兩個字的絕不用一句話來說。

周京澤不擅長長篇大論，卻在手畫的紅玫瑰上寫了一句話，這是他對許隨這麼多年暗戀最好的回應。

他斂去臉上散漫的神色，認真重複信上面的那句話，眼睛緊鎖著她。

「許隨，妳不黯淡，妳是我的星。」

八月份，盛夏，蟬鳴聲正盛。

周京澤和許隨分別收到了高中百年校慶的請柬，受邀作為天華中學的名人出席校慶活動。

這天天氣很熱，周京澤和許隨回到天中。

校門口穿著綠白校服的學生騎著自行車，按響清脆的車鈴，與他們擦肩而過，籃球場上一群穿著球衣的男生，在陽光下來回奔跑，影子被拖長。

好像一下子回到了高中時代。

周京澤和許隨並肩走在一起，他抬手摘了一片頭頂的樹葉，看著走在路上還在對答案的學生們。

學校百年校慶大會設置在大禮堂，周京澤和許隨進去時，臺上正在表演節目。教他們的班導師還是原來那個樣子，留著地中海髮型，笑起來跟尊彌勒佛一樣。

學校領導也在那，周京澤牽著許隨走過去禮貌地寒暄。

教務主任一見周京澤便準確無誤地叫出他的名字，瞥見一旁的許隨時愣了一下，怎麼也想不出名字，還是班導師接話：「她叫許隨，當年是我們班上最乖且安靜的女孩子，升學考可是考了第二名，就在周京澤後面呢！」

教務主任恍然大悟，拍了拍自己的腦袋：「瞧我這記性，想起來了，就怪你小子在學校太招搖，天天打架惹事，想讓人不記得都難。」

周京澤漫不經心地扯了扯嘴角，並沒有反駁。

「好在你這個人還是不錯的，走上了正道，」教務主任轉向講臺，笑笑，「不上去講兩句？跟學弟學妹們分享你成功的經驗。」

周京澤雙手插口袋，一副不在乎的架勢，語氣懶洋洋的：「別啊，您讓我上去，這不是誤人子弟？」

「你小子！」主任用手點了點他，語氣無奈，轉而看向許隨，「等等校慶結束後，有個講座，許隨，妳上去跟學生們分享一下備戰升學考的經驗，時間不長，就二十分鐘。」

「啊，好。」許隨點了點頭，她一向不太會拒絕人。

學生講座場地在思政樓，周京澤和幾位老師寒暄了幾句後，便離開了大禮堂。

校園走道兩旁林木蓊鬱，遮天蔽日，枝葉瘋長，太陽從樹葉的縫隙漏下來，一地斑駁。兩人一前一後地走在路上，她走在前面，周京澤跟在後面。

主要是許隨喜歡走走停停，看到學校翻新了一塊草皮，換了個綠色的信箱，都覺得新奇。

周京澤雙手插著口袋慢悠悠地走在後面，不知道是他今天穿得很年輕，還是本來就是個禍水的原因，走在路上吸引了眾多女生的目光。

「那個男的好帥啊，背影好帥。」

「臉也很不錯好嗎？還有他的手，好傢伙，我怎麼沒在學校論壇看過他的個人資料？」

「心動了，真是大帥哥啊。」

「看見他，忽然覺得籃球場的那幫男生遜斃了，這才正。」

很快，有大膽的女生主動向周京澤搭訕，她們穿著明顯改短的裙子和收緊腰線的校服，一個栗色捲髮的女生喊住他：「學長。」

周京澤腳步一頓，看周圍也沒別的人，轉身用拇指指了指自己，覺得好笑：「叫我？」

「對。」女生主動上前來，她拿出手機，藍色的貓眼指甲在陽光下一閃一閃，聲音嬌俏，「學長，能加個好友嗎？做個朋友嘛。」

周京澤撩起眼皮看向不遠處站在信箱旁明明在偷聽卻故作雲淡風輕的某人，他笑了一下，昂起下巴，語氣慵懶，用溫柔的語調說出最絕情的話：「不太能，你學長老婆都有了。」

周京澤抬手指了指不遠處的許隨，示意女朋友在那，他繼而說著風涼話，語氣傲慢：「學長呢，剛跟你們教務主任聊了一下，他說要加強落實沒收管制手機的規範，妳手機——」

女生立刻臉色大變，急忙握緊手機，尷尬地笑笑：「我想起來還有試卷沒領，先走了，學長！」

女孩們挽著手一溜煙從他們面前跑過去，周京澤走上前去牽許隨的手，被她笑著躲開，煞有介事地說：「這位學長請自重。」

周京澤舌尖頂了一下左臉頰，哼笑一聲，拎住她的後脖頸，手掌的虎口卡在上面，正要收拾她，不遠處有人喊他。

周京澤和許隨回頭，見是學校守門的保全，他還在，十多年了，風雨不動地守著他們的天中。

周京澤走了過去，從菸盒裡抖出一根菸遞給保全大叔，開始和他聊天。許隨佩服的是，周京澤這個人，實在有魅力，連學校的保全大叔都能當朋友。

許隨朝周京澤比了個手勢，示意她要去思政樓演講了，結束後會打電話給他。周京澤嘴裡咬著菸，和她碰了一下眼神，點頭。

思政樓，許隨從大學開始便在千名學生前發表演講，所以面對自己的學弟學妹，她比較冷靜淡定。

她姿態從容地站在臺上，自信又落落大方地分享了備戰升學考的經驗，末了，她還鼓勵在座的各位：「若自己想成為什麼樣的人，想做什麼事，堅定地去實現它就好了。」

臺下響起如雷的掌聲。時間確實是個好東西，在許隨身上再也看不見那個走路低著頭、自卑羞怯的女孩的影子。

演講很快結束，下面是自由提問環節，觀眾席中有一個女生坐在最後一排把手舉得很高，但臉被前面的男生擋住了。

許隨點了栗色頭髮女孩起來，女生站起來後，她才發現對方是剛才在梧桐樹下找周京澤要好友的那個。

栗色頭髮女生抱著手臂，帶著青春期的橫衝直撞，大聲質問，語氣跋扈：「學姐，聽說妳當年升學考只考了第二名，怎麼還來分享成功經驗？」

原本嘈雜的階梯教室靜了下來，氣氛陡然緊張。許隨站在講臺上並沒有惱怒，反而笑了笑，笑容恬靜：「我是考了第二沒錯，但我追到了全校第一。」

話音一落，觀眾席爆發猛烈的鼓掌聲和尖叫聲，有人喊道：「學姐，厲害！」也因為許隨這句話，男生女生們開始騷動，有人趁勢說出自己的心聲：「學姐，那我有考大學的動力了！」

氣氛熱烈，有人問道：「許學姐，妳為什麼想上醫科大啊？」

許隨認真想了想，想起某個人，臉上不自覺地帶笑：「我呀，上醫科大是因為某個人。」

說完，氣氛更熱了，一個正經的宣講會變成了八卦記者會，甚至有人拿試卷敲桌子以表激動。

在一片起鬨聲中，似心有靈犀，許隨慢慢抬眸，一眼看到周京澤懶散地倚靠在後門，他也正看著她，視線灼熱又緊纏。

心一動，許隨跑下講臺，一路小跑到周京澤面前，在一眾驚詫的眼神和口哨聲中，撞進男人懷裡。

而他，自始至終伸出雙臂，穩穩當當地將人接住，笑著擁她入懷。

宣講結束以後，許隨和周京澤去了他們原來的教室參觀，還是熟悉的高一（三）班，依然是淡黃色的有點掉漆的課桌，黑板左邊掛著榮譽錦旗，白色吊扇，綠色窗簾，還有夏天。

忽然，起風了，試卷被吹得嘩嘩作響，許隨走上講臺，拿起粉筆在黑板上一筆一畫地寫道——

高一（三）班，周京澤許隨。

兩個名字像排列組合般親密地靠在一起。

再也不是因為值日掃地，有人將兩人的名字排在同一個角落而暗自竊喜一整天的許隨，她現在可以大大方方地寫出兩人的名字。

兩人走出教室，一起下樓梯，許隨看著牆面斑駁的一角想起什麼，輕聲抱怨道：「你記不記得，有一次課間操，我抱著書匆匆上樓，不小心撞了你一下，還跟你道了歉，你周圍一大幫人，結果你看都沒看我一眼。」

那時，幻夢氣泡墜落，許隨整個人無比失落。

聽起來，這確實像周京澤會幹出來的事。

周京澤聲音低沉，攥住她的手臂，似笑非笑道：「不太記得了，示範一遍給我看看？」

或許是天氣太熱，氣氛過於好，又或許是眼前這個男人太帥了，許隨仰頭看著他，鬼迷心竅地答應了做這件傻事。

陽光從窗臺灑下來，被切割成細小的光斑落在樓梯上，外面的樹影晃動，山茶花的香味順著風飄進來。

許隨低著頭看路，匆匆跑上樓梯，周京澤剛好下樓梯，她努力回想當時的場景，應該是這個角度，示範性地撞了一下周京澤，抬眼認真說道：「當時我撞了你一下，然後書就掉了，我道歉，最後你與我擦肩而過。」

撞了他之後，許隨正準備撤離，低頭撿書時，周京澤猛地一把拽住她，許隨一個踉蹌跌入他溫熱的懷裡。

周京澤身上清冽的薄荷味傳來，許隨的嘴唇磕到他硌人的鎖骨，她的手肘抵在他的胸膛處，吃痛抬眸，撞進一雙漆黑深邃的眼眸。

男人笑得輕狂肆意，氣息溫熱，低沉的聲音震在耳邊：「這不是抓到了嗎？」

許隨人還沒反應過來，一枚冰涼的、漂亮的求婚戒指緩緩推至指間，猝不及防卻又無比心動。

一顆心快要跳出胸腔，就連皮膚層下的血液都滾燙無比。

許隨認真看著指間的戒指，嵌著的鑽石在照進來的陽光下折出耀眼的光芒，她還細心地發現側邊刻了兩人名字的縮寫：X＆Z。

周京澤低頭吻了吻她的指節，聲音一如少年般清朗乾淨，眼睛緊鎖著她，笑道：「妳好，周太太。」

周京澤今天穿得很年輕，一件黑色的連帽休閒衣，頭頸峭拔剛勁，白色運動鞋，露出一截腳踝，身材修挺，眉骨高挺，眼神依然乾淨，還是那個少年模樣。

笑起來有點壞壞的，痞裡痞氣卻比誰都可靠，溫柔得讓人心動。

許隨看著他緩緩地笑了。

我愛你輕狂坦蕩，笑起來眼前都明亮；我愛你群山巍峨，站在那裡，告訴我這個世界仍是好的。

時間拉回二〇〇七年夏天，在一個無比尋常且炎熱的下課時間，許多人做完課間操蜂擁踏上樓梯，大家手臂擦著手臂，夏天潮濕，連汗都是黏膩的。

男孩女孩們被太陽曬得昏昏欲睡，有人拿著一瓶礦泉水貼著臉上臺階，亦有人在樓梯間追逐打鬧。

還有人從福利社買了一盒冰西瓜，一邊叉進嘴裡一邊上樓。

許隨抱著厚厚的一疊書跑上樓，在轉角不經意地抬頭一瞥，男生穿著一件鬆垮的黑色T恤，臉上掛著散漫的笑，骨骼分明的手搭在褲縫上，手背上的刺青囂張明顯。他和一幫人正逆流下樓，在人群中談笑風生，臉上的神態始終遊刃有餘。

許隨心一緊，急忙收回眼神，低著頭上樓，抱著書本的指尖都在顫抖，身體不自覺地繃緊。哪知意外在下一秒發生。

樓梯間打鬧的人從後面撞了許隨一下，她整個人不受控制地撞向一旁的男生，心跳如擂鼓，當時感覺他太瘦了，骨頭有點硌人，但肩膀傳來的溫度燙人。

書「嘩啦啦」一本接一本掉在地上。

許隨的臉紅蔓延到耳根，聲音細若蚊吶：「對不起。」

不知是下課時間太吵鬧還是男生沒在意，他的視線沒在女生身上多停留一秒，繼續和旁人有說有笑，與她擦肩而過。

黯淡的情緒劃過心底，許隨垂下眼睫，蹲下來默默地撿書。

男生聽同伴抱怨著沒帶籃球，後知後覺地停下來，扭頭看了她一眼。

少年回頭望，身後的陽光朗朗，他看到穿著綠白校服、綁著馬尾、露出來的側臉弧度姣好、蹲下來正在撿書的女孩，她的皮膚呈奶白色，他一眼瞥見圓潤白嫩的耳垂上有一顆紅色的小痣。

心一動。

男生正打算上前，四樓的男生對著樓下大喊，示意他上來拿球：「周京澤！快點。」

「來了！」

樓梯裡熙攘的人流，窗外的蟬鳴聲永不停歇，驕陽似火，衣擺擦過她的手臂，很輕，一陣穿堂風而過。女生抬眸看到一個黑色向前跑的背影。

夏天永遠熱烈。

我愛的少年也是。

——《告白》正文完——

番外一 Waiting For

葉賽寧從兩人身上收回視線，轉身，大步往前走。

至此，單戀結束。

盛夏，葉賽寧白天拍完國內四大女性刊物其中一本，晚上還要參加一個時尚品牌晚宴。化妝間裡忙得人仰馬翻，摩肩接踵，十幾個工作人員，全都圍著她這個大明星轉。米加一邊偏頭用肩膀夾著手機接電話，一邊拿著一件范倫鐵諾最新款的黑色長裙小聲地問葉賽寧：「喜歡嗎？」

倏忽，化妝師不小心扯到了她的一根頭髮，痛感傳來，葉賽寧皺了一下眉，像是油畫美人裂了一道縫。

化妝師連連說：「對不起，寶貝，沒弄疼妳吧？」

葉賽寧沒理，只是看了米加手裡的露背黑裙子一眼，視線收回，朝她比了一個手勢。

米加心領神會，立刻重新去幫她拿衣服。

一連換了十幾套，葉賽寧終於看上一件暗紅色的絲絨深V領長裙。

換好衣服，弄好造型後，葉賽寧提著裙擺參加晚宴。

宴會上衣香鬢影，鑽石吊燈的光投在高腳酒杯上，流光溢彩。人人穿上華服，臉上堆起虛與委蛇的笑，像夜行的百鬼。

葉賽寧有一瞬間感覺很疲憊，於是她任性地沒有參加品牌方的上臺發言環節，溜了出去。

房車內，葉賽寧蹬掉十公分高的水晶高跟鞋，露出纖白的腳踝，仰頭靠在後座上，閉上眼，鴉羽似的睫毛垂下，車窗外的燈光掃過她的紅唇。

美得驚心動魄。

手機在寂靜無垠的夜發出清脆的叮咚聲。

蔻丹色指甲的手摸到手機，點亮螢幕，朋友傳來訊息，很簡短的一句話：『他結婚了。』

那一刻，心臟被人扼住，葉賽寧感覺整個人被按進水裡，周圍只有咕嚕咕嚕的氣泡聲，呼吸一寸寸被奪走，想掙扎，又不能。

「停車。」葉賽寧開口，「你先走吧，我下去逛逛。」

不等男助理開口念叨，葉賽寧迅速下車，「嘭」的一聲，門關得震天響，她還朝後比了個中指。

那一抹搖曳的暗紅色絨面裙擺，消失在夜色裡。

葉賽寧漫無目的地走在大街上，走著走著，她居然晃到了一家水族館前面。

可惜燈已關閉，門早已上鎖。

葉賽寧提著裙擺，走上前去，固執地敲了敲捲門。

藍色捲門發出砰砰聲，灰塵掉下來，落到她精緻的臉上，像是珍珠蒙了塵。

葉賽寧乾脆坐在水族館前的臺階上，也不管傍晚下過雨的地面濕漉漉的。價值七位數的裙子就這樣被糟蹋，她眼睛都沒眨一下。

葉賽寧從菸盒裡摸出一根菸，紅唇銜住，打火機發出咔嚓一聲，點燃，橙紅色的火照亮她的側臉。灰白的煙緩緩呼出來，漂亮又慵倦。

不知道是夜晚太靜，還是因為她此刻正坐在水族館前，一刻鐘前收到了他結婚的消息，葉賽寧一下子想起了很多前塵往事。

誰能想到，紅得發紫的女明星穿著大紅裙，絲毫不顧及形象，此刻正坐在小巷前滿是灰塵的臺階上懷念一個人。

葉賽寧從小就知道自己長得很好看，更知道自己想要什麼。

她的出生是腐爛向下的，雖然牌拿得不好，但她知道怎麼打牌人生才夠響亮。美貌可以變現，但不是長久之計，所以葉賽寧一直在風月場所當服務生賣酒，她想賺錢出國留學，想逃離喝酒濫賭的父親，逃脫原生家庭。

她終日在潮濕又冰冷的閣樓與霓虹四射的酒吧間徘徊，未來的希望一直很渺茫。

直到她遇見了周京澤。

葉賽寧會幫他根本不是因為什麼一時心血來潮，或是骨子裡的善良。她之所以能在酒吧待那麼久，是因為她是那種對方當眾火拼把血濺到她臉上，也只是選擇把血擦乾淨，繼續工作的性格。事不關己一向是她的生存法則。

葉賽寧肯出手幫周京澤完全是因為另一件事。

葉賽寧租住的地方，下班要側著身子走進巷子，頭頂成片的曬衣桿如鯊魚的鋸齒，不停地往下滴水，後背會濕一片。隨時有人喝得一攤爛醉坐在牆角流裡流氣地看著妳，吹口哨。

週末葉賽寧下晚班時，她那個喝得爛醉的鄰居深更半夜不停地拍打她的門，說著下流話。水管忽然出不來熱水，葉賽寧洗了個冷水澡出來後凍得直哆嗦，連抽菸的手都在抖。外面的敲門聲和咒罵聲還在繼續，這樣的騷擾不是一次兩次了。

那木門也頂不了多久，門板被拍開巨大的縫隙，夜晚的風灌進來，惡魔能隨時入室。終究是女孩子，葉賽寧心裡還是害怕的，她起身從冰箱裡拿出一瓶烏蘇啤酒，壯膽似的喝了半瓶。

「嘭」的一下，窗戶「哐啷」被推開，一隻白皙的手伸了出來，橘色的燈光打下來，黏膩在手上。

葉賽寧伸出一根食指往上勾了勾，無聲的誘惑。

醉漢艱難地吞嚥了一下口水，踉蹌地扶著牆走過來。

手剛碰上嫩出水的指尖，頭低下去，使勁嗅了嗅，屬於女孩的清香飄過來。

還沒來得及回味，一個綠色的酒瓶砸了下來。

「砰」的一聲，酒瓶碎裂，額頭的血不停地往下滴。最後醉漢抱著頭大叫跑開了。

人走後，葉賽寧整個人貼著牆壁慢慢滑坐在地上，後背出了一層冷汗。

這個地方也待不下去了，葉賽寧決定搬家。

搬走之後，葉賽寧仍覺得心神不寧，託人打聽，但都沒有確切的消息。有人說他腦袋縫了幾針，有人說他成了傻子。

葉賽寧信因果報應，但她不後悔，為了抵消心裡的一點歉疚，她出手救了周京澤。葉賽寧救人只是想做好事，抵消做過的壞事。

但周京澤找上門來道歉是她沒有想到的。畢竟周京澤是酒吧裡的常客，人長得很帥，男女通吃的那種，是個超級富二代，聽說家裡還有背景，但人也渾。跟彭子那樣的人混在一起的，沒一個好貨。

明明前一晚葉賽寧還無意中撞見周京澤帶著一幫人在酒吧後街打架。當時周京澤穿著一件黑色的休閒衣，五官凌厲，高挺的眉骨上沾著血，他一腳踩中躺在地上的人的喉骨，對方不停地翻白眼，發出嘶啞的慘叫。

對方痛苦的聲音叫到最大值時，周京澤會抬腳卸下力度，當那人以為能獲救時，腳又重重地踩了下來。反覆折磨。

對於聽到的哀號聲，他眼睛都沒眨一下，還慢悠悠地點了根菸。打火機發出「啪」的一聲，虎口躥出一簇橙紅的火，他低下頭點燃，灰白的煙霧吐出的同時，不經意地撩起眼皮往路口一掃。

葉賽寧剛好看過去。

周京澤穿著黑色的連帽休閒衣，他正好戴著帽子，冷峻的臉半陷在陰影裡，被昏暗路燈打下來的光切割成兩半，只露出一雙深邃漆黑的眼睛，冰冷的，破碎的。像深淵。

她看到了一個狠戾的、自我掙扎的、窮途末路的困獸。

她沒想到這樣的人會道歉。

葉賽寧沒放在心上，後來被辭退，她也沒有任何異議。畢竟是她違反規則在先，但沒想到彭子會找人打她。

周京澤再次找過來時，她正在燒烤攤端盤子，他再次道歉，說什麼彌補。

葉賽寧那時被弄得有點煩，加上傷口還隱隱作痛，她直接敲竹槓，說：「這麼想補償我，那送我出國讀書唄……」

周京澤愣了一下，然後說好。

葉賽寧做夢也沒想到，她會攀上周京澤這樣的天之驕子。他將她從爛泥裡救了出來。

準備出國要一段時間，葉賽寧一整個暑假都和周京澤混在一起，他帶她滑雪、賽車、賭球，流連於各種聲色犬馬的場所中。

跟他待在一起，葉賽寧視野變得開闊。原來人生不只是擦不完的玻璃酒杯和打不完的工。

相處久了，葉賽寧才了解這個人，表面浪蕩不正經，活脫脫一個紈褲公子哥，但他還是不同的。

他伏在撞球桌面上，眼睛銳利得像鷹，「嘭」的一下一桿進球，暖色的吊燈燈光流連在眼睫上，有時臉上掛起懶散又有痞勁的笑容。

或是半夜在宮山上玩賽車，他拿了第一名，萬人祝賀時，周京澤囂張地朝對方比了個中指，眉眼既飛揚又坦蕩。

又或是周京澤雨天撿了一隻流浪貓回家，怕牠淋雨，脫下外套披在小動物身上，狹長的眼眸裡溢出稍縱即逝的溫柔。

那一刻，她覺得這個男孩是真的帥，骨子裡透出來的帥，但也只限於有好感。

周京澤驕傲，她也驕傲，所以葉賽寧絕不會先投降說出喜歡。

她一向是等人來追的。

那個暑假過得很快樂，自由自在，以至於葉賽寧忘了還有一個虎視眈眈的父親。

葉父到處說葉賽寧攀上了周家，從此要過榮華富貴的生活，會買豪車和大房子給他。

葉賽寧冷漠地回了兩個字：做夢。

但她沒有想到葉父會找上周京澤，敲詐勒索。葉父露出醜陋的嘴臉：「她媽是妓院裡出來的，嘿嘿，你也可以——還有……」

葉賽寧不知道葉父還說了一什麼，等她知道時，已經晚了。

她去找周京澤時，他在撞球室，正和一幫人打撞球。她父親剛走。

朋友太多，周京澤怕他們的言論傷到葉賽寧，撂下球桿就出來了。

葉賽寧在隔壁水族館看魚。兩側是方形的藍色玻璃水箱，許多蝴蝶魚、刺蝟魚、仙女魚，自由自在地游來游去。

直到一道陰影落在身側。

「對不起，讓你看到那麼難堪的我——」葉賽寧自然向上翹的睫毛顫了一下，自嘲地笑笑。

葉父突然出現，一下子把葉賽寧從夢裡拉了出來。提醒著她出身底層且骯髒，有一個畸形卻怎麼都擺脫不了的家庭，人生注定灰暗，無論如何都跟周京澤這樣的人沾不上邊。

周京澤打斷她，把嘴裡的菸拿下來，問她：「妳做事或者決斷的時候會不自覺地受妳父親的影響嗎？」

「不會。」葉賽寧愣了一下，還是回答。

成長環境不好的小孩，一生都在擺脫原生家庭，卻在潛移默化中成了他們那樣的人，比如脾氣暴躁、大聲打斷別人、露出醜惡的嘴臉、刻薄。

葉賽寧只要一發現自己有些行為像父母，便會拿出本子記下來，暗自糾正並提醒自己，不要成為像他們一樣的人。

「那不就得了？妳跟他除了戶口名簿上的名字挨著，其他方面，既影響不了妳，也礙不著妳。」周京澤語氣緩緩，邏輯分明。

「妳是妳，他是他。」周京澤看著她說。

這兩句話像是撥開了烏雲，光一下子照了進來，葉賽寧整個人豁然開朗，她抬起頭，露出一個笑容，說：「謝——」

一句完整的謝謝還沒說完，周京澤忽然抬手按住她的腦袋，按進了水族箱裡，起先她奮力掙扎，誰知他也把腦袋埋進了水族箱裡。

兩人都知道對方的水性。

「妳閉上眼，十秒鐘。」周京澤說道。

這天，葉賽寧和周京澤都把腦袋埋進水族箱裡。水不斷地湧過來，憋著氣，大腦無法思考，不斷有魚過來親吻她的臉頰。

像是進入另一個世界。

周圍只有魚吐泡泡的聲音，那些難過的、窒息的、痛苦的事在那一刻統統消失不見。

以至於她一直憋在水裡，想做條蝴蝶魚，一直待在水族箱裡，自由自在。

最後是周京澤把她從水族箱裡拎出來的，一下子張開口，大口吸氣，葉賽寧整個人站不穩，跌坐在地上。

周京澤俯下身，想伸手拽她起來，兩人眼睛對上，愣了一下，相視一笑。因為兩人渾身濕答答的，還散發著水的腥味，頭髮一縷一縷地沾在額頭上，要多狼狽有多狼狽。

周京澤放聲大笑，低下頭，笑得肩膀顫動，氣息都收不住的那種。

這時水族館的老闆放了一首英文歌，女聲繾綣沙啞，葉賽寧眼神怔怔地看著眼前這個長得很帥、正在大笑的男生，心跳得很快。歌裡唱道——

「Can't you hear my call?（你能聽到我的呼喚嗎？）

Are you coming to get me now?（你是來救我嗎？）

I've been waiting for,（我一直在等待，）
You to come rescue me.（你來搭救我。）
I need you to hold...（我需要你擁抱……）」

每一句歌詞和節拍都準確無比地踩在她心上。

周京澤笑完後，坐在她旁邊，也背靠著牆。

灰白的煙霧漸漸散去，他的面容漸漸清晰，周京澤漆黑的眼睛看著她：「爽了？」他其實在問她開心了沒有。

葉賽寧仰頭看著他，那一刻，她想陪他死。

她心動了。

她認輸。

一旦喜歡上，占有的情緒便開始瘋狂滋長。想做他身上的貓，想和他在雨天裡接吻，想和他刺情侶刺青。

想和他在一起。

葉賽寧生日時，穿了一件新裙子，盛裝打扮，像朵為他綻放的紅玫瑰。當晚，周京澤開玩笑地問她許願沒有。

「許了，想讓你做我男朋友。」葉賽寧的眼神赤裸又直白。

周京澤的笑意斂起來，沉默很久，最後他說：「我不想失去妳這個朋友。」

男女之間好感是有過，但相處久了更多的是惺惺相惜。因為兩個人實在太像了。

葉賽寧釋然一笑，笑吟吟的：「我不會放棄。」

但葉賽寧沒想到，不到一個星期，周京澤帶了個女朋友出現在她眼前，那個女生坐在他的摩托車後座上，在賽車終點等他，陪他出入各種場子。

周京澤是在用另一種方式告訴她，他們沒戲。

葉賽寧以為假借朋友之名，可以慢慢追到周京澤。至少她對他來說，是不同的，不是嗎？

她一直以為是這樣的，所以兩人又成了朋友。

直到她去英國留學，有一天周京澤忽然轉了一筆錢給她，讓她重新買個手機，他好存號碼備註。

葉賽寧直覺不對勁，問他怎麼了。

周京澤的語氣輕描淡寫：『一個訊息烏龍，還惹了一個女生生氣，以為她是妳，再聊下去，她就會知道我差點墮落的事了。』

這才是珍惜吧。

葉賽寧第一次有了危機感。

直到新學期結束時，葉賽寧知道他談了戀愛。

周京澤談戀愛，葉賽寧從來沒當回事，因為他一直是孤獨的，想有人陪著，但從來沒真心。

可這次不同，破天荒地，周京澤第一次把社群網頁頭貼換成了一個女孩。葉賽寧點開放大看，只有女孩的側臉，綁著花苞頭，額前有細碎的頭髮掉下來，側臉弧度姣好，正低頭寫著試卷，好像是在圖書館。

照片看起來明顯是男友視角的抓拍。

所以葉賽寧緊趕慢趕，趕在周京澤生日前回來。葉賽寧回來第一件事就是打聽清楚這個女孩子，但周京澤好像有意要保護她，一個字也不肯透露。

沒關係，她自己找。

葉賽寧登上京航的論壇，僅用了半個小時就把這個女孩子了解清楚。她在文章裡看到許隨每天下午都會在圖書館，葉賽寧想去見見她，想看看是長得多美豔的女生才能讓周京澤明目張膽又毫無條件地寵她。

葉賽寧剛踏上圖書館一樓臺階，旁邊幾個大一女生抱著書本匆匆從她身邊經過，討論聲傳了過來。

戴眼鏡的女生問：「妳不是一向不怎麼來圖書館嗎，今天怎麼來了？」

女生語氣激動：「我來看許隨學姐呀。」

有人擠對她：「我還不知道妳？想看她男朋友是吧。信不信？五點半，窗外那抹斜陽出現在學姐桌子上，周京澤——不，學姐男朋友會拎著一杯白桃烏龍奶茶和鳳梨包準時出現在她面前。」

女生一臉不相信：「一分不差？」

對方答：「一分不差。」

葉賽寧踏上三樓，在最裡面一間圖書室找到那女孩。她穿著一件白色T恤、藍色高腰牛仔褲，因為低頭做著作業，後背的蝴蝶骨明顯，皮膚很白，也纖瘦，看起來安靜乖巧，一副好學生的模樣。

沒想到周京澤竟然喜歡這種類型了。

她走進去，在一張隱蔽的桌子前坐下，沒多久，周圍響起了細碎的討論聲，有人壓著激動的語調說：「他來了他來了！」

葉賽寧看過去，男生穿著黑色T恤，身材修長，戴著一頂鴨舌帽，突出的喉結尖尖的，單手插口袋，神色懶洋洋地出現在門口，右手剛好拿著一杯白桃烏龍奶茶和兩個鳳梨包。

大片陽光落在他肩頭，氣質冷峻又透著一股痞勁。

「妳看，是這兩樣東西吧！學姐最喜歡的。」

葉賽寧看著她喜歡的男生一步步走向另一個女孩。他把食物放在一邊，靠在桌子前，俯身摘了她的一個耳機。

女生抬眼怔住，隨即露出笑容。

然後，他捏著女生的下巴，隔著一張書桌，在黃昏霞光下，慵懶地俯身旁若無人地和她接吻，拇指撫摩著她的肌膚，親暱又熱烈。

夕陽呈一種濃稠的蜂蜜色落在那張桌上，女生的手指漸漸攀上他的肩膀，兩人的影子交疊。

葉賽寧抬手看了時間一眼，不早不晚，剛好是五點半。

這一幕十分刺眼，呼吸像是一寸寸被奪走，葉賽寧不知道自己看了多久才走的。

從小的生長環境教會葉賽寧一個道理，想要的要及時抓住，牢牢攥在手裡。

所以她以回國為由開始組局，叫了周京澤和一些以前的朋友開派對，喝酒，玩真心話大冒險，這些她統統拍了影片。

哦，對了，周京澤玩遊戲輸了被喊買單，她剛好坐在旁邊，看到了他的支付密碼。

他喝得半醉，葉賽寧瞥見他的手機上掛著一個小熊掛墜，剛想伸手摸。

周京澤移開手機，撩起眼皮看著她，用眼神警告。

葉賽寧只好佯裝生氣，托著下巴笑：「也不用這麼小氣吧，不看了，你這支手錶什麼牌子總可以告訴我吧，挺好看的，我也想買一支。」

手錶周京澤無所謂，於是他低聲說了一個品牌名。

葉賽寧見過許隨，一眼看出她這樣的女孩子，沒有安全感，敏感。所以她把影片上傳到社群帳號，她知道許隨一定會來看，兩人的感情一定會產生嫌隙。

便利商店那次也是她故意找上門的，葉賽寧本來沒想那麼惡毒。是在便利商店，她經過許隨身旁時，一眼瞥見她正在付款的手機上的小熊吊墜。原來是情侶款的，難怪周京澤不讓她碰。

許隨的手機螢幕適時亮起，她看了一眼，備註為「男朋友」。

她的心理開始扭曲，嫉妒像雜草一樣瘋長，於是葉賽寧開始說謊，故意把周京澤說的「我不想失去妳這個朋友」，改成「我不想失去妳」。

最後，她成功了。

葉賽寧卻沒想到，這一舉動把她從周京澤身邊推得更遠，從此陷入萬劫不復、愛而不得的境地。

後來在許隨上班的醫院再見她，葉賽寧終於跟她解釋、道歉，最後鬆了一口氣。許隨走出病房後，葉賽寧躺在病床上傳訊息給周京澤。

她不是邀功，她是真的想跟他道歉。

沒多久，周京澤回訊息，話語簡短：『妳認錯了，以後別再傳訊息過來了。』

字字冷漠又絕情。

最後一次見周京澤，是在一條熙攘的街道上。人群中，他始終不緊不慢地牽著許隨的手往前走，她懷裡抱著一束花，兩人時不時相視一笑。

葉賽寧看周京澤臉部抽動，像打噴嚏，她知道，他花粉症發作，但他一直忍著。

走了一下，許隨的鞋帶鬆了，周京澤在熙攘的人群中，自然而然地蹲下來幫她綁鞋帶，彷彿在做一件再平常不過的事。

依然是桀驁不拘小節的模樣，卻甘願為一個人彎腰。

葉賽寧從兩人身上收回視線，轉身，大步往前走。

至此，單戀結束。

番外二　找到你

（注：番外二以及番外三是平行番，他們不在京北，而是在南江讀高中，沒有許隨和周京澤，是另一個世界的他們，而胡茜西始終記得的是：找到他。）

「我們還能再見嗎？」

「可以，我會來找你。」

小滿，南江這座城市陷入漫長的雨季，日日潮濕，夜夜暴雨，衣服經常曬不乾，從曬衣桿上取下來還帶著陰雨天的霉味，需要拿去一件件烘乾。

地面是濕的，牆壁也是濕的，連帶人的心情都變得潮濕陰鬱起來。

晚上九點，一個男生站在一棟房子前，個子很高，黑色連帽運動衫、運動褲、白球鞋。他單肩挎著書包，低頭看了時間一眼，在一片紅的群組訊息中，冷漠地回了句「不去」。訊息傳出去後，狐朋狗友一片哀號。

與此同時，男生插著褲子口袋的手抽出來，黑色書包的帶子一路滑到腕骨突出的手腕處，與此同時，他一腳踹開大門，門發出砰的一聲。

裡面燈火通明，卻空無一人。

盛南洲把書包摜在沙發上，從冰箱裡拿出一罐冰可樂，坐到沙發上，食指拉開拉環，「喀嗒」一聲，泡沫湧出來。

他仰頭灌了一口冰可樂，喉結緩緩滾動，視線不經意地往茶几上一看，有張紙條。他俯下身，掃了一眼。

老爸老媽又去旅遊了，還帶上了盛言加。盛南洲想也不用想，葛女士千篇一律的請假理由不是小捲毛得了腳癬就是腦袋長了蝨子。

他老弟真慘。想到這，盛南洲失笑，繼續喝冰可樂。

他洗完澡出來後，一邊側著頭用毛巾隨意地擦頭髮，一邊上樓。樓下冰箱對面的桌子上堆了約十個東倒西歪的可樂罐。

「啪」的一聲，床頭橘色的落地燈打開，傾瀉一地暖意。

盛南洲習慣性地坐在床前，打開藥瓶，倒出兩顆藥，丟進嘴裡艱難地吞嚥下去，然後躺在床上。

他失眠這毛病已經有六七年了，經常整宿整宿睡不著，要靠藥物才能有很淺的睡意。

葛女士對自家兒子得了這個病頭疼不已，她盯著盛南洲語重心長地說：「我兒子長相帥氣，人又陽光，才十七歲，正值花季，怎麼會失眠呢？來，兒子，你是不是有什麼隱情？跟媽媽說說。」

盛南洲正玩著遊戲，視線沒從螢幕上挪開半分，聞言頓了一下：「確實有個隱情。」

「什麼？」

「我的卡被限制消費了。」盛南洲慢悠悠地說。

話音剛落，一個白色的枕頭直直地朝盛南洲後脖頸砸去。

盛南洲裝模作樣地發出吃痛的「嘶」聲。

盛言加正半跪在地上玩樂高，聽到後直嚷嚷道：「媽媽，這道題我會答，電視上說這叫心病。哥哥心裡肯定住著一個人！」

說完這句話後，小捲毛後腦勺挨了一掌，葛女士被轉移注意力：「你每天在看什麼鬼電視？」

母子倆吵吵鬧鬧，盛南洲坐在地毯上忽然沒了玩下去的興致，遊戲螢幕顯示「失敗」的字眼，出奇地，他沒有反駁，笑了一下。

他心裡確實住著一個人。只不過是在夢裡，好多年了。她經常來找他，和他說話，不開心的時候還會逗他玩，兩人在夢裡一起去了好多樂園，但盛南洲一直看不清她的臉。他其實很想見她。

這天夜裡，她又來到了他夢裡。她穿著一件檸檬黃的波點裙子，笑容燦爛，像個輕盈的、隨時要消失的泡泡。

她牽著盛南洲來到一片很大的向日葵花田，兩人坐在長椅上。女生忽然開口：「我要走啦。」

盛南洲心一緊，問道：「妳要去哪裡？」

「不知道。」女生站起來。

她正要朝前走，盛南洲攥住女生的手臂，眼睛緊盯著對方，問：「我們還能再見嗎？」

「可以，我會來找你。」女生笑著看他。

緊接著，盛南洲發現眼前的女生慢慢變得虛無，緊握著她的手腕像握著流沙一樣，怎麼抓也抓不住。

大片的金光出現，眼前的人漸漸消失，還回頭看了他一眼，露出溫暖的笑容，然後就不見了。

盛南洲的心臟像被鈍刀一點點來回割，疼痛蔓延至五臟六腑，痛的感覺非常強烈，動彈不得，這種感覺很熟悉，好像他經歷過一樣。

他突然呼吸不過來，腦子裡細碎的片段一閃而過。

醫院、白牆、氧氣罩，她在哭。

晴天、向日葵、墓碑，她在笑，和他告別。

盛南洲拚命向前跑，想要找到她。周圍金黃色的向日葵花田如電影遠景切換一般退去，變成無盡的黑白色。周圍荒無人煙，眼前恰好有一朵花，他正準備靠近，腳邊的石子滑落，一低頭，萬丈深淵，無人之境。

像是片段閃回般，「轟」的一聲，盛南洲想從夢裡醒來，卻又不能，最後竟然看到一尊佛像，菩薩低眉，紅塵慈悲。

他整個人不受控制地摔了下去。

在摔下去的那一刻，他最後的念頭是——神啊，如果可以，請讓我先找到她。

又是「轟隆」一聲，天空滾下一道雷，窗外忽然下起了暴雨，樹影搖曳，狂風猛烈地拍打著窗戶。盛南洲喘著粗氣從夢裡醒來，大口大口地吸氣，他知道自己能從那個夢裡出來了，卻沒有睜眼。

眼角滑落一滴淚。

次日，週二，連下一個多月雨的地方竟然出太陽了。油綠的葉子被雨水沖刷得亮晶晶的，花香味飄來，鳥兒盤旋在電線桿上，嘰嘰喳喳地叫著。

毫無意外，因為昨晚一夜沒睡好，盛南洲曠了早自習。等他走進教室時，裡面鬧哄哄的，不是男生女生在鬥嘴，就是有人一邊抄作業一邊發出哀號聲。

盛南洲走到教室倒數第二排靠走道的座位，將黑色書包一把塞進抽屜，伸出腳拉正歪斜的椅子，一屁股坐下來，立刻趴在桌子上。

斜對面正在聊天的幾個男生見狀對他豎了個大拇指，笑道：「盛大少爺，您是如何做到每天精確壓線而不被逮到的呢？」

「出書吧，盛大少爺。」有人說道。

盛南洲睏得不行，腦袋枕在手臂上，校服領子歪斜，他懶得費勁抬臉，對著對面聊天的男生比了個中指，然後昏沉地睡過去。

教室裡鬧哄哄的，可以用雞飛狗跳來形容，追逐打鬧的同學偶爾撞到桌子，桌腳擦著地面發出尖銳的聲音。

班導師領著一個學生剛進教室，就被一塊迎面飛來的抹布蓋住了臉，細碎的粉筆灰飄浮在他只留有稀疏幾根頭髮的腦袋上。

空氣凝滯了三秒。緊接著教室爆發出掀翻屋頂的笑聲，一浪蓋過一浪，有人笑得直捂肚子當場倒地。

班導師心裡直罵，卻裝作神色淡定地把抹布揭開，走上講臺，用戒尺用力地敲了敲桌面，喊道：「吵什麼吵？誰在早自習時吃自煮火鍋，現在立刻扔了，信不信我把你涮了！角落裡那兩個還在打架的男生，你們回去讀小學得了。還有你，還在抄作業，是不是當我瞎了？」

經過班導師一頓整頓，教室裡安靜下來，他清了清嗓子說道：「說個正事，今天從京北那邊轉來一個新同學。來，跟大家做一下自我介紹。」

女生點了點頭，在黑板上寫下自己的名字，笑容很甜：「大家好，我叫胡茜西……」

好不容易安靜下來的教室再次鬧騰起來，尤其是一眾男生，明顯躁動起來，討論聲此起彼伏。

旁邊的人推了推盛南洲的肩膀，語氣激動：「洲哥，我們班新轉來一個小美女，真的挺漂亮的，你看一眼。」

「這女生跟漫畫裡出來似的，眼睛好大，大眼妹。」

「看這氣質和長相，感覺像家裡寵著長大的小公主。」

女生則在談論，說道：「她笑起來好有元氣和活力，想跟她做朋友。」

「她打扮也好清新，喜歡她的裙子。」有人說道。

盛南洲本來是想努力讓自己進到夢裡再找到她，可周圍吵得不行，他半醒未醒，心裡已經起了一陣火。

「不看。」盛南洲嗓音嘶啞。

「這女生長得挺正的，比追你的校花孟靈還美，真不看一眼？」旁邊的男生又推了他一下。

盛南洲的臉從手臂裡抬起半邊，他們以為盛大少要看新來的轉學生一眼，結果人只是換了方向睡覺，臉朝向了窗戶那邊。大少爺低沉的聲音隱隱透著不耐煩和冷漠：「沒興趣。」

上課鈴適時響起，班導師象徵性地用戒尺敲了敲講臺，指了指第四組的位置：「那邊還有個空位，妳坐那吧。」

胡茜西看過去，恰好是在盛南洲前面，她點了點頭，唇角的笑意飛揚，應道：「好。」

胡茜西拎著藍色的書包走向自己的座位，過重的書包撞向穿著白色及膝襪的小腿，發出啪嗒啪嗒的聲音，讓人不由得把視線移到她小腿上，勻實且白，像憑空削下來的一塊白玉。

她坐在男生前面，不知道為什麼，從書包裡拿出書時，指尖有點抖，連帶心跳都快了起來。

胡茜西的隔壁桌看起來是一個很安靜內斂的女孩子，眼睛像小鹿一樣純淨。她見狀立刻幫忙整理書桌。

「妳叫什麼名字？」胡茜西笑咪咪地問道。

女生用紙巾擦著桌子的手一頓，聲音很小：「我叫許歲，妳叫我歲歲就好啦。」

胡茜西臉上一喜，接著對方又認真解釋，嗓音軟糯：「是歲歲年年的那個歲。」

濃密捲曲的眼睫垂下來，失望之色一晃而過，胡茜西自言自語道：「原來叫許歲，就差一個字。」

她不是許隨，只是名字很像而已。

許歲沒聽清，湊過去問：「什麼？」

「沒什麼。」胡茜西重新振作起來，從書包裡抽出一排長條的彩虹糖塞到她懷裡，聲音清脆，「喏，給妳吃彩虹糖，以前上大學——」

許歲拿著長條的彩虹糖懵懂地看著她，胡茜西在心裡嘆了一口氣，改口笑道：「我是在電視劇裡看到的，吃了這個糖我們就是好朋友啦。」

「好。」許歲跟著笑了起來。

等一切都收拾好，胡茜西托著下巴，手肘墊在書本上，眼睛轉來轉去，後半節課就這樣神遊到外太空了。

下課鈴響後，教室裡又變成無序的狀態，同學們打鬧起來。胡茜西吸了一口氣，從書包裡拿出一罐椰子口味的牛奶，上面還吸附著水珠。

胡茜西轉過身去，看著趴在桌子上睡覺，頭髮有點亂，渾身上下透著「別惹我」的桀驁氣息的男生，喉嚨發乾，沒來由一陣緊張：「你好，我叫胡茜西。」

沒人回應。

胡茜西不確信他聽到沒有，捏著牛奶罐的手收緊，瞥見他耳朵動了一下，原來聽到了啊。「請你喝，喝了一天會有好心情。」胡茜西把牛奶放到他桌上，唇角漾著細碎的笑意。

沒多久，後門有人喊：「盛南洲，校花找！」

胡茜西以為這個校花會得到和自己一樣的冷待，沒想到眼前的男生慢騰騰地抬起頭，伸展了一下脖子，發出「喀嗒」一聲，他費力地搓了一下臉，眼皮抬都沒抬一下，看都不看她一眼，站起來徑直拉開凳子走了出去。

他的手肘不經意地碰到桌上的牛奶，「啪」的一聲，牛奶灑在地上，然而始作俑者卻插著口袋出去了。

胡茜西看著地上的牛奶有些洩氣，抬眼盯著盛南洲的背影在心裡罵了句：「大豬頭！」

許歲剛好上完廁所回來，胡茜西挽著她的手臂，說道：「同學，我們去外面吹風好不好？」

「好啊。」許歲有些不明所以，但還是答應了。

說是去走廊吹風，胡茜西卻一直盯著左邊看，看到盛南洲和一個留著齊腰長髮的女生在講話，兩人影子靠在一起，氣得她眼睛都要噴出火來。

許歲好像明白了點什麼，問：「妳對盛南洲有好感啊？」

她以為胡茜西會否認或者害羞，沒想到她大方地承認：「是呀。」

許歲睜圓了眼睛，好半天才消化這個消息，她好心說道：「可是——盛南洲在學校特別受歡迎，人長得帥，性格也好，大家都願意和他玩。不過他對女生很高冷，除了孟靈，她額頭上有一道疤，據說是為了盛南洲受的傷。不過奇怪的是，兩人也沒在一起，但他們關係很好。」

「怎麼好了？」

「這麼說吧，盛南洲在學校不是有一支球隊嗎？孟靈是籃球隊的啦啦隊隊長。」許歲說。

胡茜西順勢看向正在說話的兩個人，男生的表情雖然看起來不耐煩，但一直低下頭在聽女生說話，她心裡酸酸脹脹的。

誰也沒想到，僅是一個中午的時間，胡茜西和許歲在走廊的談話就被人傳了出去，越傳越離譜，變成了胡茜西揚言一個月內要把盛南洲追到手，追不到就轉學。

胡茜西本人聽到都氣笑了，不過懶得去反駁。

公主追騎士，算便宜他了，胡茜西在心裡默默說道。

這話傳到盛南洲耳朵裡時，他正在籃球館打球。江愷坐在臺階上用一旁的毛巾胡亂擦汗，調侃道：「盛大少爺，小公主要追你，有什麼想法啊？」

盛南洲縱身一躍，把籃球砸向球框，球穩穩當當地進了。他整個人躺在地板上，球順勢滾到旁邊，他的眼睫還沾著汗，嗓音淡淡的：「沒想法。」

江愷聳了聳肩，沒說什麼，從書包裡拿出一盒牛奶，將吸管插進鋁紙薄膜，正要喝。盛南洲左手抱著籃球朝臺階的方向走過去，瞥見江愷手裡的椰子口味牛奶，目光一頓，嗓音壓低，問：「哪來的？」

「哦，這個啊，上午幫西西搬了一下書，她給我的。」江愷沖他晃了晃手裡的牛奶。

不知道為什麼，「西西」兩個字，盛南洲聽了覺得格外刺耳，瞥見那盒牛奶，心裡更是升起一股鬱結之氣。

他想也沒想，手裡的籃球扔了出去，擦著江愷手裡的牛奶，砸向牆壁，「啪」的一聲，牛奶灑在地上，不能喝了。

江愷正要發火，結果盛南洲頭也不回地朝門口的方向走去，撂下一句話：「吃不吃飯？我請。」

「吃吃吃！」江愷狗腿地跟上去，立刻將那盒牛奶的事拋在腦後。

胡茜西每天固定送早餐給盛南洲，雖然他從來不吃早餐。打球時她送水給他，放學爭取和他一起回家。她天天晃在他面前，還讓人教她打遊戲做作業。

盛南洲不勝其煩，只覺得她像塊甩不開的牛皮糖。

這事在全校傳開，別人笑她，胡茜西也跟個沒事人一樣，自得其樂地成了盛南洲身後的小尾巴。

直到有天早上，胡茜西強行讓他喝粥弄髒了他的T恤，第四節課又不小心把盛南洲好不容易弄好的飛機模型掰斷了一個機翼，他終於發火，語氣不耐煩，話語透著厭惡和冷漠：「有完沒完？請妳離我遠一點。」

說完這句話盛南洲就後悔了，因為眼前一向愛笑的女孩徹底安靜下來，眼睛像小兔子一樣，慢慢變紅，蘊著一層水光，他的心臟縮了一下。

「對不起。」胡茜西嗓音很輕。

說完，她就跑開了。

隔天盛南洲桌子上放了一架新的飛機模型。

一整個星期，盛南洲桌上不再有早餐，上課期間，不會有個小腦袋轉過來講笑話逗他開心了，走到哪身後也不會跟著一條小尾巴了。

盛南洲清淨了不少，可也煩躁起來。這段時間他的睡眠明顯好了很多，沒再失眠，夢裡的女孩也不見了，夢見的是……胡茜西。

看見她對別的男生笑，他心裡會發火；看見她不再找他，心裡也一陣彆扭。

他覺得自己很奇怪。

週五，胡茜西因為被喊去辦公室，回家時落了單，只能一個人回家。晚上六點，天已經完全暗下來，胡茜西背著書包從學校出來，在經過後街和南路的小巷子時一陣害怕。

學校傳得很瘋，說這條路有露陰癖的猥瑣男很多，專門恐嚇女學生。

路燈昏暗，樹影打下來，影影綽綽，讓人心悸。胡茜西經過一家撞球室繼續往前走，一進巷子，光暗了一半，幽暗的氣息讓人慌得很。

誰知倏地衝出一個男人對她猥瑣地直笑，他就要走過來，右手還扯住了褲子拉鍊，正要往下拉。

胡茜西攥緊書包帶子，淚意一下子就湧了上來，她剛準備轉身跑，一道黑色的影子籠罩下來，有人靠在身後蒙住了她的眼睛，溫熱覆了上來，長睫毛掃了掃寬大的掌心。

「閉眼。」盛南洲的嗓音清冽。

胡茜西聞到了他身上淡淡的沐浴液混著皂角的味道，莫名讓人安心，然後點了點頭。

盛南洲右手蒙著胡茜西的眼睛，左手拿著好幾顆撞球，朝倉皇逃跑的男人的小腿砸了過去。空蕩蕩的巷子傳出一聲慘叫，猥瑣男人拖著瘸腿跑得更快了。

五分鐘後，盛南洲收回手，後退一步，酷著一張臉開口：「走了。」

不料，女生的手指勾住他的袖子，從口袋裡摸出一個向日葵徽章遞給他：「謝謝。」

盛南洲接過來放進口袋裡，就要走，女生再次拽住他，他被迫低頭，對上一雙如葡萄一般透亮的眼睛，怔住。

胡茜西仰頭看他，始終帶著笑，語氣帶著鄭重，一字一頓認真地說道：「重新認識一下。」

「你好，我叫胡茜西，茜是茜紅的茜，西是西西公主的西。」

番外三　膽小鬼

「哦，剛才好像看見一個膽小鬼在偷聽別人的告白，然後沒聽完我拒絕別人就跑開了。」

那天晚上盛南洲送胡茜西回家後，奇蹟般地，他這次沒有失眠，很快就睡著了，還做了一個夢。

在夢裡，他看見自己快三十歲的模樣，一直沒有談戀愛，直到終於等到一個女孩回家。在那個世界，他一直守著一個病重的女孩。

那個女孩是他的未婚妻，他們還沒來得及結婚。

傍晚時，夕陽照進來，女孩躺在病床上，精神好了好多，她眨了眨眼，說道：「南洲哥，我們偷偷出去玩吧。」

盛南洲正削著蘋果，笑了笑：「行，公主想去哪？」

「都、可、以！」說出這個回答，女孩蒼白的臉上多了幾分雀躍。

最後盛南洲帶著她從醫院後門溜了出去。一出去，女孩整個人都活潑起來，一下拽著他去吃小吃，一下又要吃冰淇淋，最後還吃了盆大辣特辣的小龍蝦，辣得她嘴唇通紅，直掉眼淚。

女孩提出一連串的要求，只要不是太過分的，盛南洲幾乎有求必應。他只是想看見她笑。

最後盛南洲手裡端著一份她愛吃的鐵板豆腐，兩人溜進了一家撞球室。

在那裡，女孩碰見了一個叫路聞白的男人，走過去神色欣喜地和他寒暄。盛南洲站在一邊等了大概十分鐘，其間他反覆低頭看手腕上的錶，有些煩躁，第一次覺得時間如此漫長。

寒暄完以後，女孩跑過來把奶茶遞給他，說要跟路聞白學兩局。盛南洲不動聲色地說：「一起。」

開球後，盛南洲的目光只在女孩身上，牢牢地盯著她，其間，那個男人拍了一下女孩的肩膀，遞給她一瓶水。

盛南洲的臉沉了下來，他正要走過去時，忽然一夥人衝了進來，有人驚慌地喊道：「不好了，瘋子進來砍人了。」

場面頓時亂成一鍋粥，紅白撞球飛得滿地都是。匆忙中，女孩跑過來攥住他的手，拉著他一起躲到了撞球桌底下。

外面亂成一團，尖叫聲四起。兩人躲在一方天地裡，女孩倏地想起什麼，拍了一下腦袋：「糟了，忘了路聞白了。」

盛南洲冷哼了一聲，吐出一個字：「呵。」

「你吃醋啦？」

盛南洲酷著一張臉，心口不一地說：「醋那玩意兒，小爺從來沒吃過。」

女孩笑了一下，並沒有跟他計較，說道：「你伸手。」

盛南洲伸出手，女孩不知道從哪變出一支紅色記號筆，垂下捲翹的眼睫，認真地在他腕骨突出的手腕上畫了一朵向日葵，中間還有一個笑臉。

盛南洲失笑，正想吐槽她畫畫水準還跟小學生一樣時，一張溫軟的嘴堵了上來，他整個人僵住，柔軟清甜的味道一點點渡進唇齒間。

「盛南洲，我最喜歡你了。」她喘著氣說。

一吻完畢，女孩正要撤離，不料一隻大手捧住她的後腦勺往前壓，影子落了下來，吮住她的唇瓣，撬開唇齒，比之前更凶猛。

燈光幽暗，周圍灰塵四起，所有的熱戀、不捨、愛意悄然綻放在一個吻裡。

盛南洲從夢裡醒來時，坐在床頭抽了一根菸。夢裡發生的那些都是真實存在的嗎？

他是不是得了什麼妄想症？

還有，新轉來的那個女生，為什麼他總覺得她身上有一種熟悉感？

越想越頭疼，盛南洲決定不去想。他起身洗漱，換衣服，在穿校服外套時瞥見桌面上躺著一個小小的向日葵徽章。

盛南洲視線一怔，伸手去拿那個徽章，別在校服領口上，想了一下又扯下來，拉開抽屜小心翼翼地放好。

週一，又是新的一天。

盛南洲桌子上又出現了昔日的早餐，胡茜西偷偷放好牛奶後，一抬眼便看見了從後門進來的盛南洲。

一對上他的眼睛，她的心跳莫名加速。

「早啊。」胡茜西熱情地打招呼。

「嗯。」盛南洲懶洋洋地應道。

不知道是不是小巷那件事的原因，胡茜西發現盛南洲對她沒那麼冷淡了，兩個人的關係好像比之前緩和了許多。

盛夏在聲聲蟬鳴中到來，而胡茜西對他的熱烈從未停止過，她的喜歡盛大又赤誠。

相處兩個多月後，兩個人漸漸熟悉起來，胡茜西發現他並沒有表面看起來那麼冷酷，實際他就是一個愛打球，喜歡玩遊戲，撩他兩下還忍不住臉紅的大男孩。

是她的少年。

盛南洲偶爾也會縱容她的任性胡鬧，買水時會自覺多買一瓶給她，兩人有時間會一起回家。

他們的關係正在變好。但只限於此，什麼都沒挑明。

夏天悶熱得讓人昏昏欲睡，運動會即將舉行，然而人都沒湊齊。

體育股長走進教室，急得滿臉通紅，他走上講臺敲了敲桌子，苦口婆心地說道：「同學們，現在正是爭班級榮譽的時候，你們還有心情睡下去嗎？起來報項目啊。」

「有。」江愷嗆他。

教室響起稀稀落落的笑聲，體育股長把求救的眼神投向倒數第二排的盛南洲，試探性地問道：「洲哥，還是按往年的慣例，跳高和跳遠，還有四百公尺接力，你包了？」

盛南洲正做著題目，頭也沒抬：「隨便。」

體育股長當他這是默認的意思，立刻填上他的名字。

「還有呢？三千公尺長跑有沒有誰跑？」體育股長大聲喊。

教室裡在座的沒有一人回應，誰也不想去跑三千公尺。

這酷暑，長跑起來要人命。

「我跑。」一道女聲插了進來，洋溢著活潑的氣息。

「胡茜西，妳真是我們班的大功臣！人美心善。」

盛南洲正低頭寫著題目，手指骨節握住筆，聞言一頓，在白紙上暈開一個黑色的墨跡。

前面的小腦袋忽然轉過來，湊了過來，胡茜西用手指戳了戳他的肩膀，唇角上揚：「盛南洲，我要是三千公尺拿了第一名，你就答應我一個條件怎麼樣？」

「喂！怎麼不說話？」

盛南洲抬眼看向眼前唇紅齒白，笑起來眉眼生動的女孩子，頓了頓：「妳跑贏了再說。」

「我不管，我當你默認了！」胡茜西笑得像隻偷腥的貓。

距離運動會開始還有半個月的時間，每天下午放學她都在操場上練習跑步。

她現在是健康的、漂亮的，所以可以大膽追求自己喜歡的人了。

同時胡茜西很不喜歡跑步，因為跑步又累又狼狽，但每次跑的時候，她只要想像盛南洲在終點等她，就有動力了。

運動會在兩個星期後如期到來，操場上站滿了人，廣播裡時不時傳來喊同學們檢錄的聲音，和念加油稿的聲音混在一起，聲勢浩大又熱烈。

胡茜西在開跑前想去找盛南洲，讓他幫自己加油，卻被告知他在體育器材室。

胡茜西興沖沖地跑過去，卻撞見盛南洲和孟靈站在器材架後面。

紅暈爬上孟靈的臉頰，她揪著裙擺說：「我喜歡你。」

胡茜西頓時氣血上湧，不敢再聽下去，心裡又氣又難受，最後跑開了。

盛南洲站在孟靈面前，瞥見不遠處跑開的身影，他回神，蹙起眉頭，聲音冰冷：「雖然妳額頭上有疤，但不是我要找的人，抱歉。」

「還有，我不喜歡妳。」說完這句話，盛南洲就頭也不回地離開了。

他與孟靈擦肩時，「吧嗒」一聲，褲子口袋裡掉出一個東西，本人卻渾然不覺。

孟靈蹲下身，將一枚小小的徽章撿了起來。

二十分鐘後，胡茜西跑去檢錄，瞥見孟靈站在人群裡，穿著白襯衫、黑裙子，領口別的正是她送給盛南洲的向日葵徽章。

沒多久，胡茜西被催促著集合去比賽，槍聲一響，她下意識地向前奔跑。

然而往前跑著，她腦子裡全都是剛才孟靈向盛南洲告白的場景，以及對方竟然戴著她送給盛南洲的徽章。

火陽如燒，照在身上，既熱又難以呼吸。

胡茜西跑到一半漸漸喘不過氣，額頭上的汗滴到眼睫上，視線一片模糊。

氣管那裡開始痛，雙腿像灌了鉛一樣沉重，就連擦過耳邊的風都是燥熱的。

胡茜西越想越委屈，滿腦子都是兩人在一起的場景。渣男，垃圾回收站都不要的垃圾。

他們越親密，顯得自己越傻。

越想越難過，胡茜西也沒了耐心，乾脆撂挑子不跑了。

胡茜西中途棄賽，全場譁然。她不顧全場的目光，撥開重重人群，一個人走開了。

胡茜西累得不行，繞過操場後的建築貼著牆壁坐下來休息。她接連呼了好幾口氣，呼著呼著，眼淚掉了下來，滴到唇角，很鹹。

盛南洲，你這個大豬頭！

忽然，一道陰影籠罩下來，一瓶冰水貼在她臉頰上，涼絲絲的，迅速讓發燙的臉降溫，對方身上清冽的木香也一併襲來。

胡茜西知道是誰，手掌拍開貼在臉上的冰水，悶聲不說話。

「不是說要拿第一給我看嗎，怎麼不跑了？」盛南洲問。

「你還來幹什麼？你女朋友不會找你嗎？」胡茜西彆扭地說道。

盛南洲笑笑：「我哪來的女朋友？」

「哦，剛才好像看見一個膽小鬼在偷聽別人的告白，然後沒聽完我拒絕別人就跑開了。」

盛南洲慢悠悠地說道。

「你……拒絕了？」

「那徽章呢？」胡茜西終於肯轉過頭看他，眼睛還紅紅的。

盛南洲伸出手，一枚向日葵徽章躺在他手心，說道：「剛才掉了，現在要回來了。」

「好吧。」胡茜西抽了一下鼻子，原來是個烏龍。

盛南洲蹲下身來，漆黑的眼睛盯著她，緩緩地問道：「要不要重跑？」

少年的眼睛帶著光，胡茜西對上他的視線，發現她不知道什麼時候住了進去，於是看著他，也緩緩地笑了。

番外四 情人節

周太太，遇見妳——
是我這輩子最大的榮幸。

01、周&許

七夕這天，周京澤特地申請了調休，打算陪許隨過節。但周京澤這個人比較悶騷，不說，還裝作一副不記得、吊兒郎當的模樣。

周老闆懶散地窩在沙發上，左手拎著一罐冰鎮啤酒，正認真看著足球比賽，手機放在茶几上，時不時發出嗡嗡的震動聲。他和基地的人押注了這一場誰贏。

許隨看他興致挺高，想一起出去吃頓飯的提議也就壓了下去。

平時他參與救援這麼辛苦，難得放個假，還是在家休息好了。

「要不然今天在家吃飯吧？」許隨開口。

「行。」周京澤懶洋洋地開口，看起來並沒有放在心上。

晚上吃飯時，周京澤也沒有任何反應，許隨以為他不記得了。

不過今年的心境和之前不同，反正都……是她的人了，她主動一點也沒關係。趁著聊天的空檔，許隨站起來從房間裡拿了一個盒子遞到周京澤面前：「今天是七夕，送你的禮物。」

周京澤抬手拆開藍色的錦盒，裡面躺著一把刮鬍刀，很小眾的牌子，款式挺好看。

「嫌我晚上刺著妳了？」周京澤挑眉，一副不正經的模樣。

許隨正想反駁，但這好像是事實，便不打算開口。他鬍子其實不長，但是有鬍渣，周京澤每次又特別愛用下巴蹭她，刺人，還癢。她一想臉就有點熱。

下一秒，周京澤開口：「送禮物就得售後到底，以後每天早上妳幫我刮。」

「好，刮傷別怪我啊。」許隨笑道。

周京澤都要被氣笑了，他抬手掐住她的臉，反問道：「爺身上被妳咬了多少道傷口了，我說過什麼嗎，嗯？」

許隨被調侃得不好意思起來，拍開他的手轉移話題：「你下午又和老田賭球了嗎，賭注是什麼？」

周京澤沒接話，對她抬了抬下巴：「書房有妳的七夕禮物。」

許隨一聽立刻站起來跑去書房，打開門一看，發現周京澤不知道什麼時候買了一臺新的黑膠唱片機給她，旁邊還放滿了她喜歡的樂隊出的專輯。

書桌旁有一張黑色包裝的唱片，上面什麼也沒有，單刻了一個「隨」字。

她拆開包裝，放到唱盤上，將唱針放到唱片上，「嗒」的一聲，一陣沙啞的聲音響起，緊接著，女聲響起：「周京澤，你好，我是許隨，也是你的同班同學，寫信這麼老土的事……」

許隨猛然回頭，聲音有些氣急敗壞，臉色通紅：「周京澤！」他捉弄人向來有一套。

周京澤倚在門框上，笑得胸腔顫動，像是預料到許隨下一秒想要關唱片機的動作，出聲制止：「妳往下聽。」

許隨只好繼續聽，好在只有這一句短暫的開場白，緊接著，輕緩的前奏響起，一道低沉的聲音響起，十分抓人。

他的粵語發音很標準，帶著一種獨有的腔調，每一句都扣在人心上。

「有你我方找到生存來源，難行日子，不削我對生命眷戀，因有著你，跟我一起……若問世界誰無雙，會令昨天明天也閃亮，定是答：你從無雙……」

其實周京澤很少唱歌，基本不唱，平時遇上聚會，領導聽說他唱歌好聽，想讓他唱，這人，依然愛理不理，完全看心情，可許隨就是他的心情。

周京澤乾脆刻了一張唱片給她，只屬於她一個人的。

許隨站在那裡有點感動，覺得周京澤給的禮物比她花心思、認真。

她正凝神聽著，一道陰影落下來，男人從背後擁住許隨，溫熱又綿長的一吻落在白皙的頸側，他的聲音低沉撩人：「一一，情人節快樂。」

周太太，遇見妳——

是我這輩子最大的榮幸。

02、盛&西

非洲，納米比亞大草原。

盛南洲加入野生動物保護ＮＧＯ已經兩年零三十天。

他從事的是一線反盜獵工作，是最辛苦也最危險的工種。但當地人都喜歡這個高大英俊的小夥子，他性格沉默，踏實，肯吃苦做實事。

在動物保護這一領域，工作範圍比較廣，有的人是來體驗生活，有的人是為拍電影素材，有的是在讀大學生來完成作業。大部分人來了又走，留下短暫的痕跡。他是待在這裡時間最長的。

中午，盛南洲在休息站裡吃午餐，他正用湯匙舀著碗裡的撒匜[3]，忽然，同事滑著手機發出「哇」的聲音，嘆道：「盛，今天是你們的七夕情人節欸！有沒有跟你心愛的女孩子說七夕快樂？」

盛南洲握著湯匙的手指一頓，片刻失神。

另一個同事見盛南洲神色不對勁，推了推這個同事的手臂，示意他別哪壺不開提哪壺。

到處有人傳，盛隊長來到這條件差、工作環境惡劣的地方是為了找一個女孩。那女孩好像

3 撒匜，南部非洲地區類似於玉米糊的食物。製作時先將水燒開，加入木薯粉用棍子攪拌，熟了以後像米糕一樣，會配上菜汁沾著吃。

也在這裡工作過，只是很快就離開了。當地人或是以前的同事只要回憶起一星半點關於那個女孩的事，他都會小心翼翼地聽上半天。

盛南洲思緒飄離片刻便回籠，笑著說：「說了。」

話題就此結束。

晚上結束工作後，盛南洲洗漱完，在門口抽了一根菸。

一根菸燃盡，盛南洲褲子口袋裡的手機發出嗡嗡聲，摸出手機一看，新郵件提醒。他順便看了時間一眼，時差五個小時，在國內那邊七夕算已經過了。

盛南洲心不在焉地點開郵件，手機右上角的訊號轉了一下。是定時郵件，縮小的方框顯示一段影片。

不知道為什麼，盛南洲心臟一陣緊縮，他顫抖著指尖點開一看。

一道活潑且清脆的聲音透過喇叭傳來，影片畫面裡的人笑容燦爛，像午後的向日葵：『鏘鏘鏘！南洲哥，祝你生日快樂！有沒有按時吃飯，有沒有好好生活？我可是有悄悄監督你哦。』

『今年你三十一歲啦，老大不小了，』胡茜西托著下巴，眼珠轉啊轉，黯淡之色一閃而過，『讓我猜猜看，未來這一年的你，是不是正和妻子吃著生日蛋糕，她還幫你唱了生日歌？』

『總之，要開心，要幸福。』

不要讓我離開人世了，都還在牽掛你。

哪怕你做了別人的騎士，我都沒關係，只要你幸福。

其實他有兩個生日，因為當初上戶口上晚了，葛女士做事又含糊，戶口名簿上的生日就定了十一月，實際生日在八月——七夕的第二天。

盛南洲愛熱鬧，年紀小時經常兩個生日都要過。家裡人寵他，也就由著他。但越長大越懶，加上盛言加那小屁孩的生日和他的離得近，他這個人無所謂，經常兩兄弟一起過。

影片裡的胡茜西穿著藍白病人服，燦爛的笑容下難掩臉色的蒼白，卻堅持為他錄了生日祝福影片。

今天是他的生日。

只有她記得。

胡茜西在她去世後的兩年傳來了這封定時郵件。

她認為前兩年是最難熬的日子，時間會沖淡一切，盛南洲會忘了她，會有新生活。所以到現在，她才敢來祝福他。

盛南洲盯著影片裡的胡茜西，笑了笑，嗓音嘶啞：「傻瓜。」

我沒忘。

番外五　比夏天更漫長

她好像笑了一下，眼尾向下彎，很好看。

周京澤在美國航校已經待了大半年，剛來的時候，同行的大學同學都吐槽著舊金山的氣候過濕，又吃不慣這裡的食物，總之，各種不適應。

他倒沒什麼不適應。家庭環境的原因，他有幾年被周正岩丟在挪威，那麼冷的國家，一個人，不也活下來了？

周京澤這種浪蕩的性子，像浮萍，到哪都能迅速舒展，愣是能擴張自己的地盤，占地為王，聲色犬馬，和以前沒什麼不同，該訓練訓練，該享樂享樂。

在外人看來，他過得很好。但讓人費解的是，這個長相英俊，皮相一絕，家境優渥的男生，還頂著一張浮浪的臉，身邊卻從來沒有女人。

聚會時，有人藉著碰杯的機會問了他一句：「哥們，你怎麼不談戀愛呢？」

周京澤愣了一下，對方趁著他愣神的間隙，湊過來壓低聲音：「還是說……你喜歡男的？」

周京澤弓腰把酒杯放下，聲音帶著笑意，卻能聽出一股倦怠：「沒興趣。」

中途，組局的人挑頭玩起了遊戲，他們玩的是德州撲克，輸的人要真心話大冒險。一連玩了好幾局，周京澤相當輕鬆地贏了。最後扔牌時，坐在斜對面的洋人睜大眼，罵了句中英文夾雜的髒話。在場的人哈哈大笑，周京澤叼著一根菸，低頭笑得胸腔顫動，一截菸灰撲簌簌地落下來，最後一抹猩紅消失，將眼底的一抹落寞燒成灰燼。

常勝將軍也有落敗的時候，周京澤輸的時候，全場叫好，他兩手一攤，往後一靠，一副無所謂、任憑處置的懶散模樣。

場內早就有人想看周京澤被拉下神壇的模樣，指著他旁邊一個金髮碧眼的女生說：「和Lily來一個貼面吻！」

旁邊有人附和著吹起口哨，起鬨聲四起，這個冒險對他們來說其實不算什麼，而且依周京澤的性格，只怕更出格的他都玩過。

周京澤微捲著舌頭對旁邊的女生講了句「Sorry」，在場的人聽得清楚，安德列故意嗆他，說道：「周，你是不是玩不起？」

「還真是。」周京澤發出輕微的哂笑聲，直接承認，也不怕丟臉。

有人幫他解圍，不知道從哪變出一張女巫牌，說道：「假設你現在在荒野叢林，即將死去時，女巫出現了，她給你兩個選擇：一是忘掉你生命中某個最重要的人，獲得逃生機會；二是喝下毒藥馬上死去。」

雖然這只是假設，但拎出來講，就是一個現實的問題。眾人紛紛討論，講述各種可行性，最後百分之九十九的人都選擇忘掉某個重要的人，逃生。

人生還很長，下一個重要的人還會出現。

「喝毒藥吧。」在一眾輕鬆嬉鬧的氣氛中他忽然出聲。

他是那百分之一。

眾人安靜下來，神色是一致的不可思議。安德列驚呼出聲，難以置信地問道：「為什麼？周，你肯定有故事！」

「對啊，換我肯定選逃生，命更重要。」

周京澤彎腰從桌子上拿了一罐黑啤，食指扣住拉環，手掌抵住銀色的鋁面，一截腕骨清晰分明。

「呩嗒」一聲，拉環扯開，無數氣泡爭相向上湧，他拿著酒也沒喝，抬了抬眉尾，插科打諢道：「爺活膩了唄。」

眾人見他這副嵬然不動的架勢，也知道撬不出話，繼續去玩下一輪骰子遊戲了。

周京澤窩在沙發上有一搭沒一搭地喝酒，暗色的紅光打過來，跳動在他凌厲的眉眼上，微弱且沉默。

舌尖嘗到啤酒的第一口，微苦但帶著衝擊，像忽然被鑿穿的城牆，四面八方地湧進風來。

命有什麼重要的？

到後來周京澤喝得有點多，跑去洗手間洗臉，水龍頭打開，水不停地往下沖著，他手肘撐在洗手臺上，直接把臉伸了過去。

水很刺骨，但是有一種病態的爽。

手機忽然發出叮的一聲，周京澤伸手抹了一把眉骨上的水，摸出手機，螢幕彈出備忘錄提醒——十二月二十四日。

這個日子是在三天後，他什麼也沒標注，只是一個普通的平安夜，可這數字，像是按下記憶開關一般。

刻意清空刪除的東西正在撤銷，時光倒退，一一重現。

水還在嘩嘩往水槽裡沖，在空曠的洗手間發出回音，周京澤握著手機，盯著這個時間看了很久。

安德列知道周京澤即將在平安夜回國時，一臉震驚：「周，你瘋了？二十四日剛好是你在航校演講的日子，多重要你又不是不知道——」

「沒事。」周京澤輕描淡寫地說。

在他這，重不重要不是看事件性質，而是分人。

周京澤的飛機在十二月二十四日落地，走出艙門那一刻，一陣凶猛的冷氣衝過來，無孔不入地鑽進骨頭縫裡，凍得人牙齒都在打架。到底走得太急，他連京北的天氣預報都忘了看。

一下飛機，周京澤連衣服都來不及換，穿著一件單薄的黑色夾克攔車去了許隨學校。京北遠比舊金山冷，早已鋪天蓋地下起了雪。

目光所及之處，皆是灰白。

今天是平安夜，又是週末，學校外面人流很少，大概都叫車去市區過節了。

四周安靜得不行，偶爾有飛鳥掠過湖面，零星幾個路人走過，衣服擦著書本，發出窸窣的聲音。

周京澤戴著一頂藍色的小熊鴨舌帽，露出半截漆黑的眉眼，穿著單薄的衣服站在校門口，相當有耐心地等著人出現。

一個多小時後，周京澤搓了一下臉，剛想抽根菸，不經意抬眼瞥見不遠處出現一個慢吞吞的身影。

她穿著一件白色的毛呢大衣，神色充滿疲態，眼睛是孱弱的黑，懷裡抱著幾本厚厚的書，明顯剛從圖書館出來。

一陣凜冽的風颳來，她下意識地縮了一下脖子，依然緩慢地向前。

空曠的天，顯得她更單薄瘦弱，脖頸處空空，什麼也沒戴，臉色凍得更加蒼白，血色盡失。

周京澤又把菸塞了回去，低頭看了時間一眼，蹙起眉頭。

快兩點了。

十分鐘後，許隨照例來到學校旁這家常來的麵館，走進去時，吃飯時間已過，店裡只有兩三個人。她坐在窗邊，放下書本，老闆走過來倒了一杯熱水給她。

許隨捧著透明的玻璃杯，低頭喝了幾口水，冒出來的熱氣不斷氤氳著她溫順的眉眼。暖意總算回籠，她今天沒什麼食欲，想吃點甜的，就點了一份紅糖糍粑、兩顆茶葉蛋。

東西吃了沒多久，老闆端來一碗熱氣騰騰的麵，香氣飄了過來。許隨愣了一下，笑著說：「老闆，我今天沒點麵。」

老闆有一瞬間無措，轉而說道：「送的，今天是平安夜，妳是老顧客嘛。」

「謝謝老闆。」許隨說。

老闆送過來的麵不太像店裡的招牌麵，很家常，清湯麵，上面竟然有兩個黃澄澄的荷包蛋。

許隨嘗了一口，意外好吃。

結帳時，許隨走到收銀臺前，說道：「老闆，你是不是換廚師了？麵的味道有點不同了，很好吃。」

「是……是嗎？可能吧。」老闆心虛地應道。

正打算走時，許隨忽然想起什麼，從口袋裡摸出一顆紅蘋果，放在收銀臺，露出溫軟的笑：「謝謝老闆的麵，這是同學給我的。平安夜快樂。」

許隨吃飽後，體力恢復過來，抱著書本左轉走進了便利商店。周京澤靠在不遠處的牆邊，等著她。

沒多久，見她提著一袋東西出來，直接走進附近的巷子裡，周京澤不太放心，跟了過去。走進巷子，看到的是另一幕。

許隨蹲在牆邊，奶音從喉嚨裡冒出來：「喵。」

她喊了好幾聲，接著竄出好幾隻流浪貓圍著她轉，有的貓還直接扒她褲管。看貓跟她親暱的架勢，很明顯這不是許隨第一次投餵了。

許隨打開塑膠袋，拿出罐頭、羊奶，開了蓋子放在地上，流浪貓走過來爭相吃著。許隨抱著膝蓋安靜地坐在一旁看牠們吃東西。

周京澤失笑，一點也沒變。

見她摸著一隻橘貓，不知道在想什麼，輕聲開口，語氣帶著懊悔和輕微的難過：「我撿到1017的時候，牠比你還瘦，也不知道牠怎麼樣了。」

自言自語的話順著風聲傳到周京澤耳邊，霎時間，萬籟俱寂。他眼睫低垂，情緒無盡翻湧，呼之欲出。

心口被燙了一下。

餵完貓後，許隨抱著書本走出巷子。沒多久，四周颳起迅疾的風，枯枝搖搖晃晃，路邊的燈牌被吹倒，斜斜地掛在那裡。

周京澤看了天空一眼，灰沉沉的，厚厚的雲層往下壓。

他抬眸看向不遠處還在路邊書亭買書的許隨，瘦弱得好像風一吹，就能把她颳倒。怎麼越看，越比以前瘦了。

周京澤目光沉沉，收回視線，側身轉進一家店。

天空又比剛才灰了一個度，緊接著下起了雪，將原來露出的一半泥地掩蓋，道路上車輛走走停停，喧囂聲也被風雪覆蓋。

天更冷了。

周京澤走到附近小吃街正在發傳單的一個兼職大學生面前，遞給她一疊錢和一個牛皮紙袋，對不遠處的許隨抬了抬下巴：「看見那女生沒有，妳想辦法把這個送給她。」

女生看著手裡厚厚的一疊錢，又看了一下眼前長相痞帥、氣質冷峻的男生，不明白他為什麼不自己送。誰會拒絕這樣的男生？

不過，這疊錢抵得上她兼職十天的收入。

只見女生氣喘吁吁地跑到許隨面前，拿出傳單指了指上面的 Qr code，許隨拿出手機掃了，女生把牛皮紙袋塞到她懷裡，說是作為掃碼的禮品。

許隨神色有點茫然，道了謝正要走，女生想起五分鐘前，那個戴著小熊鴨舌帽的大帥哥說的話。

他冷淡的臉上帶了點笑意：「她這個人……可能有點固執，妳送了她還不一定會戴，麻煩妳幫她戴上。」

女生喊住許隨，走到她面前從袋子裡拿出圍巾，摘了標籤親自幫她戴上。

周京澤在不遠處看著，拿出一根菸，低頭點燃，伸手攏火，抬眸看過去。有風吹來，還有樹葉碰撞發出簌簌的聲音，許隨被紅色的圍巾裹得嚴嚴實實的，只露出一雙安靜的眉眼，她好像笑了一下，眼尾向下彎，很好看。

周京澤站在街頭，身後是風，是雪，眼前是他思念了很久的女孩，不能過去牽手，不能過去擁抱。

他什麼也做不了。

他只深深看了她一眼，兩指指尖的火光微弱，像在為誰點燃，緩緩地低聲說：「生日快樂，隨。」

番外六　高中：答案

夏天，太陽，校服，橘子氣泡水，他的眼神，跑道。
像是所有答案都藏在地圖裡，推開門就能看見。

周京澤去丈母娘家提親成功那天，恨不得昭告全世界，但依他悶騷的性格，只會不動聲色地把這件事透露出去。

一走出許隨家的門，周京澤就抬手拽鬆了領口的黑色領帶，露出一截喉骨，停下腳步。許隨眼神疑惑，仰頭看他：「怎麼了？」

周京澤低下頭看著眼前的女孩，一雙眼眸含水，嘴唇淺紅，即使隔了這麼多年，眼裡依然只有他。

「就是覺得特別不真實。」周京澤看著她笑了一下。老天把這麼好的女孩送到他面前，他卻差點親手弄丟了她。

許隨拖著他的手臂，眼睛轉了一下：「你讓我咬一下，就知道真不真實了。」

她以為周京澤會損她，哪知周京澤順勢倚在牆邊，把手遮了過去，懶洋洋地說：「咬唄，老婆想幹什麼都行。」

「我整個人都是妳的。」周京澤低頭看她，語氣忽然認真。

無論過去多久，周京澤一說情話，她的心還是會不受控制地狂跳。許隨的臉有點紅，拍了一下他的手，說道：「迷魂計。」

周京澤發出低低的笑聲，伸出手將許隨拽到身邊，一隻手勾著她的小拇指，另一隻手拿著手機，發了一則動態，還是那種明說暗秀式的：『以後各位約局盡量在九點前，謝了。』

大劉第一個留言：『為什麼？你得上夜班啊？』

周京澤拇指滑動著螢幕，他刻意沒有回覆大劉，而是裝酷地在自己發的動態底下留言，好讓大家都能看見：『沒什麼，因為老婆不讓。』

留言一傳出去，眾人跟炸了鍋一樣，紛紛過來道喜，大劉一臉無語，回覆道：『厲害，人間第一騷。』

大學教官也趕來留言：『你小子，是當初來偷看你訓練的女生？』

周京澤回覆：『是，只能是她。』

一向消失的盛南洲也在此刻出現，留言道：『恭喜啊，哥們。』

周京澤回：『謝了，你最近怎麼樣？』

過了五分鐘，盛南洲的回覆淹沒在一眾留言裡：『還行，就是非洲有點曬。』

還有人問他們把大喜日子定在什麼時候，得提前把紅包準備好。周京澤偏頭看了身旁的許隨一眼，笑了笑，回答道：『十二月二十四日，她生日那天。』

婚禮前半個月，一幫朋友和同事搞了各種聚會，拉著周京澤參加，美其名曰幫他鍛鍊酒量，但誰知道這幫人安的什麼心。不過周京澤心情還算不賴，有局基本都會參加。

週五，周京澤參加一個聚會，許隨則和梁爽出去吃飯逛街了。這樣也挺好，雙方都有一點私人空間。

聚會上，林朝的朋友張含煙過來送鑰匙，包廂裡，她在一片明明暗暗的紅光中一眼認出了周京澤。他還是那麼帥，坐在人群裡談笑風生，放蕩不羈地笑，一個眼神就能把人的魂勾走。

張含煙的精神立刻來了，順勢在沙發坐下，撥了撥頭髮，聲音驚喜：「周京澤，竟然是你，好巧哦。」

周京澤懶散地窩在沙發上，正弓腰接朋友遞來的酒杯，聞言撩起眼皮，視線在她身上停頓了一秒，想不起來這人是誰。

「我啊，張含煙，高中你隔壁班的，我們還一起打過遊戲呢。」張含煙心底劃過一絲失望，表面還在努力介紹自己。

「好像是。」周京澤應道。

之後張含煙再怎麼搭話，周京澤一概不理，保持著一定的距離，到後面他喝得有點醉，一看時間到了，說道：「各位，我先撤了。」

「不是，周爺你行不行啊，這點酒就把你幹倒了？」有人大肆調侃道。

張含煙在一旁，抓起手提包，主動道：「我正好也要走了，我開車來的，要不要送你？」

包廂裡聲音嘈雜，周京澤把酒杯放桌上，站了起來，抬了抬眉尾，語氣囂張：「是嗎？到時來我婚禮上，別被喝趴下。」

對方朝周京澤豎了個中指，周京澤無所謂地笑了笑。他抓起沙發上的外套，經過張含煙時，才想起回答她的問題，笑了笑，道：「謝了，不過我老婆會來接我。」

張含煙望著周京澤離開的背影整個人都是愣的，他竟然要結婚了，但她還是抓起包不死心地跟了出去。

半個小時前，許隨收到周京澤訊息時，已經在家看電視了。她只好關了電視，拿起鑰匙去接人。

一樓大廳，張含煙坐在沙發上，看向玻璃門外。周京澤穿著黑色的外套，頭頸筆直，正低頭點菸。

「啡嚓」一聲，橘紅的火躥出攏著的掌心，白色的煙霧漫過漆黑的眉眼，絲絲縷縷飄向空中。

須臾，路邊一輛黑色的車開過來，朝周京澤按了按喇叭。

張含煙看到周京澤剛抽上菸，想也沒想就掐滅了，丟在垃圾桶裡，闊步朝車的方向走過去。

張含煙此刻心裡有點發酸，她想知道對方是何方神聖，能讓周京澤這樣一個不拘小節的人，為她考慮到細枝末節。

她跟著推開旋轉玻璃門，看過去，車窗剛好降下來，露出一張恬靜的臉，笑容溫柔。竟然是許隨，以前那個不起眼又平凡的女生。

許隨也恰好看了過來，她視線停頓了一下，收回，發動車子離開了。

路上，許隨情緒有點悶，竟然是張含煙，她不是周京澤的前女友嗎？他竟然去參加有前女友的聚會。

可周京澤喝得有點醉，一直仰頭闔眼休息，車窗外流動的光打進來，照在他眼皮上。男人抬手擋住眼睛，喉結緩緩滾動了一下，根本沒注意到許隨的情緒。

回到家，許隨心情持續鬱悶，倒在沙發上玩手機，結果還沒登上通訊軟體，一道壓迫性的身影籠罩下來，手機被一隻骨節分明的手抽走。

「你——」許隨睜眼看他。

男人直接抱著她壓了下來，沙發非常擠，兩人以一種層疊的姿勢壓在一起，許隨覺得有點呼吸不過來。

周京澤偏頭用嘴唇碰了碰她脖子那塊軟肉，又聞了聞許隨身上的奶香味，壞笑道：「妳怎麼哪都這麼軟？」

「你幹嘛呢？」許隨動手推了推他。

周京澤不滿意她的抗拒，作勢要剝她的衣服，懷裡的人才老實了。他抱著許隨，什麼也沒做，似乎在充電。

半晌，他哼笑了一聲，溫熱的氣息拂在耳邊，許隨覺得癢，心一顫，偏頭躲了一下。

「別人是吸貓，我是吸我老婆。」

「今天聚會開心嗎？」許隨問他。

周京澤想了一下，應道：「還行。」

「我剛才看見你前女友了。」許隨半晌悶悶地憋出一句話。

周京澤表情有點無辜，事不關己道：「沒有吧？」

這下許隨抱都不讓他抱了，把人一推，男人差點從沙發上摔下去，許隨給了他一個提示：「張含煙。」說完她就去洗澡了。

周京澤坐在沙發上，皺著眉想了半天沒想出張含煙跟他到底有什麼關係，這時，許隨落在桌上的手機發出「叮」的一聲。

他撈起手機一看，視線停在通知欄上，目光頓住：『用戶月牙彎彎點讚了你的回答：學生時代暗戀一個人是什麼心情』。

周京澤解鎖手機，點進去一看，發現許隨有一個問答軟體的帳號，一共回答了兩個問題，一個隱藏了，另一個還是公開的狀態，她答——

『高中唯一一次自以為的暗戀回應，是在跑八百公尺時，他在終點看我。而我當時整個人方寸大亂，立刻弄瀏海，扭扭捏捏，希望正在跑步的我看起來沒那麼醜。』

『可能在他看來，我和別人也沒有什麼不同吧，所以他看了我一眼，表情漠然，就走了。跑完那一刻，我無比後悔，又聽說原來他是在看我身後的女生。那個人好像是他女朋友。』

『暗戀就是心裡幻想無數他可能會給的回應，現實是唱獨角戲的只有自己。』

周京澤看著上面的回答，終於想起張含煙這人是誰，他低頭笑了一下：「傻瓜。」

高中時，許隨黯淡無光，學校環境又透著一種隱藏的階級比較。長得好看的、家裡有錢有勢的學生可以肆意妄為，日常稱霸，做壞事，時不時點評一下別人穿的衣服，再語言羞辱一下是常有的事。

那個時候，許隨極度自卑，又害怕被人議論，所以她從來不穿新衣服，校服洗得發舊也沒關係，只要不引起別人的注意就好了。

唯一一次，許隨超常發揮考了第一名，媽媽在商場買了一件夏日青檸色的波點連身裙給她，非常好看。

那條裙子實在太好看了，許隨穿上站在鏡子前，覺得自己身上的灰暗都少了幾分，鏡子前的人眼睛烏黑，鼻子挺翹，看起來乖巧可愛，唯一美中不足的就是氣色不太好，因為喝多了中藥有點浮腫，臉色蒼白。

許隨正雀躍著，忽地想起了之前在學校偶然撞見學校那群人圍住一個女生，手搭在她肩膀上，眼神嘲諷，流裡流氣地警告，只因為那個女生穿了一件新衣服。許隨忽然有點喪氣。

她不想被人關注，也不想因為這種事讓自己陷入困境，但轉念一想，萬一第二天周京澤看到了呢，會不會多看她兩眼？想到這，許隨呼了一口氣，還是決定穿它。

次日，許隨穿著新裙子進教室，一進去，隔壁桌的眼睛亮了幾分，誇道：「隨隨，妳今天好看欸！」

隔壁桌一聲大喊惹得眾人紛紛把目光投過來，同學們開始誇獎她。許隨紅著臉點頭，又覺得不好意思。

她好像不自信到連誇獎都難以承受。

但周京澤蹺課沒有來。

直到第二節課課間操結束，許隨用手擋著頭頂，百無聊賴地朝教學大樓的方向走去時，發生了戲劇性的一幕。

許隨竟然和四班的一個女生撞衫了。對方穿著改短的同款連身裙，膚白貌美，瑩瑩玉腿，像一朵漂亮的玫瑰。張含煙身邊的同伴投來嘲諷的眼神，附在她耳邊不知道在說些什麼。

最讓人驚慌的是，許隨不經意地抬頭，竟然看見周京澤和一群男生靠在欄杆上聊天，青春期的男生散發著一種莫名的優越感，他們居高臨下地看著操場上來往的女生，明顯注意到了撞衫的兩個人。

「撞衫欸，誰醜誰尷尬。」

「欸，那個女生平時穿得跟中年大媽一樣，今天居然穿裙子了。」穿著球衣的男生直接朝底下吹了聲口哨。

「那也很一般，還是張含煙身材好一點，看她那腿。」

「對啊，用得著比嗎？你說是吧，周爺，是不是張含煙好看？」一讓周京澤選，男生們都開始起鬨，畢竟這段時間張含煙在追周京澤，聽說他還帶她打遊戲，兩人快在一起了。

男生討論的聲音很大，順著風遞到樓下許隨的耳朵裡，她用力揪著裙子的一角，指尖泛白，急匆匆地向教學大樓的方向走去。

周京澤穿著一件黑色的T恤，正懶散地靠在欄杆上，手臂搭在上面，聞言撩起眼皮毫無興趣地朝樓下看去，眼神冷淡。

周圍的同伴還在那捧高踩低，對一個女生評頭論足，他聽得皺起眉頭。

於是他開口，聲音沒什麼溫度，抬手指了指許隨的方向：「她吧，比較文靜。」

風太大，許隨只顧著逃跑，根本沒有聽到這句話。

那天之後，許隨再也沒有穿過裙子，她又穿回了寬大的校服，整天埋頭在無盡的題海裡。

運動會即將在半個月後拉開序幕，體育股長整天在班上遊說同學們踴躍報名，可除了自願報名的同學，大部分人很少理他。

體育股長只好把目標放在一些好說話、脾氣好的同學身上，比如許隨。體育股長把報名表放在許隨桌上時，雙手合十：「許隨，八百公尺還差一個，幫幫我，再沒人報，我要跳湖了。」

「可是我八百公尺不太行。」許隨說道。

她天生沒有運動細胞，但長跑拚的是耐心，或許她可以試一試。

體育股長一把鼻涕一把眼淚地跟她訴苦這個工作開展的難度，許隨一向不會拒絕人，到最後心軟答應了。

運動會拉開序幕的那天，久違地豔陽高照，操場上每個班的同學穿著各自的班服，前排同學舉著班牌，站在太陽底下聽校長發言。

校長結束發言，說「運動會正式開始」時，原本還無精打采的學生立刻沸騰歡呼，扛著班旗占地為王，操場上立刻熱鬧得不行。

八百公尺在上午十點半開始，九點多時，許隨在檢錄處領取號碼布，碰巧的是，張含煙也在。

張含煙的朋友正幫她別號碼布，聲音挺大：「煙煙，妳一定要好好跑啊，萬一被那誰看到。」

「知道啦。」張含煙的臉有點紅。

許隨讓同學別好號碼布後，站在起跑點準備，跑道兩邊圍著各班同學，正在幫自己班的選手加油打氣。

天氣有點熱，許隨扯起T恤的一角正要鼓起來搧風，卻在餘光中瞥見周京澤和一幫男生浩浩蕩蕩地走過來。

他穿著校服，身材挺拔，領口胡亂地敞開，露出一截冷白的鎖骨，手背的刺青明顯，漫不經心地笑，透著一股痞壞的氣息。

許隨心跳一下子變快，她放下T恤，努力讓自己站直，起碼體態要好看一點。

她在餘光中看見他和一幫男生走了過來，有人問他：「看不看？」

「看唄。」周京澤的聲音淡淡的，又有些冷，讓人莫名想到夏日冰櫃裡的冰碴。

許隨一下子有了動力。

她想跑第一，希望他能看到。

一聲槍響後，許隨用盡全身力氣向前奔跑，驕陽似火，連耳邊的風都是滾燙的。但許隨速度太慢了，一下子就落在了別人後面。

太陽曬得她眼睛快要睜不開，第一圈快跑完時，周京澤忽然站在終點處，雙手插口袋，好像在看她。

他這是特意來看她嗎？

許隨一下子慌亂起來，在想自己跑步的樣子一定很醜，瀏海飛起來，表情一定很猙獰。她急忙伸手撥了一下瀏海，腳步也不自覺地停了下來。

哪知周京澤目光筆直地看了過來，像一把銳利的劍，眼底露出的不知道是失望還是冷漠，他看了她一眼就直接離開了。

許隨心裡被他那個眼神刺了一下。到最後一圈衝刺時，她跑得喉嚨冒火，肚子一陣陣疼，仍竭盡全力衝向終點。

結果她拿了第四名。

張含煙拿了第一。

許隨跑到終點時，額頭出了一層汗，兩腿發軟，差點摔倒，幸好一旁的同學接住了她。

不遠處的女生大喊道：「含煙，妳好厲害啊！第一欸，剛才周京澤好像是特地來看妳的，他們好像在打賭誰會贏。」

細碎的談話聲順著風聲傳過來，許隨彎下腰，雙手撐在膝蓋上，臉色慘白，不停地喘氣。倏地，分不清是一滴淚還是汗從半空滴落，融入綠色的草坪。

二十分鐘前，周京澤和一幫男生站在欄杆旁押注，打賭誰能在這次八百公尺中拿第一。有男生說道：「押陳芳吧，她體育好。」

「嘻嘻，我押張含煙，她腿長。」

「你好猥瑣，不過我也押她。」

有人拍了拍周京澤的肩膀，問道：「周爺，你押誰贏啊，是不是你的緋聞女友張含煙？」

周京澤正玩著遊戲，聞言手指一頓，掀起眼皮冷冷地看了對方一眼：「不熟，只打過一局遊戲。」他是說他跟張含煙。

周京澤拆了一顆薄荷糖，咬得嘎嘣作響，在看向不遠處的許隨時，瞇了瞇眼，說道：「我押她贏。」

看起來瘦弱，但感覺身上有一股韌勁，所以他選她。

「你這次勝算有點小啊，那賭你那輛 Yamaha 怎麼樣？」對方趁機敲竹槓。

周京澤把手機放進口袋裡，舌尖抵著薄荷糖推到另一邊，哼笑：「行。」

「真的，不反悔？」

周京澤重新看了跑道上的許隨一眼，聲音低低沉沉：「有什麼可反悔的？」

八百公尺的比賽結束以後，不知道誰去廣播臺點了一首歌，操場上人來人往，動聽的歌聲迴盪在校園上空。

夏天，太陽，校服，橘子氣泡水，他的眼神，跑道。

像是所有答案都藏在地圖裡，推開門就能看見。

許隨還在浴室裡洗澡，周京澤放下手機去找她解釋了。然而手機躺在桌上，螢幕還沒有關上，可以看見有網友問道：『那你們現在怎麼樣了？』

最新回覆顯示在五分鐘前：『我們要結婚了。』

番外七　婚後：一生

周京澤的女兒小名叫安安，一生平安，全名叫周許笙——

周京澤是許隨的，一生一世，永遠不變。

周京澤和許隨結婚時，紅毯鋪了京北街十里，紅紅的鮮花擺滿了婚禮現場。他的人，要給最好的。

婚禮當天，周京澤穿著西裝，領口戴著紅領結，久違地唱著〈可愛女人〉去迎接他的新娘。

周京澤的聲音一如既往地好聽，許隨穿著潔白的婚紗，化了漂亮的妝，回看著他哭了。兜兜轉轉，她終於嫁給了年少喜歡的人。

盛南洲因為還在國外參與動物救援，沒辦法第一時間趕到現場，所以包了一個厚厚的紅包，而紅包背面的落款是：盛南洲攜愛妻胡茜西敬上。

到敬酒的環節，許隨換了紅色的開襟旗袍，皮膚奶白，露出一截圓潤的小腿，漂亮得讓人移不開眼。

他們結婚請了很多人，救援基地的同事，大學同學和高中同學，以及許隨為數不多的朋友，其中包括林家峰。

許隨作為新娘倒了一杯酒給他，林家峰站起來接，笑得溫潤，對他們舉杯，說了句：「恭喜。」

許隨剛要去喝手裡的酒，一隻腕骨清晰的手攔住，周京澤接了過來，眼神筆直地看著林家峰，姿態閒閒，一口氣敬了他三杯酒，杯杯見底。

眾人紛紛叫好。

婚禮一直持續到晚上，許隨基本沒怎麼喝酒，都是周京澤喝，他不讓人灌他老婆。晚宴結束後，一幫人吵著要鬧洞房。

周京澤扯了一下領帶，背對著眾人，漫不經心地笑：「隨便。」

結果眾人撲了個空，周京澤早就料到這一幕，提前換了房間，讓一群人又氣又笑。大劉開了支香檳，泡沫噴湧而出，笑罵道：「得，你周爺還是你周爺。」

婚房裡，許隨坐在那裡，周京澤站在她面前，影子垂下來，頗具壓迫感，他微抬下巴，一把將領帶扯掉，然後抬手解釦子，透著痞裡痞氣的帥。

「周京澤，我想和你喝交杯酒。」許隨小聲地說。

喝了交杯酒就算是真正的夫妻了。

周京澤抬了一下眉，睇著眼：「不改口？」

「老公。」許隨半晌憋出這兩個字，臉上的紅暈越來越大。

周京澤釦子解到一半，找了兩個杯子，往裡面倒酒。兩人坐在一起，黑色的褲子壓著紅色的裙擺，燈光透著一點曖昧的暖黃，牆上的兩抹影子慢慢重疊在一起，兩隻手湊到一起，喝了交杯酒。

許隨不知道什麼時候被周京澤壓到床上，男人溫熱的氣息噴在她耳側，癢得不行。周京澤俯下身，用嘴叼開她身上的衣服釦子，一邊咬一邊開口，聲音低啞：「那個姓林的，今天一直盯著妳看。妳跟他說了什麼？」

許隨只覺得身上熱，整個人被他帶著，思緒有點不受控制，回道：「他問我後不後悔。」

周京澤咬了她的嘴唇一下，冷哼道：「他也敢問！」

眼前的這個男人醋意大發，許隨摟著他的脖子，主動親了他一口，認真說道：「我回他說——」

成為周太太，矢志不渝。

新婚快樂，周先生。

周京澤和許隨婚後第二年，許隨懷了孕。許隨孕期反應比較厲害，經常孕吐，小孩在肚子裡比較鬧騰。不知道是激素影響，還是懷孕太辛苦，許隨常常一個人坐在沙發上掉眼淚，盯著一個點發呆。

周京澤只能變著法地哄她，把他的女孩摟坐在大腿上，額頭抵著她的額頭，聲音一貫地漫不經心：「這小子又鬧妳了？」

人還沒生下來，周京澤就判定許隨肚子裡是個男孩，因為小孩還在肚子裡就這麼鬧他老婆，等生出來，他非踹兩腳不可。

許隨眼睫還掛著淚，嗓音有點啞：「還沒生出來你就罵他，男孩不……好嗎？」

周京澤抬手擦去她臉頰上的淚，鼻腔裡發出一聲哼笑：「最好是女孩，女孩像妳比較好，男孩像我多渾。」

「我唱歌給妳聽，嗯？想聽什麼？」周京澤捏了一下她的鼻子。

許隨抽噎了一下，別過臉去，說道：「不要，都聽膩了。」

許隨孕期反應大愛哭的時候，周京澤懷疑自己把這輩子的耐心都耗在她這了，什麼招數都用過，唱歌，陪玩遊戲，講笑話給她聽。

周京澤發出輕微的哂笑聲，行，主動還被人嫌，到手了就這樣對他。

許隨揪著他的衣袖還在那掉眼淚，忽然想到什麼，抬頭，語氣帶點試探：「在你臉上畫隻貓，怎麼樣？應該挺可愛的。」

「不」字還沒從喉嚨裡滾出來，男人低下頭對上一雙蘊水的眼睛，得，沒轍了。

「畫唄，老公讓妳畫。」周京澤單手摟著她的腰，俯身去拿桌上的麥克筆。

許隨越畫越開心，快收尾時，周京澤接了通基地的電話，行色匆匆地走了。因為走得太匆忙，他忘了臉上還帶著作品，直接趕去了單位。

誰能想到戰功赫赫的第一救援隊隊長帶著大花臉來開會，直接在基地鬧了個笑話。他手下人那段時間完全忘了隊長的威嚴，使勁開周京澤的玩笑，還在私下幫他取了個「寵妻狂魔」的稱呼。

許隨身體一直不太好，因此孕期很辛苦。她生產時大出血，在鬼門關走了一遭。

產房外的周京澤臉色慘白，垂在褲縫的拳頭攥得指甲泛白。

這是盛南洲第一次在周京澤臉上看見這樣的表情。

好像如果許隨有什麼意外，他也會毫不猶豫的——不想活。

好在老天冥冥之中保佑著他們一家人，一個小女孩在子時呱呱墜地，母女平安。

是女兒，周京澤捨不得踹了，捧在手裡都怕化了。

小女孩長到三歲時，許隨計畫再生一個孩子，兩個小孩成長互相有個陪伴。但周京澤說什麼都不肯要二胎。

那種事，經過一次，他不敢再冒任何風險。

逢年過節時，一大家子人聚在一起吃飯，其中有個思想頑固的親戚開口絮叨讓許隨再生一個小孩，多子多福，才能兒孫滿堂。

一向對長輩有禮的周京澤當場冷臉，直接撂了筷子，放話：「誰再讓我老婆生二胎，我不認誰。」

最後年夜飯也不吃了，周京澤一隻手抱著一個綁著羊角辮的小女孩，另一隻手牽著許隨，離開了老宅。

對了，忘了說，周京澤的女兒小名叫安安，一生平安；全名叫周許笙——周京澤是許隨的，一生一世，永遠不變。

周許笙小朋友長得像她媽媽，很漂亮，皮膚白皙，一雙大眼睛更是水汪汪的，但沒有遺傳到許隨安靜斯文的性格，反而像周京澤，野得很。

她剛進幼稚園，不到一天就和全班人混熟了，還收穫了好幾個跟班，成了他們的老大。周許笙一向崇拜她爸爸，一回到家就拽著周京澤的袖子，要分享在學校的趣事，比如哪個男孩子又尿床啦，她今天又得了獎勵之類的。

可這天放學後，小女孩回到家既不吃飯，也不跟她爸說話，沉著一張臉直接進了房間。周京澤和許隨對視一眼，這是有心事了。

周京澤和許隨敲了敲女兒的門，一起進了房間。周許笙小朋友坐在書桌前，撐著下巴盯著小班畢業照皺眉。

許隨端了一杯牛奶過去，揉了揉小女孩的頭髮，溫柔地問道：「笙笙，怎麼了？」

「媽媽，我有點討厭我們班的顧陽陽。」

「啊？」

周許笙自顧自地掰著手指頭說話：「我覺得顧陽陽長得有點漂亮，所以每次都送他牛奶，還有小餅乾，我都說我罩著他了，可他說他不要。」

「今天上課，老師教的拼音我一個也沒學會，光顧著看他後腦勺了。他不想和我成為朋友，可是我想。」小女孩聲音低落。

周京澤彈了一下周許笙的腦袋，樂了：「原來妳這是暗戀人家男孩子了啊。」

「媽媽，什麼是暗戀？」小女孩長著濃密睫毛的眼睛眨也不眨，一直看著她媽媽。

許隨臉頰暫時變得通紅，暗戀還會遺傳嗎？她想了好一陣子，打算盡量讓小女孩通俗易懂地學會「暗戀」這個詞。

「暗戀就是，妳很喜歡一個人，但是他一直不知道。」

連晚風都知道我喜歡你，只有你不知道。

「那怎麼辦？」小女孩打破砂鍋問到底。

她正要接話，周京澤主動開口，眼睛卻一直看著許隨：「喜歡就要及時說出來，不然會錯過好多年。」

比如她和他。

周許笙開朗好動的性格，還得益於兩隻小動物的陪伴，從她有點記憶起，1017 和奎大人就陪著她長大。

奎大人很寵小女孩，經常陪著她看電視，玩遊戲；而 1017 雖然高冷，可周許笙小朋友毫無章法地抱牠，弄得牠不舒服，牠也從來不躲，還乖乖拱進她懷裡。

可是周許笙四歲時，1017 就快不行了，吃不下任何東西，牠逐漸看不清，連喘氣都吃力。小女孩本來很愛玩的，那段時間，她哪裡也沒去，天天在家裡陪著 1017。

冬天最後一天即將過去時，周許笙起床發現自己怎麼樣也找不到 1017，滿世界找牠。

最後周京澤在後花園找到牠。

那天陽光很好，1017 知道自己要離開這一家人了，默默地走了出去，然後在一棵樹下靜靜等待死亡。

牠安靜地躺在花叢旁邊，身旁有零星的蝴蝶飛來飛去，1017 的鬍鬚變得硬邦邦的。周許笙在一旁號啕大哭，保姆阿姨怎麼勸也勸不住。

許隨蹲下來，摸了摸牠的身體，牠渾身冰涼。她還記得，見到 1017 的第一眼，牠瘦得可憐，身上還帶著傷，睜著一雙琥珀色的眼睛看著她。

遇見 1017，也是她幸運的開始。

這麼多年，1017 見證了許隨和周京澤的相識，熱戀，到結婚。但牠還是先一步離開了他們。

許隨解下脖子上戴的圍巾，蓋在了 1017 身上，低著頭，小聲地哭泣，而周京澤始終抱著她的肩膀。

周許笙還小，她還不懂離別是什麼意思，但能感覺到，家裡的一分子永遠離開了他們，可能會變成蝴蝶，或者變成天上的雲。

牠再也不會在爸爸媽媽看電視時，乖巧地趴在他們腳邊了，也不會陪她午睡了。

到後來周許笙再大一點，想起對這件事的疑惑，她去問了周京澤：「爸爸，你當時都沒有安慰我，說這是長大，要學會接受失去。可是媽媽年紀比我大呀，你怎麼一直在哄她？」

周京澤正看著球賽，聞言頓了一下，慢悠悠地開口：「——因為她在我這，不用長大。」

番外八　周京澤視角：遇見妳之後

他抬頭看著許隨，忽然開口——

「我愛妳。」

工作到一定的年限，又因為多次立功，上頭決定讓周京澤晉升，塞給他一大堆資料，讓他回去填。

其中一份是自我評價表，周京澤坐在桌前，腳踩在橫桿上，咬著筆想了半天，也沒想出合適的詞。

他不太會自我評價。

他這個人，放蕩不羈，不喜歡受任何羈絆，喜歡追求高速度下的最快心跳，瀕臨死亡的那種。Ｆ1在賽車史上的最高紀錄已經突破每小時四百公里，那是他的目標。

最快速度下，人的腎上腺素會飆升，心跳到喉嚨口，風逆著湧過來，氧氣一點一點減少，像溺水的魚。失重時看一眼日落大道，壯麗後再消亡，這輩子也就值了。

高中時腦袋長了反骨，跟家裡人對著幹，嘗試各種極限運動，跟學校反著來交白卷，周京澤以為這輩子就這樣無所事事、揮霍到死的時候，遇見了許隨。

她是他荒蕪人生裡抬頭就想看到的日落。

其實高中時，他對她有印象，也記得她。可她像隻受驚的兔子，不禁逗，常常他剛碰到一點兔子尾巴，人就溜得飛快。

高中有意無意碰到她的尾巴幾次，發現會上癮後，周京澤就自覺克制住不碰這種好學生了。

大學是他運氣好，能跟這樣的女孩在一起，可最後還是因為沒有學會處理親密關係，以分手收場。分手那陣，他躲在外公家裡，這輩子就沒這麼挫敗喪氣過。

老爺子看著他這副模樣，嘆了一口氣：「你記不記得小時候有個跛腳算命的，他說你煞氣重，這一輩子離經叛道，中間會有一道劫，讓你脫胎換骨。」

「外公，她是我的劫難。」周京澤眼睫低垂。

後來他被老爺子虐得死去活來，人有點精氣神後就匆忙出國，再然後，就聯絡不到許隨了。

是她單方面斷了和周京澤的聯絡，封鎖了一切聯絡方式。但周京澤一直在暗自關注她。

他雖然在美國訓練，卻知曉許隨的一切動向。周京澤知道許隨剛到香港，人生地不熟，那邊的人經常講了兩句普通話不耐煩之後就開始說香港話，她聽不懂。

香港的飲食和生活習慣也不一樣，她融不進去。

最火燒眉毛的時候，是許隨沒有找到合適的房子，租金太高，還找不到合適的室友，這是最讓人心焦的。

周京澤最了解她，去到一個陌生環境，會小心翼翼地伸出自己的觸角，一旦發現有任何不適，會立刻縮進自己的殼裡。

果然，她開始獨來獨往，除了上課，就是把自己關在暫租的小房間裡。

周京澤敲了敲手機螢幕，抽了一根菸後，撥通了一個號碼，然後飛了一趟香港。

尖沙咀的一家港式餐廳裡，女孩留著一頭捲髮，短針織衫，十根手指貼滿了亮晶晶的指甲。

女孩點了一杯阿華田，咬著吸管推了一下冰塊後看見來人，眼睛發亮：「哇，你真的來了啊？」

「嗯。」周京澤摘下棒球帽，淡淡地應道。

女孩叫嘉莉，在香港長大，是周京澤的遠房表妹。這女生從小就比較有個性，誰的話也不聽，只服周京澤。

她崇拜他。

但這種崇拜之情斷在周京澤出去放煙火時不小心燒了她半綹頭髮，不管她怎麼大哭大鬧，周京澤沒有哄她半句後，她決定不再和這個絕情的表哥來往。

他今天竟然主動來找她了，還有事求她，稀奇。

「女朋友啊。」嘉莉用湯匙挖了一塊絲絨蛋糕，語氣揶揄。

周京澤有一瞬間僵住，隨即答道：「現在不是了。」

嘉莉抽了紙巾擦嘴角，點頭：「懂了，前女友。」

「要我幫忙可以，陪我兩天囉。」嘉莉雙手托住下巴開條件。

她不信周京澤會答應，畢竟她聽媽媽說周京澤挺忙的，而且他這麼傲的人，怎麼會任人拿捏？

沒想到周京澤沒有絲毫猶豫，把燃著的菸頭摁滅在白色的菸灰缸，應下來：「行。」

周京澤伺候了這位祖宗兩天，嘉莉還把他的卡刷爆了，最後只幫他留了一張機票錢。

周京澤臨走時，語氣認真：「照顧好她。」

嘉莉拎著新買的包，笑靨如花：「放心吧。」

於是他飛回美國，接受擅自休假的懲罰。

許隨覺得自己最近好像轉運了，經學姐的介紹，她有了新室友，對方是一個熱情的女生，房源是這個女生找的，還承擔了大半的房租。

不僅如此，嘉莉教她粵語，教她打新式麻將，還帶她出去社交，把自己的朋友介紹給她。許隨常常說認識嘉莉，是她占了便宜，嘉莉卻意味深長地對她眨眼：「是我占的便宜比較大啦。」

許隨開始適應在香港讀書的生活，也漸漸喜歡上這裡。剛搬家沒兩天，她偷拍了一張嘉莉的背影，而她在照片中露出小半張臉。

她把這張照片發到了社群軟體，ＩＤ是一個破折號。

——：『終於有人和我玩啦。』

底下的留言清一色是「去哪裡玩呀」，或是「隨隨妳皮膚好」之類的，十幾則留言，基本上是東拉西扯。

周京澤註冊了一個新帳號，連頭貼都沒有，暱稱也懶得改，是一串原始代碼，卻只關注了她。

他留言道：『那就好。』

這一則留言淹沒在眾多留言裡，當然，周京澤也沒指望留言傳出去會得到回覆。

嘉莉經常截圖許隨的個人頁面傳給他，周京澤每次看了之後都會保存到相冊裡。

許隨研究生畢業工作後，還時常會和嘉莉聯絡。她不知道為什麼嘉莉每次都會送兩份生日禮物給她，但許隨會發動態表示感謝。

周京澤刷到許隨的動態時，在眾多留言裡照例留言了句：『生日快樂。』

三分鐘後，放在桌上的手機發出了震動聲，周京澤點開看，許隨破天荒回了句：『謝謝。』

忽然很想回去看她。

訂票，請假，衣服都沒帶，回國後第一時間開車到她家樓下，卻撞見一個男人俯身幫許隨戴圍巾，擁她入懷。

那天的細枝末節他記不太清了。

他知道，那天晚上他離開得很狼狽。

還有，京北那天下雪了。

說來可笑，周京澤不敢問別人那是不是許隨的男朋友。

好像她沒有他也過得很好。

他不應該打擾她。

再後來就是遭遇職業生涯的滑鐵盧，他被調回京北。親戚嘴裡塞了燈泡那次，明明家附近有醫院，他卻鬼迷心竅地開車去了需要一個小時車程的普仁醫院。開車去醫院的路上，他一直在想，萬一呢，如果她身邊沒有人。

他一定竭盡所有，把她追回來。

看到她那一刻，周京澤心想，老天對他不算薄，賭對了。

他的女孩有脾氣，不好追，他就耐著性子讓她看到他的真心。兜兜轉轉，發現她身上的刺青後，他心疼又懊悔。

當時許隨的眼睛裡蓄著淚，問他：「分手後你喜歡過誰嗎？」

他只覺得這女生傻。這麼多年沒再談過，只有她，還能有誰？當晚他發了一篇貼文，一張截圖，是錢鍾書寫給楊絳的書信：遇見妳之前，我沒想過結婚，遇見妳之後，我沒想過和別人結婚。

發了貼文後，有人笑他，評論道：『詭，浪子回頭不太酷欸。』

那天晚上一直在下雨，淅淅瀝瀝，空氣濕漉漉的，他壓著許隨做了一次，力道很重，揉進骨子裡的那種。

周京澤醒來，單穿一條褲子在陽臺前抽菸，看到這則留言，正準備回：這是爺的愛情觀。還沒回覆，又彈出來一則留言：『出來玩唄，你喜歡的樂子都在，在家多沒意思。』

剛好許隨也醒了，他被聲響驚動回頭。許隨有點餓了，從冰箱裡找出一塊蛋糕來充飢。

許隨穿著他的襯衫在客廳裡走來走去，頎長的脖子還留著他弄出來的吻痕，紅豔豔的，鎖骨上也有一塊，襯衫下一雙白皙的腿，穿著他的拖鞋，露出晶瑩的腳趾。

許隨打了一個哈欠，語氣很自然地讓他早點睡，說完準備回房鑽進他的被窩裡繼續睡覺。

那一刻，周京澤想的是，去他的浪子不回頭，縱情享樂才是酷，當下把這些狐朋狗友的聯絡方式全部封鎖。

他抬頭看著許隨，忽然開口——

「我愛妳。」

——《告白》全文完——

後記　我的少女時代

《告白》在網站上完結後收到挺多留言，提得最多的是「這本書有原型嗎」，「想看九點九元T恤的後續」，我看著這類留言，看了很久，最後選擇了沉默。

當初選擇寫這個故事，並沒有想到它會收到很多回饋，二〇二〇年一整年我狀態不太好，寫作也是斷斷續續的。有天出門遛狗，因為住的地方附近有個籃球場，我照常路過那裡，看見一群高瘦的男生在那打籃球。

藍白色的校服，白球鞋，晃動的樹影，他們年輕又漂亮。

旁邊有幾個女生站在那裡聊天，人群外游離著一個女生，拿著冰水，安靜地站在那裡。球場中間有個前鋒進了一個球，全場歡呼的時候，女生忍不住拿出手機，用冰水擋著悄悄拍那個前鋒的背影。

看到這一幕，我的心動了一下。時間太久，我好像忘了暗戀是什麼感覺了。

回去之後決定寫一個暗戀的故事，當時寫的時候就想，就當是個紀念。

身為作者，我一直覺得自己可以當個局外人，從故事中抽離，冷靜地看待筆下人物的悲歡離合。可等真正動筆的時候，是另外一回事。寫到第十章的時候，我久違地夢見了高中暗戀的他。

三班教室，我忘記帶課本了，慌亂之中向他借了他的化學課本，他的課本是乾淨的，沒有筆記。下課後，走廊上吹過來的風很熱，他走過來拿課本，人靠在窗戶旁邊，閒散地翻了一下課本，懶洋洋地笑：「嘖，挺多筆記。」

即使在夢裡，他一靠近，我仍心跳如擂鼓，為了能和他親近點，我從抽屜裡拿出一個蘋果來感謝他。

他抬起眼皮看了我一眼，在等我開口。

我結結巴巴說不出任何一句話，然後，夢醒了。

醒來之後，我立刻發了一條微博，僅自己可見：因為最近在寫小說，做了一個夢，再一次夢見你，向你借書，藉口想給你一個蘋果，其實就是為了想和你多說話。

然後繼續存稿，寫小說。

寫著寫著，和隨隨暗戀的心路產生了共鳴。比如做操時為了扭頭看喜歡的男孩子而脖子發酸，因為能和他一起值日私下雀躍不已。

整個故事裡面只有鐘靈是最真實存在的，像每一個我們。

故事裡的周京澤優秀，輕狂肆意，像熱烈的火，他最難能可貴的是對這個世界有一顆赤誠之心。許隨雖然敏感自卑，但因為暗戀的男生而考上醫科大，日後成長得越發優秀。

所以他們天生要在一起。

所以，這本書是沒有原型的，只是我有一個提筆寫這個故事的契機，帶著「不要忘記暗戀是什麼感覺」的初衷去寫了這麼一個故事。

故事裡的兩個人有他們獨立的意志，比如為愛勇敢，放下驕傲，而現實中大部分人做不到，所以連載到校園劇情結束，我在文後道：結局都是停留在故事的上半段。

收到的回饋中，神奇的是，有好幾個女孩學的是醫學，暗戀的人也是飛行員。也有更多的女孩跟我分享了她們的暗戀故事，心酸又感動。

是妳們讓我覺得，故事裡的兩個人是真實存在的。妳們最終會遇到屬於妳們的周京澤，要勇敢向前走。

也有一部分小女生悄悄訴說，為自己的容貌焦慮，認為自己的暗戀失敗是因為沒有隨隨好看。這不是我寫這個故事的初衷，設定了書裡的許隨高中黯淡不起眼，大學開始被喜歡的人看見，慢慢綻放，是想說——

每一個女孩都值得被愛，慢慢來，把它交給時間，做好當下的事，好好念書，最終會像許隨一樣，破繭成蝶。

光最後會朝妳走來。

我知道很多人看到這裡，想問我曾經暗戀過的男孩怎樣了，不知道是不是命中注定，高中畢業後，我們再也沒見過。

我們有很多共同朋友，以前也期待過年回家能在路上或某個聚會碰見他，還幻想過無數次遇到他的場景，我要給出什麼樣的反應。

可是沒再見過他，一次也沒有。

只是偶爾從朋友口中聽說他談戀愛了，分手了，然後又換了一個女朋友。再後來聽到身邊朋友說起他，我會佯裝漫不經心地接話：「是嗎？挺好的。」

〈奇洛李維斯回信〉中，「Fiona」十年如一日地寫信，終於等到了K先生的回信，許隨的七年暗戀，也在兜兜轉轉中等到了周京澤的回應。

我不是「Fiona」，他也不是K。

高寶書版集團
gobooks.com.tw

YH 183
告白（下）

作　　者　應　橙
封面繪圖　阿殁Amo
封面設計　也津設計
責任編輯　楊宜臻
內頁排版　賴姵均
企　　劃　何嘉雯

發 行 人　朱凱蕾
出　　版　英屬維京群島商高寶國際有限公司台灣分公司
　　　　　Global Group Holdings, Ltd.
地　　址　台北市內湖區洲子街88號3樓
網　　址　gobooks.com.tw
電　　話　(02) 27992788
電　　郵　readers@gobooks.com.tw（讀者服務部）
傳　　真　出版部(02) 27990909　行銷部 (02) 27993088
郵政劃撥　19394552
戶　　名　英屬維京群島商高寶國際有限公司台灣分公司
發　　行　英屬維京群島商高寶國際有限公司台灣分公司
法律顧問　永然聯合法律事務所
初版日期　2025年02月

原著書名：《告白》由北京晉江原創網絡科技有限公司授權出版。

國家圖書館出版品預行編目(CIP)資料

告白/應橙著. -- 初版. -- 臺北市：英屬維京群島商高寶國際有限公司臺灣分公司, 2025.02
　冊；　公分. --

ISBN 978-626-402-172-2(上冊：平裝). --
ISBN 978-626-402-173-9(中冊：平裝). --
ISBN 978-626-402-174-6(下冊：平裝). --
ISBN 978-626-402-175-3(全套：平裝)

857.7　　113020660